濱田美枝子

『女人短歌』

小さなるものの芽生えを、女性から奪うことなかれ

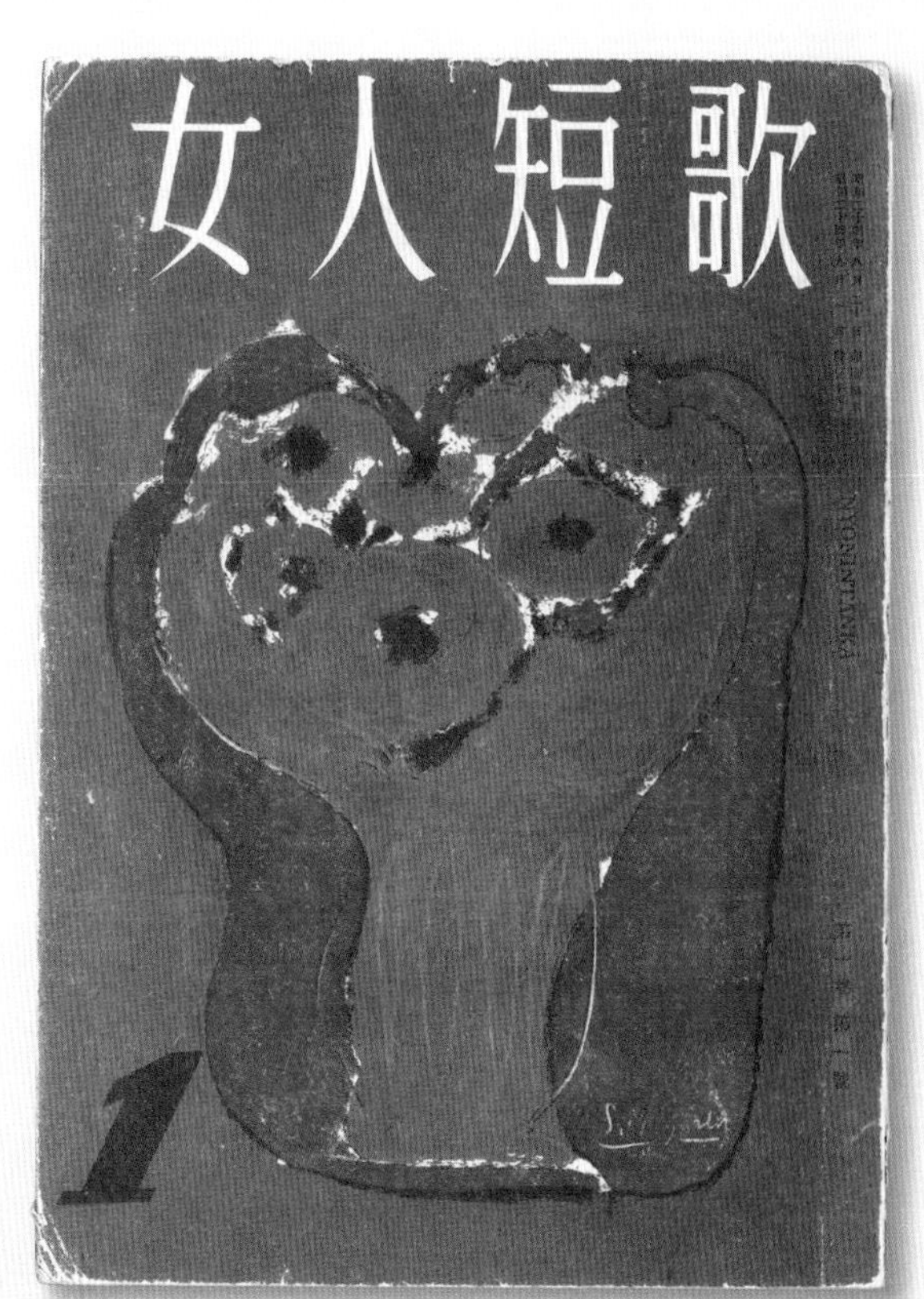

『女人短歌』創刊号

女人短歌宣言

短歌創作の中に人間性を探究し、女性の自由と文化を確立しよう

女性の裡にある特質を生かして、新鮮で豐潤な歌を作らう

傳統と歴史の中に生きてゐる女性美に、新時代性を積み重ねて成長しよう

同時代の女歌人の相互研鑽と新人の發見に努めよう

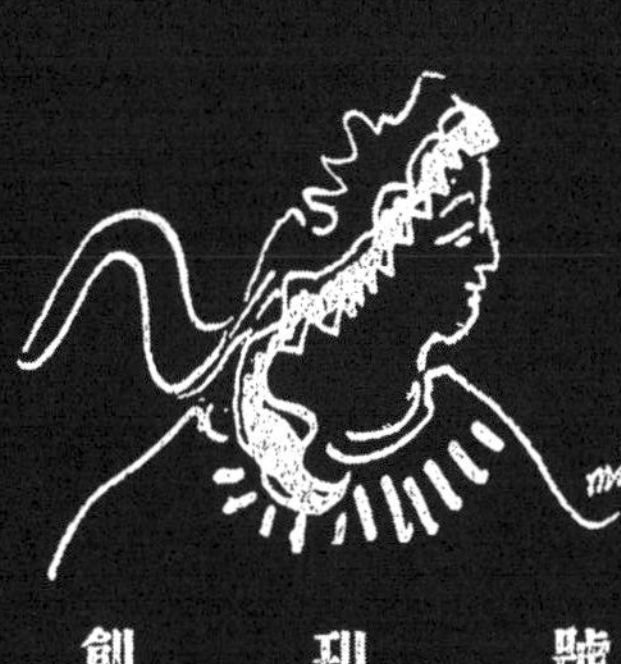

創刊號

目次

第四章　五島美代子と『女人短歌』を牽引した歌人たち
――五島美代子・長沢美津・山田あき・生方たつゑ・葛原妙子　135

第五章　『女人短歌』の存続から終刊へ　227

凡例

一、『女人短歌』は、「平成九年三月一九一号をもって終ることを決定した。女人短歌会は、終刊号を編んで終了となる」（森岡貞香「後記」『女人短歌』終刊号、一九九七・一二）と記載されているので、本書では、『女人短歌』終刊号を一九二号として数えた。

一、『女人短歌』の号数の記載は、表紙記載の号数と一致させるため、通巻号数で記載した。

一、原典以外に筆者が付した説明や注は、「※筆者注」をもって示した。

一、現代かなづかい・新漢字を原則とした（なお、巻末に参考資料として収録した折口信夫の「女人短歌序説」については漢字も原典に忠実に記載した）。引用部分については、歴史的かなづかいとルビは原典のままを用いたが、漢字については原則として新漢字を用いた。歌集名とそれぞれの氏名については、新漢字を用いた。歌については、旧漢字を用いたものもある。

一、五島美代子については、夫五島茂との混同を避けるため、美代子と表記することを中心にした。それ以外については、おおむね姓名または姓で表記した。

『女人短歌』

小さなるものの芽生えを、女性から奪うことなかれ

はじめに

戦後短歌の代表的季刊歌誌である『女人短歌』は、女人短歌会によって一九四九（昭和二四）年九月に創刊され、一九九七（平成九）年一九二号を以て終刊した。年四回の刊行で、九月刊行の第一号から毎年九・一二・三・六月に刊行されたその四八年間、女性のために女性自身の手によって編まれたのである。創刊にあたっては、五島美代子・長沢美津・北見志保子・阿部静枝・生方たつゑ・川上小夜子・初井しづ枝・水町京子・山田あきたちが尽力した。『女人短歌』の功績として、次の二点を挙げることができる。

一に、結社を超えて女性歌人たちが結集し、歌を詠み続けてきた年月や歌人としての経歴の程度に関わりなく、女性歌人の自己啓発と作品発表の場を意欲的に確保してきた。初めのうちは短歌作品が多くのページを占めていたが、徐々に評論や研究分野の誌面が増えた。特に女性の歌についての評論や、古今の女性歌人たちについての研究などの企画も多岐にわたって広がり、歌人たちは自分の力を『女人短歌』の場で十分に発揮した。これにより、終刊に至るまで充実した誌面を持続させることができたと考えられる。

二に、「女人短歌叢書」発刊を推進して女性歌人たちに歌集刊行の気運を浸透させた。『女人短歌』は、歌誌『アララギ』の終刊と時を同じくして、一九九七年一二月に終刊したが、その間一九五〇年刊行の第一冊を皮切りに六二四冊もの「女人短歌叢書」を刊行した。この「女人短歌叢書」は、まさに戦後の女性歌人興隆の金字塔と評価できる。

日中戦争から太平洋戦争に及ぶ昭和戦時下と、敗戦後とでは、時代の価値観は大変貌を遂げた。戦時下で女性たちは、国策による銃後を守る女性・母性賞揚の中で母や妻としての役割を担い、真情を吐露することなく心のうちに封じてきた。

女性歌人を見るならば、その時代の価値観の潮流に飲み込まれて、戦意高揚のために積極的に短歌活動を推進した歌人たちもいれば、自己の真情の表出とのはざまで揺れ動き苦しみながらそれでも自己の内面を吐露すべく歌を詠み続けた歌人たちもいる。とくに後者の歌人たちの思いが戦後噴き出したと言える。

敗戦後、時代の抑圧から解かれた女性歌人たちは、地殻深くに潜んでいた自らが抱えるマグマを地上に噴出させたが、その一つに敗戦直後に誕生した女人短歌会があり、その季刊歌誌『女人短歌』がある。これは時代の大転換にいち早く反応し、女性の解放や自由の機運を牽引した画期的なムーブメントであったと言い得る。この戦後の女性歌人の興隆に道を拓いたうねりの意義は大きい。この結社を超えて結束しようという女性歌人たちを誰が主導したのであろうか。

筆者は、『女人短歌』の創刊にあたっての確固たる思想的支柱となったのは誰か、現実に運営を円滑にする役割を担ったのは誰かを探りながら、刊行された『女人短歌』全一九二冊を、関係資料と合わせながら、読み進めた。その過程で、これまで特に着目して論じられることはなかったが、筆者自身が長年研究してきた歌人五島美代子の存在が大きく関わっていることが確認できた。また、歌人長沢美津は、創立から終刊に至るまで、欠くことのできない大きな存在であることも意義深いものであった。この二者を両輪として、当時すでに活躍していた女性歌人たちが絶妙な役割を担って絡み合い、後に続く女性歌人たちのために、彼女たちが自由に活躍できる場を開拓したのである。

季刊歌誌『女人短歌』の誕生を考えるにあたって、第一章「『女人短歌』前史――昭和戦時下を生きた女性歌人たちの歌」では、戦時下の国家による歌人たちへの要請を確認したうえで、五島美代子の歌などを例に挙げながら、短歌の私性について考察したい。なぜなら戦時下において、国家による歌人への要請があり、その中で、とりわけ女性歌人たちが、ときには自らの生活や精神の抑圧を歌によって表出しつつ、創作のエネルギーを内に秘め蓄えてきたからである。そしてのちに誕生する『女人短歌』の基盤は、戦時下での厳しい現実に耐え抜いたこれらの女性歌人たちの戦時中の歌に、その兆しを見ることができるからである。

そして第二章「『女人短歌』創刊」では、敗戦を機に歌人としての自己の在り方を見つめ直した女性歌人たちが、自らの戦後の作歌活動を組み立て直し、新しい時代をどのように生きようと志したのかについて詳述する。『女人短歌』創刊をめぐっての女性歌人たち、とりわけその誕生を推進した五島美代子や長沢美津、北見志保子、阿部静枝、生方たつゑ、山田あき、葛原妙子たちの実行力に迫りたい。そして『女人短歌』創刊号の内容について論述する。

続いて第三章「「女人短歌叢書」と宣言文の変遷——『女人短歌』発展の道程」では、創立当時の精神がどのように『女人短歌』の礎を築き上げたのか、その発展の道程を詳しく検討する。中でも注目すべきは、「女人短歌叢書」発刊が会員たち及び歌壇に与えた影響である。この事業によって『女人短歌』は、歌壇に存在感を認識させたと言い得よう。

さらに着目すべきことは、創刊当時巻頭を飾った「女人短歌宣言」が、第一六号では新たな文言に変容し、さらに第三六号からは宣言の文言そのものが巻頭から消えたことである。この事実についてこれまで論じたものは寡聞にして見あたらない。この事実が『女人短歌』にとって何を意味するのかについて考察し、第三六号で当初の〈女性歌人の自己啓発と作品発表の場を確保〉

したいとする目的が実質的に達成されたことを明らかにする。

第四章「五島美代子と『女人短歌』を牽引した歌人たち――五島美代子・長沢美津・山田あき・生方たつゑ・葛原妙子」では、同時代の空気に身を置き、敗戦後、志を一つにして女性歌人の発展のために邁進した『女人短歌』草創期の歌人たちが、お互いに刺激を受け合いながらも決して類型に堕することなく個々の短歌世界を築いた、その道筋をたどる。五島美代子、長沢美津、山田あき、生方たつゑ、葛原妙子の短歌創作に懸ける執念に言及し、それぞれ違うバックグラウンドで育ち様々な価値観を持った女性歌人たちが集まったにもかかわらず、違うからこそ、『女人短歌』の発展のためという目的に純粋に互いの力を駆使して尽力できたことを明らかにする。

第五章「『女人短歌』の存続から終刊へ」では、終刊に至るまで草創期のメンバーを支え、その後、その精神を繋いで『女人短歌』存続の労をいとわなかった森岡貞香・真鍋美恵子・樋口美世の活動に注目し、第三七号以降第一九二号まで続いたことの意義を明らかにする。

第一章

『女人短歌』前史

昭和戦時下に生きた女性歌人たちの歌

左から長沢美津、五島美代子、葛原妙子
（撮影時期と場所は不明）

1 国民に課せられた時代の要請

挙国一致の総力戦体制

昭和初期は、日本が軍部を中心とした全体主義国家へと移行していった時期である。

一九二七（昭和二）年に起こった金融恐慌や、その後のニューヨークに端を発した世界恐慌等による日本経済の悪化により、帝国主義日本の侵略戦争が拡大し、一九三一（昭和六）年、満洲事変が勃発した。以後、日本は日中戦争・太平洋戦争に向かって戦争拡大への道を加速させていった。

一九三六（昭和一一）年の二・二六事件により軍部の台頭が決定的となり、翌一九三七年に日中戦争の開戦、一九三七年八月二四日、国民精神総動員実施要項が閣議決定し、一九三八（昭和一三）年四月に国家総動員法が制定された。

一九四〇（昭和一五）年、九月に日独伊三国同盟が締結された。一〇月には国内の組織統一を目論んで大政翼賛会が成立し、国民生活は統制され、戦争体制に組み込まれていった。つまり、挙国一致の総力戦体制へと進んでいったのである。

一九四一（昭和一六）年一二月八日には太平洋戦争が開戦。「勅書」（「官報」号外一九四一年一二

月八日」塩田庄兵衛ほか編『いわゆる「開戦の大詔」』『日本戦後史資料』新日本出版社、一九九五・一一）には、「東亜ノ安定ヲ確保シ以テ世界ノ平和ニ寄与スル」ための米英との戦いであり、それによって「東亜永遠ノ平和ヲ確立シ以テ帝国ノ栄光ヲ保全セムコトヲ期ス」と戦争の大義名分が語られ、国民の生活は前線・銃後の別なくこの「聖戦」を戦うことに一元化されていった。

徴兵制度

戦前では、二〇歳以上の男子に徴兵検査が義務化されており、一五五センチメートル以上の強健な身体の男子は、甲種及び乙種に合格した。彼らは、在郷軍人として生活していたが、村や町役場の職員によって「おめでとうございます」という言葉とともに届けられたいわゆる〝赤紙〟と呼ばれる召集令状によって、戦力としての戦闘要員の道へと駆り立てられていった。召集令状は拒否することができなかった。

学徒動員・学徒出陣

一九三八（昭和一三）年、文部省主導の下、国内の労働力不足を補うために中等学校以上の学徒を工場や農村に配属した。学徒動員である。

一九四三（昭和一八）年九月には、内閣の決定により、それまで徴兵猶予が認められていた大学や高等専門学校の学生たちも戦地に出陣させられた。学徒出陣である。

戦時下での労働力や兵力を補う目的で、これらは終戦に至るまで続行された。

戦争を支える女性の力

女性たちは、戦争を支える力として戦いの要員となるべく子育てに励み、平静心を保って夫や息子たちを戦場に送りだし、なおかつたくましく家庭を守るという、忠君愛国の国民精神の体現者の母・妻としての役割を否応なく担わされた。一九三八（昭和一三）年四月「国家総動員法」の発令により、女性は人的資源として国家の人口増に加担すべく役割を負わされた。一九四一（昭和一六）年一月二二日には、「産めよ殖やせよ」をスローガンに掲げる「人口政策確立要綱」が政府閣議で決定した。戦時体制下では、母という存在が国家権力の発揚と護持とにあるとされ、国策によって母の役割は男子を生み育てることにあった。

銃後を守る女性たちに対する美化、母性賞揚が推進された具体的事例をいくつか挙げる。

はじめは戦場に赴く兵士たちにせめて水やお湯をふるまおうという善意の思いから自然に起こった大阪の婦人たちの行動は、軍部の指導により、一九三二（昭和七）年三月、「大阪国防婦人会」を生んだ。これに端を発して、「大日本国防婦人会」が設立され、全国に支部を設け、たちまち一千万人に及ぶ多くの婦人たちが参加した。その後、一九四二（昭和一七）年二月に「大日本婦人会」となり、女性たちは一丸となって、出征兵士たちの代わりに戦争を支える役割を推し進めた。

また、真珠湾攻撃において戦死した岩佐直治海軍大尉（戦死後海軍中佐）等九名が一九四二年三月六日、海軍省の発表により軍神とされたが、「九軍神」とその母を題材とした『軍神の母』（吉尾なつ子、三崎書房、一九四二・七）などが刊行され、英雄とその母を称賛した。さらに、同年五月には、「日本文学報国会」が、四九名の無名の「日本の母」を顕彰し、「読売新聞」紙上に掲載（一九四二年九月九日～一〇月三一日）された。

彼女たちは、国のため、家のため、子供のために献身する女性であり、夫や子供を毅然として戦場に送りだして、その死に直面しても取り乱すことなく名誉として受け止める典型的な「軍国の母」として賞揚された。

かくて、戦時下における母たちの〈誇り〉と〈使命〉は、国家に我が子を差し出すべく生み育て我が子の死すら天皇に奉じるところにある、ということを誘導する政府の意図が透けて見える。

2　戦時下を映す短歌

「日本文学報国会」

国民は、侵略戦争の拡大という政治的社会的枠組みの中で、「お国のために」というスローガンに規定されて生きることを余儀なくされた時代であった。たとえそれに沿えない個人の本心があっても心の奥深くに仕舞い込み、建前に生きざるを得ない社会状況にあった。

文学界においても、一九四〇（昭和一五）年一一月、「大日本歌人協会」が解散し、内閣情報局文芸課と大政翼賛会文化部の主導により、一九四一年一二月、文学者愛国大会が開かれた。この年には出版用紙配給割り当て制が始まった。翌一九四二（昭和一七）年五月には「日本文学報国会」が結成され、大多数の文学者たちは、国家主義・軍国主義賛美の枠組みの中での活動を余儀なくされた。

自己表現の場の一つであった歌誌への参加も、国策に沿ったものが求められ、統制や検閲の目などによって自由に詠むことはできない状況が加速した。歌人たちは「日本文学報国会」一部会である「短歌部会」に所属して、国家政策に沿って活動せざるを得なかった。

佐佐木信綱会長、窪田空穂理事、土屋文明幹事長の下、「参事」として今井邦子・四賀光子・

杉浦翠子・中河幹子・若山喜志子も名前を連ねた。

若山喜志子は、一九二八（昭和三）年の若山牧水死去以後、牧水主宰の「創作」を継承し、主宰者として結社を守ろうと活動を強めたが一九三九（昭和一四）年に、「はじめより我を侮りしけだものの国アメリカぞ撃ちて撃ちてつぶせ」（「補遺」『若山喜志子全歌集』短歌新聞社、一九八一・七）と詠み、国民を鼓舞している。

戦況が悪化する中で、日本精神発揚という国家政策の方向性を担った「撃ちて撃ちてつぶせ」など、当時、公的場でよく用いられた戦闘的表現を用いての扇情的な歌である。以後も、短歌雑誌や新聞などの公的な場においては、報国に則った歌を、意図的に掲載していったと考えられる。

開戦の大詔

さらにこの気運が決定づけられたのは、一九四一年一二月八日の「開戦の大詔」の渙発であった。『短歌研究』では、これを受けて、一九四二年一月号で特集「宣戦の詔勅を拝して」（『短歌研究』改造社、一九四二・二）を組み、北原白秋、吉井勇、岡麓、川田順、尾山篤二郎、土岐善麿、相馬御風、与謝野晶子、石榑千亦、窪田空穂、斎藤茂吉、金子薫園、松村英一、前田夕暮、半田良平、金子元臣、武島羽衣、土屋文明、尾上柴舟、佐佐木信綱が寄稿した。

例えば、土岐善麿が「敵性撃滅」と題して、

撃（う）てと宣らす大詔（おほみことのり）遂に下（くだ）れり撃（う）ちてしやまむ海（うみ）に陸（りく）に空に

と詠むなど、それまで時流に流されまいとの姿勢を持ち続けた歌人たちも大詔を拝して国民の決意と戦意高揚を主題とする大政翼賛歌を詠んでいる。このように戦時下では、短歌は国威発揚の一手段として大大的に用いられた側面がきわめて強い。

3　戦時下における短歌の私性

歌に秘められた真情

しかし短歌の持つ私性、すなわち自身の想いを表現するという特質に意味を見出すなら、五・七・五・七・七の韻律に、自己の思いを乗せることができる。それ故社会的役割を超えて、出征兵士たちや、銃後の人々の真情を吐露する重要な受け皿の役割をも担ったと考えられる。

この不条理な戦時下における体制に甘んじながらも、けっしてすべての人々の心が時代のイデオロギーに染め上げられていたわけではない。時には抑制的に、また時には直截（せつ）的に本音を歌に

詠むなど表現形式は様々だが、出征兵士たちや銃後を守る人々が、歌を詠むことによって、心の奥底に秘められた真実や信念に向き合い、自己の尊厳を保とうとしていた節が、同人誌への掲載歌などによって自ずから伝わってくる。

　また戦後、『昭和万葉集』（全一七巻、講談社）が刊行されたが、巻四（一九七九・八）・巻五（一九七九・六）・巻六（一九七九・二）には、一九三七年から一九四五年の歌群が収録されている。ここには、戦後に刊行されたからこそ現出した、太平洋戦争という「悲劇の時代を生きた民衆の散文では表現できない心の叫び」（巻六帯）が書き留められている。注目されるいくつかの事例を挙げる。

頰赤き一兵卒を送り来て、発(た)つまでは見ず、泣けてならねば　釈迢空（巻四）
声ひそめ悲しと昨夜(よべ)の妻言へり再び召され征(い)でたつわれに　大庭新之助（巻五）
国のため生(う)めよ殖(ふ)やせよときほふ世に子のなき妻とわれとひそけし　倉科果村（巻五）
泥をかむり血にまみれたる屍のなかに夏服を着しをみなごありき　立岩邦子（巻六）
まだ生きてをりし友をば捨て来しが空(から)の骨(こつ)箱隊に飾らる　小林弘（巻六）
餓死したる友の袋に一合の米包まれてありたりあはれ　森哲夫（巻六）

個の存在が国家という強力な他者の手に握られ、その力によって抹殺されたいのちの重みと意味を掬い上げた作品であり、戦時下における国家と個の関係を明らかにしている歌と言えよう。

出征兵士とその母の心に触れて

加藤孝男は、「戦争に沸き立つ国民の心理」を、「〈ハレ〉の儀式において自動的に祝言を述べてしまうこころのありかた」（『近代短歌史の研究』明治書院、二〇〇八・三）と捉え、プロの歌人は、ハレとケの間を行き来したと述べた。

しかし、五島美代子は、ハレの場から一歩退いて、対象の心の深部に思いを凝らす視点を崩さなかった歌人の一人と言える。美代子は、できるだけ〈ケ〉の状態に自分を保ち、意志的に自己の真情に従うことを選択し公表するという、表現者としての矜持を持ち続けた。それは、『立春』第二七号（立春短歌会、一九四〇・九）に、五島美代子が「同人能崎義夫氏出動。面会を許されし営庭にてその母君にも見ゆ」との詞書と共に、次の歌群を掲載したことに見て取れる。

かなしむ如くいたはる如く母の瞳（め）をみつめつつ静かなり出征兵君は

子にまとふ心関はり切なきを断ち切らむと力む息にふれたりき
言潔く涙たたへし瞳の深み育て上げし子を捧げむとして
かくの如深き母の瞳にあひしかば母といふ名をわれに畏るる
『立春』第二七号

一首目は、出征する能崎の様子を詠んだ歌である。能崎の〈静かな光を湛えている瞳〉に焦点を当てたことにより、母の胸中を静かに慮る出征兵士の深い想いが察せられる歌である。一方二首目と三首目の歌は母親の様子を詠んだものである。息詰まるような緊張感が走る。戦時下で賞揚された母親の役割を演じようとする心奥にある本音が、「力む息」や「言潔く」と対比させた「涙たたへし瞳の深み」という言葉で表現されている。四首目の歌には、その場に立ち会った美代子が、「男の子」の母という立場ゆえに味わわねばならない誇りの陰に秘められた痛ましさや残酷さに翻弄される母の姿を見て、母という存在の持つ底知れぬ深さに畏れ憚る気持ちを抱いたことが明瞭に表現されている。

このように五島美代子の歌は、あるべき軍人の姿やあるべき軍国の母の姿などという既成観念を超えて、理不尽な非日常を強いられても個人の力で抗えないままに耐えざるを得ない人々に心を向け、人間の持つ真情に焦点が当てられている。

母と息子が互いの心の深遠にある真情を受け止めあっている場に同席した美代子にとって、戦時下で繰り返される出征兵士にまつわる思いはよほど深く心に刻まれたのであろう。美代子は『婦人公論』（一九四〇・九）にも、「母と子」と題する五首を掲載したが、そこに一首目と二首目の歌を転載している。

更にその二年後、『短歌研究』（一一巻三号、一九四二・三）に、「応召入隊の若き友」と題して、次の二首を含む、征く友を送る五首を載せた。

母ひとりのこらむ家とさりげなく告げて征きたりしづかなる息に

ますらをの生命（いのち）ただ向ふ出（い）で立（た）ちを常（つね）ふれあひし魂（たま）もて送る

前者には出征兵士の、残してゆく母への深い労（いたわ）りと慈しみが、信頼する人に母のことをそっと託すという行為を通して、まるで日常の延長であるかのようにさりげなく表現されている。その静謐な空気に呼応するかのように「常（つね）ふれあひし魂（たま）もて」征く者を送り出す作者。

美代子と弟子能崎との間には互いの真情を伝え合うだけの信頼関係があり、戦時下にあっても、平和時にあっても、日常を見失うまいとする祈りにも似た思いがしっかりと繋がっている。破調に助けを得て、こうした繊細な心の襞が丁寧に詠み込まれている。戦時下における、母という存在の持つ重みをしっかりと見据えていたと言えまいか。これらの歌は、『短歌研究』一九四二年一月号で特集「宣戦の詔勅を拝して」が組まれた、その二カ月後であることも意味深い。

当時、〈軍国の母〉の立場に立たされた母たちは、能崎の母と同様の葛藤の中にいたのであろう。例えば若山喜志子は、前出歌のように戦意高揚を激しい言葉で詠んでいるが、一方では次男富士人が一九四三年学徒動員にて出征した際に、次の歌を詠んだ。これは戦後、若山旅人によって「補遺」として『若山喜志子全歌集』に掲載されたものである。

二十三歳になる富士人、近く海軍兵に召されて征くに

母なれば抱くに何の憚りのあらんぞいざと思ひつつ日を経る

ここには、出征に際して我が子を抱きしめたいと心では勇ましく思うが、「いざ」という時を思いつつも、現実には行動に移せないまま日が過ぎてゆく、〈軍国の母〉のもどかしさを抱え持つ心情が詠まれている。母の本心は、吾子を死地に征かせねばならないことへの受け止め難い悲

しみに満ちている。

戦時下で男子を生んでいない母の苦悩

「母」たるものの役割は、男子を産み育てることにあるとされた戦時下で、男子を持たない「母」はどのような心情であったのだろうか。その一端を五島美代子の歌に見ることができる。

美代子は二人の娘の母で歌人であり、母の経営する晩香女学校で国語や礼法などを教える教育者でもあり、心臓病で伏せる母に代わって学校教育や経営の中枢をも担っていた。それ故、個人の思いを超えて、当時のいわゆる模範的な〈報国の徒〉を育成すべき公的な立場にあった。

次の歌は、『丘の上』所収の一九四一（昭和一六）年の歌である。当時大阪府立大手前高等女学校の生徒であった長女ひとみとのことを詠んだ歌である。

中等学生の任務ありといひ切る娘(こ)の前に母われの思(おもひ)ちひさくなりぬ
男の子生(う)まぬわれにも捧ぐる子ありきと涙あふれ来て道光り見ゆ

前者では、〈報国の徒〉としてきっぱりと振る舞う娘の〈大義〉の前に、我が子への執着など取るに足らないちっぽけなものになってしまった、と戦時下で〈公〉が〈私〉を凌駕したことを詠んでいる。教育者という〈公〉の眼で見れば、長女ひとみもまたそのような軍国教育の申し子のひとりであり、しかも我が子という〈私〉の眼でみれば、いつの間にか親をたしなめるほどに成長した頼もしい娘であった。

後者は、美代子の戦時詠の中では唯一、男の子を生んでいない母という立場を直接的に表現した歌である。当時、男子を生まない限り、「軍国の母」という存在にはなり得なかった。このことへの社会的負い目が、どれほど強いものとして内在していたかが伝わってくる。それ故、作者が、女子であっても銃後を支える大きな役割を担っていることは、軍国の母たる役割を担い得る男子を生んだことに匹敵することだ、と気づいたときの驚きは大きかった。男子に恵まれなかった抑圧された母の、わずかな安堵の想いが響いてくる。

一九四五年、当時東京女子高等師範学校の学生であったひとみは学徒勤労動員の要員として名古屋の愛知航空機株式会社の工場に派遣されることになった。

戦争末期には雑誌統合により、一時期、『立春』と『覇王樹』が統合され総合歌誌『爽節』（一九四四年八～一二月号）となったが、『爽節』第二六巻第一〇号（一九四四・一二）に美代子は

「女高師学徒勤労隊出動」と題して五首掲載している。次の歌は、そのうちの二首である。

　お召うけてをとめ子吾子も私の子にあらなくになぞ瞻らるる
　もぎとりて子がゆきしから生産に仕へまつれり吾の一部も

前者には、学徒動員を天皇からのお召と捉え「お召を受けた上はもはや自分とは離れてしまった特別な存在なのに、どうして自分の娘として瞻(まば)る（しっかりと見る）ことができようか、いや、できない」と、吾子を国家に捧げる心境が詠まれている。まさに〈報国の徒〉として公的な視線を意識した歌である。

しかし美代子の内実は、後者にあるように、娘をもぎ取られたことにまるで自分の肉体の一部がもぎとられたような強い痛みを感じているのである。形の上では、下の句で〈娘が行ったので天皇（お国）の生産のために私の一部もお仕え申し上げます〉と自分の痛みを超えて報国の意が強いことを示しており、前者同様の報国の歌となってはいる。しかし初句に「もぎとりて」を置くことで、この歌全体からは母の強烈な痛みが強く伝わってくる。公的意識と、本心では自分の一部も娘と一つになって共に生きたいと求める娘への執着の狭間で、引き裂かれるような心の混乱に何とか折り合いをつけようとしている、美代子の内面の苦渋が表出している。

ここには、戦時下における「公」と「私」という二重構造の狭間で揺れ動く自己の心を抱えながら、その二律背反的葛藤の精神世界をそのまま歌に表現しようとする強い意志が働いている。これらの男子を持たない母の苦悩の表出は、当時の男子を生んでいない母たちの責め苦の核心を突く歌と言えよう。

慣れぬ疎開生活を生きて——葛原妙子

一九四四（昭和一九）年、日本はアメリカ軍の爆撃機による空襲が激化し、都市に住む人々は爆撃のない地を求めて疎開するようになった。

葛原妙子（一九〇七～一九八五）も、一九四四年八月、三児とともに長野県浅間山山麓に疎開した。

葛原は東京府立第一高等女学校高等科時代に、四賀光子の短歌の授業を受けた。その後一九三九（昭和一四）年、太田水穂・四賀光子夫妻の主宰する「潮音」社友となり、両者に師事した。「潮音」の、伝統的世界を内包した抒情・象徴の世界を詠む歌風は、葛原の歌の土台に存し、自らの歌の方向性を決定するときに影響を与えたと考えられる。葛原は、疎開先での厳しい越冬の中で、短歌を支えとした。葛原は創作過程で、作歌について思いめぐらすところがあったのであろう。一九四五年一二月に帰京し、「作歌の気構えを確かにした」（「葛原妙子年譜」）と記した。

第一歌集『橙黄』（女人短歌会、一九五〇・一二）に収録されている疎開先での歌を挙げる。

アンデルセンのその薄ら氷に似し童話抱きつつひと夜ねむりに落ちむとす
凍みし菜に熱湯をかけるむざんさもゆるされてあり生きを欲る日は
寒冷にこころひしがれ坐るとき賜ひし茨の蜂蜜の瀞みよ

右の歌群からは、物を通しての象徴的表現世界が豊かに立ち昇ってくる。葛原は現実に感じる自己の確かな感覚を信じ、現実の奥にある真実を歌に詠もうと試みた。浅間山山麓の透徹した空気に呼応するかのように、現実を通して迫ってくる真実を歌に詠もうとした。また、破調を用いるなど、新しい時代の到来を予知するごとく、内容、形式共に表現方法を模索した戦時下での試みが、戦後の『女人短歌』での活躍や独自の表現方法の確立へ繋がったと考えられる。

二・二六事件に父の連座を体験して――斎藤史

戦時下で、稀有な体験をした一人に斎藤史（一九〇九～二〇〇二）がいる。日本が本格的な軍国主義に突き進む契機となった一九三六（昭和一一）年の二・二六事件に父が連座し、友人の青年将校たちが刑に服した。第一歌集『魚歌』（ぐろりあ・そさえて、一九四〇・八）にはこの体験をテーマにした「濁流」二三首が収録されている。次の歌を含む。

濁流だ濁流だと叫び流れゆく末は泥土か夜明けか知らぬ
暴力のかく美しき世に住みてひねもすうたふわが子守うた

とりわけ二首目の歌は、美しい韻律とともに心の深部に潜む悲憤慷慨が、象徴的に詠み上げられている。戦時中も自己の信念に忠実に表現の手法を磨き続けた歌人の一人である。

貫いた思想――山田あき

戦時下で、自己の信念を貫いた歌人の一人に、山田あき（一九〇〇～一九九六）がいる。

山田は、地主の娘（七人兄弟の五女）で、高田高等女学校を卒業した。親の意思で卒業

（一九二五年）後すぐに結婚、同年離婚を経験して上京した。一九二九（昭和四）年に創立したプロレタリア歌人同盟に加盟してから、戦時中も一貫して社会の弱者の立場に立って活動し続けた歌人である。

山田は、一九二九年、治安維持法等で弾圧を受けた人々への救援活動を行った会である「犠牲者救援会」に加わったとして検挙された。

山田のプロレタリア短歌は激しい口調のものであったが、常に民衆とともに歩んでいる軌跡が刻まれている。

レーニンの額の下にキチンと座り、すばやくビラを受取った同志の厳粛な顔が何て気に入ったろう

妻も家も否めしさえ奪われてる、だが俺達には大衆があると同志の晴れやかな顔は輝いてる

『プロレタリア短歌・俳句・川柳集』（初出『短歌前衛』一九三〇・四）

「あんまりにらむな……」

うすきみ悪そうにぬかすのだ

ああ　この憎しみ
「出たら…出たらもっとやるぞ！」
歯をくいしめ握りしめた拳(こぶし)に百倍千倍の力だ

『プロレタリア短歌・俳句・川柳集』（初出『プロレタリア短歌』一九三一・三）

第二次世界大戦は多くの惨劇とともに敗戦を迎えた。歌人たちにとって戦争とはいったい何だったのか。戦時中いかに歌と向きあい生きたかという問いは、それぞれの歌人の戦後の生き方にどのように影響を与えたのだろうか。敗戦がもたらした社会の変容を歌人たちはどのように受容したのだろうか。

4　敗戦を迎えた女性歌人たちの心境

一九四五年、戦後の扉が開いた。歌人たちは戦時下の生活や精神の重苦を乗り越えて、逞しく歌と共に歩みを進めた。

五島美代子の歌から

次の歌は五島美代子によって一九四五年に詠まれた「餓鬼」（『丘の上』所収）と題する六首中の二首である。

深夜一人むさぼりて読む新刊書餓ゑかつゑ来し月日長かりき
痩せさらぼひ乞食（こつじき）の如くさすらひし心と思ふ追ひまくられて

『丘の上』

戦時下における美代子の「飢えと渇きの苦しみ」は、食物よりも何よりも、学問への探究が叶わなかったところにあったと考えられる。飢え渇きの中にあった戦時中の日々は、美代子にどんなに長く感じられたものであったかが、嘆息と共に伝わってくる。「深夜に一人むさぼりて読む」という表現から、寝る間を削ってでも誰にも邪魔されることなく新しい時代を享受している姿が彷彿としてくる歌である。後者には、戦時下で自己の精神世界が枯渇したことを見据えている心情が表われている。

美代子は、一九四八年、『人民短歌』（新興出版社、第三巻第四号、一九四八・四）に、「影と火花」

と題する一七首を掲載した。次の歌は、そのうちの三首である。

　食欲の切なきに似てわが求むる彼方（かなた）のものは手にふれんとす
　口腹の慾にも勝てぬ身一つを灼（や）くものありて辞書は手ずれぬ
　のびのびとかく蒼空にうたひ上げしうた一つなくて吾ら敗れぬ
『人民短歌』

　美代子は、一首の歌に詠んだように、戦時下で手の届かぬままに飢え乾いていた学びへの希求に、今ようやく手が届こうとしていた。二首目の「辞書は手ずれぬ」という表現からも類推できるが、美代子が長い年月にわたって持ち続けている真摯で強烈な学びの姿勢は、美代子の歌の根幹を成すものである。また、三首目の歌に見られる歌人としての悔恨の思いは、戦時下がいかに思想や表現の自由を制限していた不毛の時代であったかを鋭く突いている。

　つまり、これらの三首からも、五島美代子の戦時下での「飢えと渇きの苦しみ」が何であったのかが明瞭である。美代子の内奥には常に学びへの渇求が渦巻いており、特に戦時中は、読書すらままならないことからくる精神の枯渇に怯え、焦燥感が強かったことが窺える。

葛原妙子・山田あきの歌から

次の歌群を有する葛原妙子や山田あきも、戦時下がいかに思想やことばを拘束された不毛の時代であったか、学びへの強い思いを阻害された時代であったかを鋭く突き、その失われた時を取り戻すかのように新たに学びや創作の世界を激しく求める心情を吐露している。

糧（かて）負ひて三里の道を歩むときまがなしく襲ふこころの飢ゑは
とり落さば火焰とならむてのひらのひとつ柘榴の重みにし耐ふ
焼けざりし書（ふみ）ある部屋にかへり来てひとときまなこ貪婪にすわる
辞書二冊机に据ゑてこの夜やわれに憑くべき神々もなく
花ひらくこともなかりき抽象の世界に入らむかすかなるおもひよ

葛原妙子『橙黄』

いのちはげしき組織のなかに身をせめぎ生きむ希ひや明日を継ぐため
をんなわれの這ひまわされしことごとよ新しき世に生きてとどろけ
わが内部（うち）よつみかさねたる何かある知らぬことばを学ぶは悦し
血脈を超えてつながる若きらと書（ふみ）進めをりこころのびゆけ

書読(ふみ)みて書のりこゆるちから充たばわが死の際(きは)のこゑすずしきか　　山田あき『紺』

戦後いち早く新時代の風を感じ取り、五島美代子も葛原妙子も山田あきも奮い立った。戦時下の拘束された時代を生き抜く中で、それぞれが心の内奥に秘めていた学問や歌の道、民衆とともに歩む道への内的衝迫が一挙に噴出したことが認められる歌群である。豊かな精神を求めて逞しく新時代に船出している。

なお、戦後発刊した山田の第一歌集『紺』（歌壇新報社、一九五一・五）には戦前・戦時中に詠んだ作品は、収録されていない。戦時中のことを詠んだ「口笛の律」と題する七首は、一九四四（昭和一九）年の時を題材にしているが、一九四六（昭二一）年に作られた。『紺』に収録されているのは、一九四六年以後の作品である。ここには、戦後、抑圧からの自由を掌中に収めた解放感の中で、新たな出発を民衆とともに歩んで行こうとする山田の、秘めたる決意がある。新時代を切り拓く意欲と信念に満ちた力強い第一歩がある。

山田が女人短歌会創立の誘いを受けた時、短歌という表現の場で、これまで束縛されてきた女性歌人たちが自由に自己の真情や信念を表白できる場を求めているなら、「新しき世に生きてとどろけ」と高らかに歌い上げて、その動きに加わることはごく自然なことであった。山田が『女人短歌』誕生に関わった所以の一端がここに見出されよう。

5 『女人短歌』の成立時期の時代背景

歌人たちの活動開始

敗戦国日本は、アメリカの占領政策によって激変した。国民全体が、敗戦による貧しさと戸惑いの中での生活を余儀なくされた。しかし占領政策によって、民主化の理念、個人の尊厳が持ち込まれたことで、思想や良心、生活においても、自らの選択によって新たな環境に生きることが可能になった。

出版物に関しては、敗戦直後には占領軍の方針による事前検閲が、一九四七年一二月からは事後検閲が続いた。しかし言論の統制から一応解放された歌人たちは、新しく団体を立ち上げ、競って活動を再開した。

一九四六（昭和二一）年二月には、戦時下で弾圧を受けた渡辺順三を中心とするプロレタリア文学系のメンバーが主となって、民主的な短歌団体として「新日本歌人協会」が発足し、機関誌

『人民短歌』（一九四六・二〜一九四九・九）を刊行した。『人民短歌』では山田あきが活躍した。五島美代子も短歌を掲載している。メンバーの小名木綱夫は、第二巻第九号（一九四七・一〇）で、「敗北の歌――五島美代子論――」を掲載し、「五島美代子の作歌は新しいものと古いものとの接合点で、作品は形成されており、その歌の憂悶の情ははげしい身悶えの身振り（ポーズ）を示しながら彼女自身をふくめた人間を行動にかり立てるような、知性や宮情（ママ）の力は一度も示したことがない。美代子の作品を貫く知性は、要するに、知性のかげが濃いというだけで、強壮な肉体と思想を持ちあわせない通俗なひ弱な存在にすぎないのである」と論じた。戦前、プロレタリア短歌から退いた美代子に対する批判的視点からの手厳しい論調である。

一九四六年三月には、戦時下の日本文学報国会系の「東京歌話会」が発足し、機関誌『短歌季刊』（一九四七・一〜一九四九・三）を刊行した。「東京歌話会」は、終戦により日本文学報国会が解散したことから、交流の場を持つ目的で在京歌人を中心に超結社で作られた。阿部静枝が世話人として活躍した。他に、美代子の夫である五島茂や筏井嘉一、窪田章一郎、佐藤佐太郎等が世話人であった。事務所は、「杉並区堀ノ内一丁目二七ノ五」、五島方に置かれた。『短歌季刊』創刊第一集（一九四七・一）には、女性歌人では五島美代子、北見志保子、水町京子、川上小夜子、阿部静枝が、短歌や随想や新歌集展望を掲載している。『女人短歌』創刊時の主要メンバーの多くが「東京歌話会」で、すでに繋がりを築いていたことが明確である。

さらに、一九四六年一二月には「新歌人集団」が発足した。発足時の玉田徳松、加藤克巳、近藤芳美、大野信夫等に加え、その後加わった宮柊二、小名木綱夫、前田透など三〇代の、厳しい戦争体験を持つ歌人たちの超結社による集団であった。その中に、女性ではただ一人、四六歳の山田あきが名を連ねた。彼らは、人間性に対する深い内省の目を持って、新時代の新しい短歌の創造を目指し、研究会と作品の相互批評を行った。「新歌人集団」は、一九四八（昭和二三）年には自然解消した。山田あきが後に『女人短歌』に参加したことの一端に、結社を超えて新しい時代の歌の創造を目指す「新歌人集団」での体験があったことも、大きな要因ではないか。

一九四八（昭和二三）年九月には「日本歌人クラブ」が発足した。歌人の親睦交流を図り、歌壇の発展を期する団体であった。斎藤茂吉・土屋文明・釈迢空・尾上柴舟・佐佐木信綱・窪田空穂・土岐善麿・前田夕暮をはじめとする一八三名が発起人となり、太田青丘・渡辺順三・近藤芳美・佐藤佐太郎・木俣修・宮柊二等によって結成され、今日、最大規模の歌人集団となって存在している。このように、歌人たちの活動の場は広がり、復刊した『短歌研究』（一九四五・九〜現在に至る）や『八雲』（一九四六・一二〜一九四八・三）等歌人たちに表現の場を提供する総合雑誌が次々と出版された。

かくしていくつもの歌人団体が絡み合いながら、やがて女性の手による超結社組織である「女人短歌会」が誕生する下地が、創立時のメンバーたちに培われていった。

短歌否定への動揺

歌人たちが活動を起こす一方では、短歌や俳句などの日本の短詩型文学に対する批判が続々と起こった。

臼井吉見の「短歌への訣別」（『展望』筑摩書房、一九四六・五）や、桑原武夫の「第二芸術——現代俳句について——」（『世界』岩波書店、第一一号、一九四六・一一）、小野十三郎の「奴隷の韻律——私と短歌——」（『八雲』一九四八・一）などが相次いで発表された。

臼井は、「戦場の若者たちが、冷静な死と、のつぴきならず直面させられた己がいのちを、伝統的な短歌乃至俳句形式のなかに虔ましく表現してゐることが、なんともあはれでならぬのである」と述べ、「我々は短歌への去り難い愛着を決然として断ち切る時ではなからうか」と、「民族の知性変革の問題」の一つとして提示した。

桑原は、俳句を指して「一つの芸術様式が三百年もそのまゝ続き得たといふことは日本の社会の安定性あるひは沈滞性を示すものであらうが」と述べ、「社会の進展にともなひ」対応できていないのではないか、と問題を提起した。

小野は、小田切秀雄や桑原の批評に飽き足らないのは「短歌や俳句の音数率に対する、古い生活と生命のリズムに対する、嫌悪の表明が希薄だということである」と述べ、「特に、短歌について云えば、あの三十一字音量感の底をながれている濡れた湿っぽいでれでれした詠嘆調、そういう閉塞された韻律に対する新しい世代の感性的な抵抗がなぜもっと紙背に徹して感じられないかということだ」と、短歌的抒情の本質があり続けることへの危惧を示した。

これらの論に端を発して、戦時中の短歌への反省や否定による論が次々に現れ、歌人たちにも短歌否定への動揺が走った時期でもある。

『八雲』は、第二芸術論と真正面から向き合い、桑原武夫や小田切秀雄や平林たい子や臼井吉見等の論を取り上げ、彼らの意見を受け入れつつも、短歌の存続を賭して刊行された。小野十三郎も詩を掲載している。『八雲』には五島美代子や杉浦翠子らも短歌を掲載している。平林たい子は、「五島美代子論」（『八雲』通巻六号、一九四七・七）で、「歩調あはせ健やかに並び行けと思ふ卑(ひく)き女の足どりは捨てよ」を引き、「意味はよく通じる」と一応肯定しつつも「これは詩だらうか。男女対等への女性を激励するための標語だと誰かゞ間違へないだらうか。意味を通じさせやうとすれば、感動の言葉で表現する余裕がない」と、短歌の問題点の一つを指摘している。

このように論客の問題提起により、新しい時代の短歌への模索が次々となされていた。

女性歌人活動の黎明期へ

こうした混乱は、新時代の歌壇に女性歌人が男性と対等に競える位置を確保する黎明期をも意味していると言えよう。

一九四五（昭和二〇）年、首相となった幣原喜重郎に対してマッカーサーが発した「五大改革指令」により、同年一二月四日に「女子教育刷新要綱」が閣議決定し、一二月一五日には婦人参政権が認められた。翌年四月には衆議院議員総選挙で三九名の女性議員が誕生、また一一月には、日本国憲法で男女平等が保障されるなど、戦後の民主化によって特に女性の社会環境は激変した。

一九四六年は東京大学が女子に門戸を開いた年でもある。『東京大学百年史　通史二』（東京大学出版会、一九八五・三）によると、一〇八名の志願者中一九名、一九四七年には二〇名（合格率二六・七％）が合格した。

この新しい時代の気運に敏感に反応し、自分の本来のあり方を模索する中で、表現によって自己変革を求める女性歌人たちが立ち上がった。そのエネルギーが結集して、女性の手による『女人短歌』誕生へと駆り立てられていったのである。

第二章 『女人短歌』創刊

女人短歌第1回総会(銀座オリンピック、1949年4月25日)
2列目中央長沢美津、生方たつゑ、その後3列目川上小夜子、右へ北見志保子、栗原潔子

1 『女人短歌』の創刊へ

創刊への呼びかけ

一九四九年四月、「女人短歌会」が発足し、同年九月にその機関誌『女人短歌』が発刊に至った。

創刊にあたって、まず、世話人となる川上小夜子・川口千香枝・五島美代子・若山喜志子が連名で、発起人を募った。次に、それによって決定した一八名の発起人による趣意書「女人短歌設立の趣旨」(一九四九年三月)が、全国の女性歌人に向けて発信された。本文を次に挙げる。

新しい日本の、文化の一面を背負ふ女性の力の大きいことを今日程痛感させられることはありません。古来、短歌の上に於て女性の果たして来た部門の輝やかしいものであることは今更いふまでもありません。戦後あらゆる方面に婦人の前に開かれた道は多岐多様であります。これを真に価値づけ、充実させてゆくのは女性自身の自覚と要求に待たねばなりません。短歌も常に新しい思潮のもとに創造のよろこびを共にしたいと思ひます。真の日本文化の担ひ手たる女性として「女人短歌会」をつくり現代短歌の上に新生面を開くことを申し合はせました。此趣旨により大方の現在作歌活動を続けてゐる全国女流歌人に呼びかける次第です。

「女人短歌設立の趣旨」

発起人は、阿部静枝・石橋静子・生方たつゑ・大井重代・尾崎孝子・川上小夜子・川口千香枝・栗原潔子・五島美代子・四賀光子・斎藤史・清水千代・杉田鶴子・長沢美津・初井しづ枝・水町京子・山田あき・若山喜志子であった。

「各結社に、主だった女性歌人二名ほどずつ推薦してほしい旨を働きかけたようだ」と、創立会員の宮坂和子が、筆者に語ったことがある。宮坂は、五島茂・五島美代子の主宰する『立春』の会員で、美代子から直接、「あなた、入りなさい」と声をかけられたという。宮坂は、『立春』会員である小林みどりとともに、創立会員となった。この例のように、発起人たちは、それぞれ声をかけられる結社や歌人たちに働きかけ、積極的に女性歌人参加への呼びかけをしていたのである。

第一回女人短歌会春季総会

「第一回女人短歌会春季総会の記」（創刊号）によると、一九四九（昭和二四）年四月二五日、第一回総会が銀座「オリンピック」で六四名の出席者によって開かれた。阿部静枝、生方たつゑ、川口千香枝、山下喜美子などの東京在住者の他に、石橋静子、桂静子、斎藤史、清水千代、初井しづ枝、本田みつの、門野高子などの地方在住者たちが一堂に会した。

葛原妙子によると、この時の長沢美津の第一声は、「皆さん、男の人を頼っていてなにが出来ましょうや」（「原動力　長沢美津」第一二〇号、一九七九・六）であったという。長沢の、闘志をみなぎらせて会員たちを鼓舞する様子が端的に表れている。この勇ましい第一声に象徴されるように、男性歌人たちから実現し難いと揶揄されたり歯牙にもかけられなかった女性歌人による超結社の会が、女性自身の手によって創立したことは、まさに驚くべき快挙であった。この時点で既に、北海道、信州、北陸、京都、大阪、兵庫、四国、中国、岐阜、房州の一〇の地方支部が設置された。この大規模な組織を短期間に確保した委員たちの実行力は、単なる女性の集まりではない気迫が漲っていることの証と言えよう。

『女人短歌』終刊号（一九九七・一二）に、女人短歌会第一回総会の写真が掲載されている。写真には、会員たちの子供と思われる四人の幼児たちが写っている。子供たちの載っている写真はこの一枚だけであるが、これは、何はさておき子供を連れてでも参加しようと駆けつけたであろう女性歌人たちの、歌への情熱と内的衝迫の重みを象徴的に表していると言える。

旧「満洲国」からの引き揚げ者であった津田八重子は、「私にとってこの時期は敗戦という実感と生活への不安定に身も心も萎えはてていた時代であった」（「女人短歌創刊前後の思い出」第一四八号、一九八六・六）と回想した。津田は、責任感と覚悟をもって入会したが、あの頃の緊張感が心の支えとして今もあるということを記している。まさに敗戦後の女性歌人たちの精神の拠りどころとして、女人短歌会は大きな受け皿となっていた。

武川忠一は、女人短歌会の結成は、「それは女性の解放と自立、意識と意欲の高まりの中から生誕した団体」（『現代短歌の歩み――斎藤茂吉から俵万智まで』飯塚書店、二〇〇七・六）である、と述べた。この武川の指摘は、創刊時に参集した女性たちの精神の高揚感を言い表している。

この機運の高まりの中で諸々の役割が決定し、常任幹事から北見（編集発行の代表者）・阿部・五島・川上・生方の五人が編集、長沢が庶務会計を担当することになった。この五人の力の結集が初期の女人短歌会の礎となった。

女人短歌会発足時の編集者たちの年齢を見るなら、北見は六四歳、阿部は五〇歳、五島は五一歳、川上は五三歳、生方は四五歳、長沢はあと数カ月で四五歳である。それぞれの歌人としての活躍や、社会的活動が評価されている、安定した集団である。この彼女たちがあえて、女性歌人たちのために未来を見据えて風を起こそうとした。

後述するが、新時代に、女性歌人たちが存分に力を発揮できる場を自らの手で作ろうと志す『女人短歌』の方向性をまとめてゆく過程で、五島美代子の存在が大きく働いていた。編集にあたる五人中に、美代子が参加を薦めた、論客であり社会への問題意識を持つ、阿部、生方が含まれていることは、『女人短歌』の目指す目的の一端を示している。

それぞれの役割

準備の段階から、それぞれの役割は、各自の見識や人柄などによって自然にできていったようである。例えば長沢美津は、ひさぎ会会員であった三友啓子に言われて事務方の役割を担わされた。長沢は、『女人短歌』第一〇三号「思い出のうちより」で、次のエピソードを記している。

女人短歌の事務所を押し付けられて雑用万端引きうけ処となって、何もかもが新経験であった。発送用の袋を一年分見越して買ったら北見さんは「まあ」といわれた。私は沢山買うとやすいのですとつい云ってしまった。阿部さんは「それは当たり前」といわれた。

長沢美津「思い出のうちより」

長沢は庶務会計を担当することになり、少しでも費用を抑えるべく知恵を絞っている姿が浮かんでくる。また、北見志保子のどこか浮世離れをした様子に対して、戦後の現実社会の生活感覚に敏感に生きる阿部静枝の反応の違いも表れている。長沢の家を中心に発送等がなされた。当時はあて名書きもすべて手作業だった。

平中歳子は北見志保子のことを「『女人短歌』のためなら何でもやるという意気込みであった」（「北見志保子」『女歌人小論』短歌新聞社、一九八七・一）と記している。北見は男性歌人たちや文学者たちと積極的に交流を図り、彼らに、『女人短歌』を受け入れさせようと奔走した。誌面にも彼らの寄稿を積極的に取り入れるべく働きかけている。このことを如実に表すエピソードとして第一〇〇号（一九七四・六）に、結成直前の次の五島美代子のことばがある。

そのとき、男性歌人の中から反対があって、いろいろお世話してくださった方に迷惑がかかりそうになり、又私が迷いだしたら「男の方の方は私が引受けるから安心しなさい。私のやり方がうまくいったら、あなたは世間知らずなのだから、私達に賛成して入ってくださる？」と北見さんがいわれる。私がぽかんとしてうなずくと、「お金も出す？」ときかれた。私はどうも納得がゆかなかったが、世間知らずは事実なのだから、「もし北見さんの言われる通りの世の中なら、月謝としてお金も出すわ」といった。

五島美代子「無題」

ここには北見の、男性歌人を懐柔する役割に自らが注力するという意思が明確に表れている。と同時に、美代子の裏表のない性格が表れている。当時美代子は、一九四三年から晩香女学校の校長をしていた。戦後在籍学生の激減した晩香女学校の校舎に手を入れることもままならず、一家は、職員室を居住の場として生活していた。美代子は、創立者である母千代槌（ちよつち）の遺志を継いで何とか学校を存続させていたが、夫である経済学者の五島茂が、経理を引き受け資金繰りを必死で支えていた。しかし周囲からは、美代子は金銭的に余裕のある人物とみられていたのであろう。美代子は、釈然としない思いになりつつも、女人短歌会発足のための資金提供をという北見の言葉を、自分の知らない世界を学ぶ授業料として受け入れた。思想的拠りどころとしての役割を担った美代子だが、北見の戦術にあっけなくはまるところに、純粋さの一端が表れている。

阿部、生方は女人短歌会の前面に立ち、男性歌人たちに対等の立場で意見を述べる論客として積極的に活動したことが、後述する『女人短歌』誌上の対談や評論などの活躍から窺える。

長沢美津は、「創刊の頃」（『女人短歌』終刊号、一九九七・一二）で、メンバーの役割について次のようにユーモラスに記している。

発行人である北見さんは土佐出身で、民謡の原点ともいえる「土佐の高知のはりまや橋の、坊さんかんざし…」のよさこい調の柔らかさとしなやかさで、平城山（ならやま）の歌が世を風靡していた時とも重なって浸透力を助けた。かたや阿部静枝さんは東北出身。「会津磐梯山は宝の山よ」の地方民謡の原型的な存在であった。そして補佐役の川上小夜子さんはまことに調子のよいジャーナリズムに適合する風格を持ち合わせていた。若手の生方たつゑさんは新進の面目躍如のころであり、私は加賀藩出身の縁の下の力持ち的な存在が性にあっていて、事務所を引き受けることとなった。五島美代子さんは当初は関西におられたがやがて東京に移られ、お母さんが営んでいられた堀之内の女学校の校舎に住まわれた。桜の頃には校庭でお花見の会を催された。お花見といっても戦後のまだ食料の不足していた頃のことで、各自おにぎり持参であった。お茶のサービスを受けながら、花の下での園遊会もどきの気分は自由であり、開放的で歌についての議論の他、種々の文化交流の場でもあった。　長沢美津「創刊の頃」

戦時中大阪に居を構えていた五島美代子は、一九四三（昭和一八）年には、母千代槌の死去により、夫茂と長女ひとみを大阪に残し、次女いづみを連れて晩香女学校に移り住み、校長として寄宿生徒たちと生活を共にした。この点については長沢の記憶違いであるが、美代子は、花見をはじめ、新年には百人一首のかるた会を催すなど、日本文化の香りを会員たちに提供していた。それぞれ独特の世界を有する編集委員たちが、結束して、女性歌人たちに未来への窓を開いたのであった。

2　『女人短歌』創刊への歩み

女性歌人たちの挑戦——戦前のひさぎ会を超えて

季刊歌誌『女人短歌』の創刊には、五島美代子の存在を無視することはできない。発刊に至る経緯やエピソードは、長沢美津の「女人短歌と折口信夫——発刊の頃まで——」（『女歌人小論』女人短歌会、一九八七・二）に詳しいが、それによると、一九四八年一〇月一〇日、今井邦子の告別式の帰途、若山喜志子及び川上小夜子と同道したが、二人は、戦前の女性歌人の親睦の集まりであった「ひさぎ会」（一九二八〜一九三八）をどうするかという話で盛り上がったという。

ひさぎ会は、機関誌は持たず、代表今井邦子の下に、年二回の会を開催した。第一回は、四賀光子、今井邦子、岡本かの子、茅野雅子や、北見志保子、水町京子、川上小夜子、阿部静枝、中河幹子、片山広子等が名を連ね、長沢美津が第二回から加わった。しかし、今井が一九三六（昭和一一）年、『明日香』を創刊し結社を持ち、ひさぎ会に力を注ぎきれなくなったことに端を発して、一九三八年には実質的に休止状態であった。

今井邦子（一八九〇〜一九四八）は、官吏の父の転勤の関係で、諏訪の祖父母の下で育った。一六歳で『女子文壇』に詩を投稿し、文学を志すようになった。短歌については、上京後中央新聞社の記者となり、同僚であった今井武彦と結婚してから作歌を始めた。一九一六（大正五）年、『アララギ』に入会し、島木赤彦に師事した。一九三六（昭和一一）年、『明日香』を創刊した。

生方たつゑは、今井邦子に師事し、一九三五（昭和一〇）年、邦子の勧めにより第一歌集『山花集』を上梓した。

若山喜志子（一八八八〜一九六八）は、一九二八（昭和三）年夫若山牧水の死去以後、牧水主宰の『創作』を継承し、主宰者として一七年にわたって結社を守ってきた歌人である。

川上小夜子（一八九八〜一九五一）は、一九一六（大正五）年、前田夕暮主宰の歌誌『詩歌』に

加わった。その後、『覇王樹』（橋田東声により創刊）を経て、ひさぎ会に参加し、北見志保子、水町京子等と『草の実』を創刊した。『女人短歌』では、北見を支えて活動した。

そして、一九四八年一〇月一六日、東京歌話会の帰途、川上小夜子および五島美代子と同道したが、途中寄ったしるこやで、「いまさらひさぎ会ではなく新出発をしよう」と気を吐く五島美代子と川上小夜子とが意気投合したという。長沢は、これらの会話がきっかけとなり「女歌人の新出発ということに進行し」たと記している。いきさつの真偽や詳細は、長沢の文章だけからでは判断できないが、少なくとも美代子の気概が伝わってくる描写である。ここに、ひさぎ会はすでに過去のものであって新時代には新時代にふさわしい出発がある、という美代子の強い意志が表れている。美代子は、ひさぎ会にはまったく加わっていない。

長沢美津は「女人短歌会という名称も定まった時に若山さんは私の家に来訪されて、ひさぎ会のあとをよくよく頼むと依頼された」（「女人短歌創刊から叢書刊行へ――歌集『雲を呼ぶ』」『短歌』一九七八・一二）と記している。戦前からひさぎ会に属していた北見志保子や川上小夜子、長沢美津たちは、ひさぎ会復活への意志を持ち続けていたし、単純にその復活と捉えた歌人たちがいたことは想像に難くない。長沢美津の、創刊から四〇年後にかかれた「女人短歌一六〇号を迎えて」第一六〇号（一九八九・六）の一文からも長沢には、この意識が続いていたことが窺える。

方向性、目的の段階で、それぞれの思惑はかなり違っていたと言わざるを得ない。

しかし前述のいきさつを鑑みるなら、ひさぎ会の会員の多くが『女人短歌』の創刊に尽力したとはいえ、内容的には、戦前のひさぎ会と決別して新しい時代にふさわしい会を作ろうという意志から出発している。したがってひさぎ会は実質的に消滅したと考えられる。それ故、『女人短歌』の前身がひさぎ会であるという通説は的を射ているとは言い難い。

新時代にどのような具体的ビジョンを掲げて会を発足させるかという明晰な理想があってこそ、女人短歌会という新しい団体が生まれ、四八年間も存続し得たのである。

一九四八年一一月五日に開かれた準備会の出席者は、川上小夜子・若山喜志子・北見志保子・川口千香枝・五島美代子・長沢美津であった。皆それぞれに、今こそ女性が歌壇において新しい地平を拓かねばならないという意気込みをみなぎらせ、具体的に語り合った。ここで会名を「女人短歌会」と決定した、と長沢は記している。後述するが、わざわざ〈女人〉と限定することについては、五島美代子には受け入れ難いものがあった。

長沢は、この時美代子から「今迄の惰性であってはならない。新顔を大いに活用すること」との希望があった、と記している。これは、新時代を迎えて出発するからには、参加者一人一人が新しい息吹を持ち込まなければならない、と参加者への決意を促している発言と言える。そのためには、新人の発掘と活用に重きを置こうとする美代子の考えが示されている。ここに、美代子自身の新しい時代に踏み出す歌人としての心構えが明瞭に表れている。

〈女人〉と限定することへの五島美代子の抵抗

美代子には、新時代の出発にあたり、わざわざ〈女人〉という言葉を使って女性歌人だけで集まるということに抵抗があった。なぜなら、美代子には戦時中から既に男性に伍して活躍している実績があったからである。

戦後、美代子は積極的に活動を開始し、『短歌研究』や『八雲』、『人民短歌』や『短歌往来』等に短歌や評論を掲載するなど、新時代を担う歌人の一人として、女性歌人たちの先陣を切って活躍したが、その真価は既に戦時中の活動に顕著であった。

戦時下で、『新風十人』（八雲書林、一九四〇・七）が刊行された。『新風十人』は、かつて「新興歌人連盟」及び「プロレタリア歌人連盟」に属した筏井嘉一・五島美代子・前川佐美雄・坪野哲久・館山一子の五人と、斎藤史・加藤将之・佐藤佐太郎・常見千香夫・福田栄一の一〇人の歌人によるおのおの一三五首ずつの合同歌集である。これは当時の軍国体制の中で、時流に追随した既成歌壇の潮流に抗して新風を起こすべく一〇の風として、八雲書林の鎌田敬止の呼びかけによって企画された。女性歌人は、五島美代子と斎藤史、館山一子の三人であったが、彼女たちの作歌姿勢と作品は、戦時下においても評価を得ていた。

美代子は、「私は自分が省みて真に正しいと信じる道を歩いてゐるといふだけで」（「朝焼け」の「後記」『新風十人』八雲書林、一九四〇・七）と、当時に至る自己の歩み方を記しているが、戦時下にあってもこの姿勢を持ち続けていた。

菱川善夫は、『新風十人』は、当時時代の趨勢からは評価されなかったが、戦後、「『新風十人』は、個人的表現の可能な最後の砦を果たしていたことになる」と指摘した。そして「『新風十人』の新風たるゆえんがどこにあるかといえば、時代の抑圧や公権力によって、言葉が殺されようとする危機の中で、言葉の自律性を守ったところにあると言わなくてはならない。言葉が殺されようとする時に、言葉の防衛本能をめざめさせ、複雑な屈折表現や象徴的技法を駆使して、言葉が最終的に国家のものではなく、個人のものであることをあきらかにしたのである」（菱川善夫「『新風十人』の美と思想」『美と思想――短歌史観』沖積舎、二〇〇七・六）と、高く評価した。戦時下としてはかなり冒険的な異色の歌集である。

また美代子は、戦時下にあって、「女と歌」（『立春』第二一号、一九四〇・三）で、「女の歌といつて、男の歌と区別する必要はない」と述べ、その真意を「女である事を乗り越えようとする時、初めて芸の本質に触れかける。最後に女である事を忘れて、而かもあるがままの女であり得る時、初めて芸に到達し得るのではあるまいか」と説明し、ありのままの自己を歌に表出しようとする、歌人としての自己のあり方を記している。当時の男性優位の歌壇の意識を超えた、美代子の歌人としての自在な心意を物語る言葉である。

このように、戦時下においても男性歌人と肩を並べて活躍していた美代子にとって、新時代の夜明けに、今さら女性だけで集まるのは時代錯誤である、と思ったのは自然な感情であったと考えられる。美代子は、女性も男性も対等の立場で競い合うことを求めるのが新時代の第一歩であると考えていた。

美代子は当時を振り返り、第五〇号の「女人の火」（一九六一・一二）で、「女だけの歌の雑誌など、わざわざ別に持つ必要はない――という批判が当時圧倒的であった。私自身そうした疑問をもって、女だけの集まりはレベルの低くなる怖れがありはしまいか。少なくとも私は、何といっても一歩も二歩も先んじられている男性作家の間でもまれてこそ進歩したいのにと思った」と記している。

近藤芳美は、『女人短歌』創刊の前年、川上小夜子邸に招かれ意見を求められた時、反対意見を述べたと、終刊号（一九九七・一二）で次のように回想している。

文学の世界で、当然に男女は平等であり、あるべきはずである。それなのになぜ女性の歌人だけが集まって会を作り、雑誌を持たなければならないのか。（中略）戦後民主主義の沛然と湧き起っていく時代、女人ということばが気に入らず、まして「女人」だけで始めるという『女人短歌』がアナクロニズムとしか思えなかったのであろう。

近藤芳美「『女人短歌』発足前後」

美代子も近藤も新しい時代に期待を寄せていたが、当時の歌壇の現実は、理想を実現化させるにはまだ道のりは遠かった。

小山静子は、明治期の国家政策において、良妻の条件は、「「男は仕事、女は家庭」という近代的な性別役割分業観にのっとった上で、家事労働を十分に果たし、家政を管理することができる女性」であり、日清戦争後、このような女性が「家事・育児を通して国家に貢献する具体的国民としてとらえられたことを意味しており、まさにここに良妻賢母思想登場の意義があった」（『良妻賢母という規範』勁草書房、一九九一・一〇）と指摘する。第二次世界大戦下でますます強固になったこの思想は、戦後も依然として日本人の精神に影響していた。社会的には男性が主で、女性は男性を支えるという立場に立つことがごく当たり前の状況であり、歌壇においても、男性主体で進められる傾向があった。それ故、まず女性自身がこの壁を打ち破らなければならなかったのである。

「認められない多くの女歌人のために」

五島美代子は、第一〇〇号（一九七四・六）でも、女だけの集まりに懐疑的であったことを回想している。北見・川上が美代子を説得している時、そばから長沢が「五島さん、あなたは男ですか、女ですか。女なら認められない多くの女歌人のために、自分だけのことを考えないで仲間入りするのが当然ではありませんか」と迫ったと記している。強烈な言葉である。

美代子はこの時の長沢美津の瞳は「燃え上がる火を底にひめた、一種すさまじい瞳のいろであった。私はその瞳に負けた」（「女人の火」第五〇号、一九六一・一二）と記している。これらの記述から、「認められない多くの女歌人のために」という理想の下に立ち上がろうとする長沢美津のひたむきな使命感に、美代子は強く心打たれたことが伝わってくる。

美代子は五〇号で、その時のことを回想し、「五〇集をかさねた女人短歌の火は、その時の彼女の奥にもえていた火だねに先ず私が感染し、そして次々もえひろがっていったものだとおもう。十年をこえてなおもえやまぬ女人の火である」と記している。

新時代を迎えた戦後に至るまで、美代子は、男性優位の歌壇にあっても、自身の力の問題として努力をしてきた。それ故、女性歌人の多くが辛酸を嘗めている全体の状況を、個人の問題として考え、社会と女性歌人の問題として捉えてはいなかった。だが、長沢の言葉によって、歌壇でなかなか実力を発揮できない女性のために美代子自身も立ち上がろうと決心したことが窺える。四賀光子によると、「明治末期より大正年間の女流歌人の動き」（第一八号、一九五三・一二）で、一九二一（大正一〇）年ごろから昭和初年の歌壇の風潮を次のように回想し、『明治大正文学全集』（春陽堂、一九二七〜一九三二）が出る時には、北原白秋から夫太田水穂に、与謝野晶子以外を入れないと連絡があったことを記している。この四賀の言葉は、女人短歌会結成頃にも続いていた歌壇の風潮であると言い得よう。

女性の歌をよむ人は非常に少数であつて会合などへ行つても男性の十分の二か三といふ位しか出席して居なかつた。よくよく執心の人でないと歌会などへ出られなかつた。私のやうな職業婦人として毎日外出してゐるものでさへ主人から一緒に行かうと云はれなければ、出過ぎるやうな気がして行かなかつた。今から考へればばうそのやうだけれども、記録があるので思ひ出すのである。まして懇親会のやうな酒の出る席などへは出席しないのが常識で、男性の方でも女性は誘はないのが礼儀であるやうに思つてゐた。（中略）一方女性の歌人が少なかつたので女流はいく分甘やかされて早く一人前の扱ひをされた傾向はあつたやうに思ふ。今のやうに何年も下積みの勉強をすることなく、表面に立てられるといふことはあつたが、いざ選集を作るなどといふ時はやつぱり女流は除け者にされた。

四賀光子「明治末期より大正年間の女流歌人の動き」

近藤芳美は「女流歌人論――その自己閉鎖性に就いて」（『短歌研究』一九六二・三）で、

近代短歌史は一人の閨秀歌人与謝野晶子より書き出されており、その事実を疑うものはない筈であるが、私たちがそれを振り返る場合一つの疑問につき当たる。それは、女性作者の数的に占める割合にも関わらず、短歌史の主系列の中に、晶子以後一人の女流の名も上げられない事である。

近藤芳美「女流歌人論―その自己閉鎖性に就いて」

と述べ、その原因を女性歌人の視野の狭さ、つまり、自己閉鎖性にある点を挙げている。しかし、前述の四賀の言葉にあるように、男性中心の歌壇が作り上げた負の構図であることへの認識が欠落しているのではなかろうか。次に挙げる具体例などからも、女性歌人が軽んじられていたことが理解できる。

「女人短歌会」結成を決断した時の歌壇の空気としては、一九四八年一一月一八日、阿部静枝が司会する東京歌話会の場で、五島・川上が女人短歌会のことを発表したところ、「男子側の意見としては、女性が男性に対立的なものでなければよろし(ママ)というようなことになった」(「女人短歌創刊から叢書刊行へ――歌集『雲を呼ぶ』」『短歌』、一九七八・一二)と、長沢美津は記している。翌一九四九(昭和二四)年の正月の例会で、議題は、機関誌『短歌季刊』の刊行が資金繰りの関係で六号はできるが七号は見合わせとなる件等であった。長沢はさらに、「この様な空気のなかで女歌人たちは何らかの形で発表機関を持とうという気運が濃くなって来た」と記している。そして、この時、ひさぎ会に加わっていた三友啓子から、「機関誌発行となれば事務所は無所属の人の処がいいという申出となり、現在青垣から宙に浮いている長沢が解決をつけるべきであるいうことになった」と記している。「青垣」は、一九二六(昭和元)年古泉千樫(一八八六～一九二七)を中心に、三ヶ島葭子や水町京子、北見志保子たちによって結成された青垣会に由来する。一九二七(昭和二)年八月、青垣会の歌誌『青垣』創刊を目指している途上、古泉が死去した。古泉の没後、一九二七年一一月に弟子たちによって創刊された。長沢美津も参加した。

長沢は、『青垣』に毎月詠草を送ったが誌上にはまったく掲載されなかった。この状況に対して、柳田新太郎（短歌新聞発行者）や近藤芳美らがおかしいと声を挙げる事態が生じた。そのようなさなか長沢は、青垣会より名簿から名前を削除したとの通知を受け取り、宙に浮いた状態であった。長沢は、青垣会に正式に退会を告げて、女人短歌会の事務所を担うこととなった。

生方たつゑは、第一二〇号（一九七九・六）で、「「女たちがより集って何ができるか」とも言われ、「空缶を引ずって歩いているようにさわがしい」とも評されながら、それでも女人短歌は育ってきた、ことは事実である」と、当時のことを記している。

森岡貞香も、『女人短歌』の終刊にあたってのインタビューで「かつて女性は歌会の添え物でした」（「単眼複眼」『朝日新聞』、一九九八年三月二日）と語った。

これらの記載からも、当時の歌壇の意識は男性優位であったことが明らかである。だからこそ、新時代の女性歌人たちにとって、女性歌人が存分に力を発揮できる場、つまり「女人短歌会」のような存在が必要だったのである。

阿部静枝、生方たつゑ、山田あきの参加を条件に

五島美代子は、長沢美津のひたむきさに気圧（けお）されて、阿部静枝、生方たつゑ、山田あきの参加

を条件に女人短歌会に加わることにした。美代子は、第一〇〇号（一九七四・六）で、次のように述べている。

その見幕にたじたじとなって、私の女だけでは進歩できない気がするのは間違いかしらと考えだした。そして女歌人の大同団結という意味なら、思想のちがうもの、歌風のちがうものが集まるということにも意味があるかと思い出し、「それなら四五人だけでなく、阿部静枝さん・生方たつゑさん・山田あきさんの三人もお誘いしてよ。その方々も入られるのなら私も入る」と川上さんに言ったことが伝わって、実際にこの方々が快諾してくださったので、いよいよ女人短歌会結成ということになった。

五島美代子「無題」

美代子が、この時、「阿部、生方、山田」の三人を指名したことに大きな意味がある。なぜなら、このことから美代子が新しい時代の女性歌人たちに何を望んでいたかの一端が考察できるからである。

阿部静枝（一八九九～一九七四）は、一九二一年から『水甕』に投稿、一九二二年『ポトナム』

創刊に加わった一人で、一九二七年、赤松常子、赤松明子たちと社会民衆婦人同盟を結成し、婦人参政権運動を推進した一人である。戦後随筆評論家としても活動した、社会的批評眼を持っている歌人であった。

宮城県登米郡石ノ森町（現宮城県登米市中田町石ノ森字町）に、地主の父芳次郎と母つねの長女として生まれた。小学校卒業後一四歳の時仙台市の宮城高等女学校に入学、寄宿生活を送っている。その後、東京女子高等師範学校に入学し、授業で、尾上柴舟に国文学を学び、短歌を学んだことが契機となり、一九二〇（大正九）年、尾上の主宰する『水甕』の社友となった。その後『ポトナム』創刊に加わり、『水甕』を退いた。『ポトナム』では、主要な同人として重用された。一九二三（大正一二）年に阿部温知と同棲を経て結婚した。弁護士であった夫温知は、東京府府議会議員、日本農民組合総同盟中央委員等の役職を持ち、社会運動家としての活動を展開していた。阿部静枝は、夫と共に社会的活動を行った。これらの活動によって社会問題に対する視座を磨き高めていったことは、やがて、『女人短歌』での働きに大きな力を発揮することになる。

阿部は男女不平等な社会の構造に疑問を呈していたが、結婚についても、大正デモクラシーの影響もあると考えられるが、世間の常識的な枠組みに与しない生き方を選んだ。わが子を他家に預け、夫とともに歩む生活を最優先した。夫は一九三八（昭和一三）年、脳溢血で死去したが、その後わが子を引き取っている。その後刊行した『霜の道』(女人短歌会、一九五〇・九)から、その頃の体験を基に詠まれた歌をいくつか挙げる。

女わが生きてゆくため子は他人にあづくると知らぬ磯曲訪ひ来ぬ
里親が高くかかげて生母われに別れ告げさす嬰児笑えり
子を置きて遠ざかるほどに身軽さありこの薄情をむしろ徹すべし
今日の収入合わせて子への仕送りの額に及びぬやすく眠らな
せめてわが男の子を生みしありがたさわれに似る女を思ふはくるし
世に人に気兼ねは要らぬ女あるじ預けおきし子を今ぞわが許に

生方たつゑ(一九〇五～二〇〇〇)については第四章で詳述するが、生方は、一旦中断した作歌活動を一九四三年に再開し、当時、新進の歌人として注目されていた。幻想的な中に悲しみの揺らめきを持つ自己の心象を詠みこんだ戦時中からの作風を、より深めようと試みていた。生方は、日本女子大学校を卒業した女性で、落選はしたが、男女普通選挙制度を採用した最初の総選挙である第二二回衆議院議員総選挙(一九四六年四月一〇日)に出馬した。新時代を拓く一端を自ら担いたいと、社会的問題への関心も強かった。

山田あき（一九〇〇〜一九九六）については第四章で詳細に述べるが、山田は、戦時中から一貫して自己の信念を崩さず、弱者への視点を持ち続けた歌人である。一九二九年、プロレタリア歌人同盟に参加、治安維持法違反による二度の検挙を経て、一九四六年、『人民短歌』や、近藤芳美や宮柊二をはじめとする出征兵の体験を持つ歌人も多数参加した若い世代の集団であった「新歌人集団」に加わった。新時代を迎えて民衆とともに歩む道に、自己を投じて突き進む意欲に満ちた山田は、政治や社会問題に真向うという短歌の構築を目指していた。

ここに彼女たちの共通点を分析するなら、次の二点を挙げることができる。一に、作歌の傾向はそれぞれ違うが、自己の作風を模索し新時代を拓く力量を示していたことである。二には、彼女たちが時代の動向や問題を鋭くキャッチする力を持ち、時代におもねることのない、社会変革への意思と行動力を持っている点である。

美代子は、このような特徴を持つ彼女たちの、困難に立ち向かう真摯な生き方に信頼を置き、共に男性優位の既成歌壇と戦える創作力や教養、批判精神を備えた歌人たちであると認めていた。だからこその人選と見て取れる。つまり美代子は、女性自身の意思によって、女性歌人のための歌誌を創刊するからには、『女人短歌』が単なる女性歌人たちの寄合ではなく、男性に伍して主体的に時代を批評し、行動し得る力を持たねばならないと考えていたことが明確に示されている。彼女たちの参加を条件とした美代子の働きは、『女人短歌』の発展継続を見据えた土台となる重要な視点であった。

『女人短歌』の根幹を形成する五島美代子の姿勢

一九四六年、美代子は「私たちの問題」（『立春』第六七号、一九四六・五）で次のように述べている。

　これからこそ私達を自由自在に詠はしてください。さうすれば、短歌ほど民衆の、殊にをんなの感情をありのままに反映しうる、民主的芸術様式はない筈だ。（中略）この道の発達は広く一般婦人の教養や情操の向上になり、延いては新しい文化の母体ともなり得るのである。この小さなるものの芽生えを、わが民衆から、女性から奪ふこと勿れ、と私は大きい声で叫びたい。

五島美代子「私たちの問題」

ここには、今こそ女性たちがあるがままの自己を発揮して新しい文化を創造する時であり、この道を誰にも阻ませまいとする、新しい時代を生きる女性歌人としての強烈な自負が表れている。

さらに、一九四七年、「女の文学」（『短歌往来』第一巻第七号、一九四七・一〇）では、「清紫以後明治時代まで、女が女の立場からものを言つてゐる様な文学は、ほんの数える程しかなかった」と述べ、「現代女流の文学にすら、この男から見た女、男の注文を頭において作られた女の伝統が、日本でばかりは今なほもちつづけられてゐるかに見える」と指摘し、「生まれたままの女性のありのままの姿を探求して、この国の文化の跛行性をひき直す為には、私達は二千年分、少なくとも千年分大急ぎにあるかなければ間に合はない」と、危機感を示している。

これらの文章に一貫して言えるのは、美代子にとって歌を詠むことは真剣勝負のことであり、「あるがままの女」である自分の全存在を賭けて歌を詠むところにこそ、新しい文化が生まれるのだと考えている点である。そのためには、まず女性自身が、男の好むようにではなく、女性のありのままの姿を詠む、というように意識を変えなければ、新しい時代に自己を取り戻すことができない、と考えていたことがわかる。

ここにこそ、美代子の戦後短歌界への姿勢が明確に打ち出されており、美代子が、女人短歌会発足の準備に当たって「今迄の惰性であってはならない」と発言した真意があると言えまいか。美代子は、短歌という表現を通して、自己啓発や自己変革を求める女性たちの先陣を切って歩き、後進のエネルギーを引き出す役割を果たしていったのである。

3　季刊誌『女人短歌』創刊号

「女人短歌宣言」

創刊号の巻頭に、たおやかな女性の横顔を描いた三岸節子の挿絵と共に、次の四つの文を持つ、「女人短歌宣言」が掲載されている。

短歌創作の中に人間性を探求し、女性の自由と文化を確立しよう
女性の裡にある特質を生かして、新鮮で豊潤な歌を作らう
伝統と歴史の中に生きてゐる女性美に、新時代性を積み重ねて成長しよう
同時代の女歌人の相互研鑽と新人の発見に努めよう

この宣言を以て、一九四九（昭和二四）年九月、季刊歌誌『女人短歌』は出発した。

一見、抽象的で茫洋とした表現ではあるが、ここには女性が自らを主体として新しい短歌の世界を創出しようとする、はじけるような勢いと希望が盛り込まれている。

初めの「短歌創作の中に人間性を探求し、女性の自由と文化を確立しよう」は、戦時下での女性の役割の枠組みがいかに圧迫されたものであったかを物語っている。個々の人間として、生活の中から現れる自己の生き方を創作に反映し、女性自身の手で女性自身の文化を創造していこうという画期的な呼びかけは、人間としての成長を希求する志の高い女性たちの心に響いたに違いない。

次の「女性の裡にある特質を生かして、新鮮で豊潤な歌を作らう」は、渺茫（びょうぼう）たる表現であるが、要は、男性優位の歌壇におもねることなく、女性の感性を生かして新しい味わい深い歌を作ろうということが示されている。

三番目に「伝統と歴史の中に生きてゐる女性美に、新時代性を積み重ねて成長しよう」とあるが、前出の臼井吉見や桑原武夫、小野十三郎らによる日本的文学への批判に対峙する意識が、根底にあると考えられる。

一方、北見志保子は、創刊号掲載の「感想」に、「女性の本来は、いつも男性が指示している様に、優美の権化である。文学も優美の成長から始まつて、優美の極致になつたとき女性の文学は完成されると思つてゐる」と述べているが、この「いつも男性が指示している様に」という言葉の端には、男性目線を抵抗なく受け止めている古い体質が露呈している。が、このような発言が誌面に見えることを鑑みるなら、「伝統と歴史の中に生きてゐる女性美」とは、特に平安時代に隆盛した女性作家による文章や歌の優美さを指しているとも言えよう。そのあとに続く「新時代性を積み重ねて成長しよう」という表現から、前者の〈日本的文学への批判に対峙する〉意識から発して新時代にふさわしい歌を詠む決意を示しているとも読み取れるのではなかろうか。

四番目の宣言からは、同時代の女性歌人たちが大同団結して、ともに物事の本質を見極めるべく学びあい力を伸ばしていくことと、新時代に生き得る歌人たちを発掘していくことによって、『女人短歌』の道が未来に発展していくことを見据えている心意気が、意欲的に伝わってくる。

相互研鑽の糧に

創刊号には「女人短歌文化土曜講座」の案内が掲載されている。

九月一七日から一二月一〇日まで毎週土曜日午後一時より開催。科目は多岐にわたっており、「国文学（古典・現代）、外国文学（英・仏・独）社会学、哲学」とある。

講師陣は、「中野好夫・池田亀鑑・中村真一郎・林芙美子・円地文子・亀井勝一郎・吉田精一・星野慎一・木俣修・近藤芳美・武田祐吉・五島茂・土岐善麿・宮柊二・長谷川銀作氏等」と

なっているが、実際は、折口信夫・島田進吾・山崎次彦が加わり、池田・中野・星野・中村・吉田・亀井・円地・土岐・木俣・五島・近藤のメンバーが講演を行った。

受講料は、一回五〇円、八回三五〇円、全購券五〇〇円とある。申込所は川上小夜子宛であった。さらに『女人短歌』を持参すると二割引というものであった。会場は、当時五島茂・美代子が勤務していた専修大学であった。

この企画を一見しても、講師陣の豪華さや、一四名中一三名が男性であることは、北見や五島、長沢をはじめとする編集委員たちの当時の社会的活躍や人脈の広さを示している。と同時に本気で女性の教養を高め互いに学びあい、それぞれの持つ力を牽きだして伸ばすためには、男性たちをも取り込んで彼らの知的創造活動の産物を吸収しようとする、幹事たちの意気込みと実行力の強さが明らかである。

会費と運営

女人短歌会の入会金は一〇〇円、年会費三〇〇円（第二号からは年会費六〇〇円）、『女人短歌』は一冊九〇円（全八〇ページ）で、会員には二冊配布された。創刊時には、登録者は三〇七名（会員二六三名・購読のみの者四四名）であり、三〇〇〇部刷られた。事務所となった長沢の家は冊子の一時保管に使われた。

一九四八年九月一五日には主婦連合会が発足、物価の安定や闇物資追放のために立ち上がるなど、当時は戦後の食糧難と物価高騰から台所を預かる主婦たちにとって厳しい状態が続いていた。

例えば一九四九年時点では、「白米一〇キロ（一九四七年一四九円六〇銭・一九五〇年四四五円）、味噌一キログラム（一九四九年二五円四七銭）」（森永卓郎監修、甲賀忠一、制作部委員会編『物価の文化史事典』展望社、二〇〇八・七）であった。参加者に中産階級の家庭の主婦も多数いたことを考えると、かなりの出費と言える。

後に、創刊会員である宮坂和子は、「確かに当時としてはけっして安くはないものでした。でも、皆、とにかく学びたかったのです。歌を作りたかったのです。その時の熱気は大変なものでした」と、当時を振り返って筆者に語った。

入会については、「会員二名以上の推薦と幹事会の詮衡を経て入会」（創刊号「編集後記」（五島））資格を得るとある。

「真の日本文化の担ひ手たる女性として、「女人短歌会」をつくり現代短歌の上に新生面を開」

会費について

廿五年度会費未納の方はお納め下さい。
廿六年度会費をお拂込み願ひます。
一年分　六百円
半年分　三百円

原稿〆切

次号（七号）原稿〆切は
昭和廿六年一月三十一日です。

この度原稿用紙を作りました。
字数　10行20字　特上質洋紙
一冊（五十枚）三十五圓
二冊　百　圓
送料　一冊　六圓、二冊　十八圓
成るべく女人短歌原稿用紙にて御投稿願ひ度く御申込み願ひます。

女人短歌會事務所

『女人短歌』第六号挿入紙

（長沢美津「女人短歌と折口信夫――発刊の頃まで――」『女歌人小論』、女人短歌会、一九八七・一）こう、と呼びかける「女人短歌会設立の趣旨」を受けて、とにかく発会の場に立ち会いたいと全国から女性歌人たちが結集したことを物語っている。この勢いがけっして一過性のものではなかったことは、『女人短歌』が四八年にわたって続いたことからも窺える。

先駆者たる歌人たちが、新しい時代を自覚的に生きようとする女性歌人たちの先頭に立って、彼女たちのエネルギーを引き出し結集させる役割を担い、結社を超えて女人短歌会を成立せしめた。彼女たちのこのような活躍は、注目に値する。

表紙絵担当は三岸節子

用紙は総理府新聞用紙割宛局から割り当てられたざら紙であったが、全八〇ページの厚さを持つ『女人短歌』に描かれた三岸節子の表紙絵は、赤を背景色にした凛然たる女性の闘志が伝わってくるような雰囲気に包まれている。

三岸節子（一九〇五～一九九九）は、男性優位の画壇で、女性画家の道を切り拓く先駆者として、大正、昭和、平成にわたって活躍した画家である。愛知県中島郡起町（現一宮市）に誕生したが、親は先天性股関節脱臼症で足が不自由な娘を、人前に出さなかったという。閉ざされた環境に育った三岸だが、上京して女子美術学校（現女子美術大学）に一九二一年編入学した。一九二四（大正一三）年、首席で卒業した三岸は、画家の三岸好太郎と結婚した。翌年「自画像」が春陽会展に初入選し、画壇にデビューした。

この「自画像」の三岸は、まさに眼光鋭く正面を見据えている。揺るぎない意志を感じさせるこの「自画像」に凝縮された三岸の想いは、一つに、洋画壇で正当な評価を受けられない女性画家への憤りを内包していると見て取れる。この年、三岸は「婦人洋画家協会」を結成した。加えて戦後いち早く一九四七（昭和二二）年に「女流画家協会」の創立に発起人として参加し、女性画家の地位向上に貢献した。

このように、戦前から三岸は女性が正当に評価されない画壇にNOを突きつけながら自らの信念を貫いてきた気骨のある女性であった。それ故、『女人短歌』の表紙絵を担当するに最もふさわしい画家でもあった。三岸は、創刊号から終刊号まで表紙絵を担当した。そのどれもが異彩を放っている作品であった。三岸の『女人短歌』へのエールは終刊まで変わることがなかったのである。

カット担当は朝倉摂

第二号からは表紙絵三岸節子、カット朝倉摂のコンビで担当した。朝倉は三岸が声をかけて加わったという。

朝倉摂（一九二二～二〇一四）は、既成概念を打ち破って先駆者として、常に時代の先頭を切って走り続けた舞台美術家である。朝倉も三岸同様、わが道を切り拓く生き方にどん欲な女性画家であり舞台美術家であった。従って『女人短歌』の精神性を表現する人材であった。

彫刻家朝倉文夫の長女である朝倉は、小学校卒業後、大変ユニークな英才教育を家庭で受けて育った。伊東深水に師事し日本画を学び、一九四八年からは、日本画家、舞台美術家として活躍した。一九七〇年にニューヨークで舞台美術を学んだが、これを機に舞台美術に軸足を置いて活躍した。一九五〇年代にベルナール・ビュッフェに影響を受けたと言われており、『女人短歌』のカットには、ビュッフェ的タッチがよく表れている。朝倉のカットをふんだんに使用した誌面は、見応えがあり、読者を楽しませたことであろう。また、第五〇号（一九六一・一二）には、エッセイ「裸婦」を掲載するなど多彩な活躍ぶりをみせた。

批評への意気込み

五島美代子は、創刊号で各結社誌掲載の女性の歌を批評した際、「女流の戦後作品は果たしてよい意味で生まれて居るであらうか。これは大きな、心ときめく今日の課題である」と受け止め、作品を見ていったが、「その結果は、失望といふには早い。けれども、これこそといつて極力あげたい作品に現実に行きあたることも稀であつた。併しその萌芽はあると思ふ。少くとも名ある作家の作と比べて却て目のとまる所の多い作が新人には多い」（「女人作品評Ⅱ」創刊号）と評した。時代がもたらした機会を一人ひとりがどのように生かして、新時代にふさわしい歌を詠めるかということが、これから伸びていく新人会員たちに対する美代子の期待であり、課題でもあった。

美代子は、第二号の「女人作品評」で、現代女流作品・随筆の特集号である『新日光』第八号についての評を担当し、若山喜志子や川上小夜子らの優れた作品への敬意を表しながらも、「最後に女流歌壇がこの一冊に象徴されるとすると、頭でつかちの感が否めない。新人奮起の要望される所以である」と、厳しい批評をし、新しい時代を担う新人たちに期待する旨を記している。

生方たつゑは、創刊号で、それぞれの歌誌掲載の女性の歌を評する「女人作品評Ⅲ」を担当したが、例えば、山田あきの「木枯に月光よぢれて悲哀あり作家をころすつまなるやしらず」を挙げ、「しかしどうしてかうひねくつて物を表現しなくてはならないのだらうか。複雑な気持を盛つたものだ、新しいものを表現したと作者はきつと言はれるに違ひなからうし、その気分は判らないでもないけれど、私たちはその中からすべての技術的なものをかなぐりすてたほんとうの素直な、真実にうたれたいのである」（「女人作品評Ⅲ」創刊号）と、歌歴の差を超え歌人として同等の立場に立って厳しい批評を寄せている。生方は、幻想的で澄んだ表現のうちに自己の心象を籠めるという、表現における独自のスタイルを構築しつつあり、山田も、プロレタリア短歌の表現内容をさらに深化させようと取り組んでいた。両者の表現方法の違いがぶつかりあった批評と言えよう。

この、美代子や生方等をはじめとして内部から起こる歯に衣着せぬ問題提起の視点こそが、相乗効果をもたらして参加者を奮起させ、後進を育てていった重要な要因であったと考えられる。

一九二名の短歌を掲載

創刊号には、一九二名の作品が掲載されている（第五〇号の「出詠者統計表」では一八八名と記載されている）。結社を超えて参集した歌人たちの歌には、主婦や母、妻などの立場からの旧来の歌の形態をとる作品も多くあったが、新時代の機運とともに新しい歌を創造しようという意欲的な歌も同時に生まれている。いくつか抜粋すると、次の歌群には、それぞれの歌人の特徴が表れている。

雨ふれば雨にしょぼしょぼ睫毛まで濡れて出つ入りつわがいなまごろ　若山喜志子

我はもはや逃げずと決めてぼろぼろの足どりもすこしおちつくらしき　斎藤史

恋ひ恋ひてここには来つれくだつ夜は障子に這へる蜈蚣(むかで)をおそる　鈴鹿俊子

夫に死なれかつがつ生きゆくわれと子をあてはづれしごとく人らよろこばぬ　森岡貞香

素朴かつ安価に春の夜を愛しむ露店興行市民講座の構想　四賀光子

地が吸ふかの一粒の雨かとも生きて切々にきざすかなしみ　生方たつゑ

死にたければ死なん毒薬ひめもちてわが運命はわたくしすべし　阿部静枝

或るときのわれを追ひたつるけだものの檻一つ作れうつくしき檻を　葛原妙子

紅ばら一つ暗緑のなかにかがやけり起き出でて見ればわが生はゆたけく　五島美代子

いかにしても十万円の金を得たし生けるこの日に歌集編まむため　初井しづ枝

えごの花咲き垂れて白し木下みち古りびと吾や足らひてあゆむ　水町京子

自己否定の足場に立ちてつぎに来む世界があらむ君は若きを　清水千代

さらに創刊号に、山田あきの「江東の母」と題する八首が掲載されたことに、編集委員たちの心意気が表れている。次の歌群はそのうちの三首である。

公安条例第一のぎせい者橋本金二よ煤煙ひかるときかなしみが噴く

多喜二の母金二が母とにほんのははのなみだはいつ笑ひ澄む
をんなにはふかいかなしい希ひがある鼻つきだして梅雨の香をかぐ

小林多喜二は、プロレタリア文学活動への弾圧が強い戦時下で、特別高等警察による拷問を受けて悲惨な獄中死をした。母は息子の遺体に取りすがって、憤怒の涙を流した。ところがこのような官憲による暴力は、敗戦後も形を変えて起こった。

一九四八年六月の福井大地震をきっかけに七月七日、公安条例「災害時公安維持に関する条例」が福井市で制定された。その後東京でも、条例の制定が準備された。この事実に反発して、労働組合を中心に公安条例反対共闘が組織され、都議会での採決阻止に団結した。警官隊との衝突の際、橋本金二が三階から突き落とされ、死亡した。

戦争が終わっても権力による理不尽な圧力は決して終わってはいない。小林や橋本の母をはじめ、戦時下で理不尽な死を遂げた子を持つ日本の全ての母たちの狂おしい哀哭と悲憤の涙は、戦後になってもけっして結着がついたわけではない。平和への深い願いを込めて、これまでタブーであったことを具体的に詠みあげた山田の歌群が、そのまま掲載されたことは、『女人短歌』が新しい時代に真向かう歌人たちにとっての開かれた場であることを裏付けている。

文学者や作家からの寄稿

フランス文学者の辰野隆や作家の平林たい子が、ゲストとしてそれぞれ随筆を記している。

フランス文学の重鎮である辰野は、「老若問答」と題する、風来学生と老書生の、フランス文学についての問答形式の作品を寄稿したが、その中に次の文章がある。

> 著しく耳を軽蔑する日本の詩人、歌人、特に俳人の独断論と独断俳句には毎々当てられてゐるが、近代詩に於いては言葉と絵画と音楽との融合が眼目だといふことは是非とも心得ていただきたい。殊に現代の俳句に於いては、音楽的価値——調べ——が著しく閉却されてゐるのみならず、言葉のたどたどしさ、往々にして外国人の片ことのやうな拙さ——而も本人は得意らしい——を露呈してゐる俳句が——大家と呼ばれる俳人の作にも屢見られるのは不思議だね
>
> 辰野隆「老若問答」

西洋詩の音楽性を高く評価する辰野隆の意図は、当時強力であった桑原武夫の「第二芸術——現代俳句について」の影響が見られ、短歌にも「音楽的価値——調べ——」を求めている

と考えられる。

平林は、昭和初期からプロレタリア文学作家として活動し、反戦の意志を貫いた。戦後、執筆活動とともに、婦人運動や社会運動にも力を注いだ。平林は、「奈良ゆき」と題して、万葉集の「春すぎて夏来るらし」を引用しつつ浅倉への調査旅行の体験を記している。この寄稿は女性自身の手で短歌界の新しい未来を築こうとしている女性歌人たちへのエールだったのであろう。

4　文学史上の評価

北見志保子は、創刊号「感想」（一九四九・九）で、次のように抱負を述べている。

この度私共が話しあひの末に女人短歌会を結成しました。同時に季刊『女人短歌』を創めることになりました。これは唯に、今迄なしえなかつた女性のあらゆる文化面の、運動に動きを持ちたいと思ひあふことから始りました。私共が女性のよき先輩をもちながら、それが

> 単に個々に限られた力であり、近親の力でしかなかつたのでした。決して女性一般の協力的なものではなかつた。そのために女歌壇としては決して明るい面ばかりでもなかつたし協力して立ち上らうとするまでの機運にもなつて来なかつた長い年月がすぎました。それは短歌が経済的に独立のできない立場にあつて、唯名声のみが唯一の誇りであつた弊も大きな原因でありますが、又各結社にあつて厳重な階段を踏んでゐた間の女性の全力が現代になつたのだと、自分もふくめて女性の力の弱さ、勇気の足りなさを痛感するのであります。かうした私共の苦い長い年月を再び後進の女性に歩んで貰ひたくないと切り（ママ）に思ひだしましたのも、私共の年齢が老に近づいたのかも知れません。さうした考へからこの短歌雑誌が、一つの運動として生れたので、従つて今までの古い殻をぬぎ、封建性をすて、唯ひたすら作品の力による向上を目指す明るい集団を作りたいのが念願であります。唯作品のみがものを言ふ正しい集りで終始したいと思ひます。（後略）
>
> 北見志保子「感想」

このように、女性自身の手で既成歌壇に新境地を拓こうと『女人短歌』は産声を上げたが、創刊時の歌壇での評価はどのようなものであっただろうか。

創刊当時の歌壇での評価

土岐善麿は、『女人短歌』第二号（一九四九・一二）で「歌よむ女人」と題して、創刊号についての感想を寄せている。土岐は、「一時代前の感情、感覚のごとく思われるもの」があり、「作品はおびただしく載っているが、評論らしい評論のほとんどないのがさびしい」と、新鮮味のない歌や歌論の不在を指摘した。さらに、「もつと自由に、いわば作品本位に掲載」できないかと言い、「要するに、創刊号は、どうも和気アイアイ過ぎるように思う」と酷評した。創刊時点の『女人短歌』が、実質的に歌壇に新風を起こすほどの役割たりえていないことを指摘する内容である。

また、高尾亮一は『女人短歌』第三〇号（一九五六・一二）で、「女人短歌批判」と題して、創刊号の北見の「感想」を採りあげ、「結局は対歌壇的に政治的な物言いをしているのだ。女流歌人の本質を理解して、彼女たちを早く多く歌壇に出してやれ、という政治的な要求なのだ」と指摘し、その将来について「変な中途半端な主張などもたずに、サロンから盛り上がってくるものを育てるのがよかろう」と述べている。

ただし後に高尾亮一は、「女流歌人」（『国文学解釈と鑑賞』第二七巻一〇号、一九六二・九）で、「会は機関誌をもち、各流派の交流を盛んにし、次々とシリイズの歌集を刊行した。まことに百花一時にひらく観があつた」と、「女人短歌叢書」の隆盛を認めている。しかし、可もなく不可もない歌集が多いのが女性歌人に通有な特質として、「てりかげりのひだの多い人間の精神構造、それを表現するのは彼女らの独壇場だ」と評する一方、女性歌人には「社会的視野の狭小さ」があり、「時としては心理主義追及も単なるヒステリイに」陥ることを挙げている。

このように、当時の歌壇では、当然のように男性中心、女性蔑視的発想に軸足があり、『女人短歌』に対する評価は、極めて厳しいものであった。男性の女性に対する見解は、知性・感情においては男性に劣るという狭義の固定観が根底にありはしなかっただろうか。

現代短歌史における評価

篠弘は『現代短歌史Ⅰ』（短歌研究社、一九八三・七）で、「女人短歌会も、そしてその『女人短歌』も、女流の戦後における立ち遅れを自覚するところから出発したのである。おのおのの個性の妍を競うことよりも、結束することによって学びあうような地点からはじまったのである」と述べ、「『女人短歌』はその出発にさいして、何ら実績をもたず、けっして魅力ある集団ではなかったのである」と、当初の『女人短歌』の歌壇での現実を評した。続いて、「しかし、昭和二五年に入ると、にわかに女流の活躍が軌道にの」り、総合誌の表面に幹部たちの活躍が表れてきたと述べ、さらに「女人短歌叢書」が刊行され始めたことで、女性歌人たちの歌集が一斉に出現したことを取り上げ「ながらく累積されてきたものが、そのチャンスを得て、急速に作風を伸長させたからにほかならなかった」と評した。

加藤克巳は、『女人短歌』創刊について考察し、「その後、『女人短歌』はいわゆる戦後の女歌興隆の母体となったことは、十分記録にとどむべきものと思う。やがて女人短歌叢書を刊行するなど、実質的な活動を怠ることなく、今日に続いている」(『現代短歌史』砂子屋書房、一九九三・八)と、前向きに評価した。

武川忠一も、『現代短歌の歩み――斎藤茂吉から俵万智まで』(飯塚書店、二〇〇七・六)で、「戦後短歌の一つの動向は、女流歌人たちの特色ある活躍が目立つことである」と述べ、女人短歌会は、「女性の解放と自立、意識と意欲の高まりの中から生誕した団体」であると認知している。

現代短歌史上における評価を見るなら、創刊当初は評価され難かったが、『女人短歌』や「女人短歌叢書」の刊行を重ねる中で女性歌人たちの興隆の母体となったことが、短歌史でも認められたことを明示している。

第三章

「女人短歌叢書」と宣言文の変遷

『女人短歌』発展の道程

1950 年11月4日の「女人短歌叢書」歌集出版記念会。司会は福田栄一
前列左から三番目に五島美代子、六番目に葛原妙子。机に積まれているのは「女人短歌叢書」か

1 「女人短歌叢書」の刊行

先陣を切っての刊行

女人短歌会は『女人短歌』第二号（一九四九・一二）発刊後、北見志保子の提案で「女人短歌叢書」の刊行を企画した。北見の知人である長谷川書房の大久保秀房の協力を得て実現したのである。当時、長谷川書房は歌集を手掛けていた出版社で、例えば、川田順の『東帰』（一九五二・六）も、長谷川書房からの出版である。大久保の「何人かの確実な著者があるならば、月ぎめにして毎月一冊づつ仕あげる。条件としては同規格であること、大体二〇〇頁で一頁三首組み、硬表紙で同じ装幀のこと」（長沢美津「女人短歌と折口信夫――発刊の頃まで――」『女歌人小論』短歌新聞社、一九八七・一）との提案を受け、カバーだけは各自違うようにして、毎月一冊ずつ同規格で刊行することになった。予定では、第一篇から第七篇までを第一陣とした。

◆「女人短歌叢書」第一陣（予定）

第一篇『花のかげ』北見志保子　第二篇『霜の道』阿部静枝　第三篇　題未定　水町京子
第四篇『光る樹木』川上小夜子　第五篇『風』五島美代子　第六篇『浅紅』生方たつゑ

第七篇『雲を呼ぶ』長沢美津

水町京子は、題名を折口信夫（釈迢空）に頼みたいとのことで、結果的には次のグループに回ることになり、まず六冊が刊行された。これだけの女性歌人の歌集が連続して毎月刊行されるというのは、単一の結社では難しいことであり、超結社の精鋭ともいえる女性歌人たちの集団であるからこそ実現できたことである。

これらは、「一頁三首組み、約二百頁。カタボール背丸の表紙に金箔押しで表に壺に蘭の葉、裏に女人の顔（女人短歌のマーク）扉にはバラの花三輪を花瓶に挿したカットがあり、上下に歌集名と叢書番号を刷りこんだのを各々違ったカバーで覆った箱なしのB6判のもの」（長沢美津「女人短歌創刊から叢書刊行へ――歌集『雲を呼ぶ』」『短歌』一九七八・一二）で、表紙とカバーの絵は、三岸節子によるものである。

折口信夫宅への訪問

この六冊が刊行された時点で、「発刊一周年がかさな

「女人短歌叢書」第一陣

ったので、とにかく折口先生の批判をききましょうということ」(長沢美津「女人短歌と折口信夫――発刊の頃まで――」『女歌人小論』短歌新聞社、一九八七・一)になったという。折口との間に以前の約束もあったようだ。

女人短歌が発刊の当時折口先生が、あなた方が喧嘩しないで一年続いたら、ごほうびをあげますとのこと、これは折口先生のみならずあちこちから危ぶまれたのであったが雑誌の定期刊行を続け、歌集の出版も順調に進んだので、お約束を果して戴きましょうとまず、第一回刊行者の評をお願いして出石のお宅に北見・五島・阿部・川上・生方・長沢の六人が参上した。

長沢美津「女人短歌創刊から叢書刊行へ――歌集『雲を呼ぶ』」

長沢美津は訪問に当たって、「五島・阿部はなにを聞くのという程度で余り関心を示さず、それには折口先生に対する偏見もあって特殊な批評を受けるのはいささか心外という気持ちがなかったとは言えないのであった」と記している。阿部や美代子にとっては、女性みずからの手で新しい道を拓こうとしているのに、長沢がなぜ、歌壇の重鎮にお伺いを立てるような態度に出るのか、不可解だったのであろう。一方、長沢や北見や川上は、戦前から折口に短歌の指導を受けていた。北見は、戦後も慶應義塾大学の聴講生として源氏物語の講義を受けており、長沢は、國學院大學の万葉茜会の研究会に参加していた。折口は、彼女たちにとって、尊敬すべき学者であり歌人であった。それ故、純粋に批評を聞きたいという思いが強かったのであろう。しかし、『女人短歌』を継続させるためには、有力な男性歌人の力添えも必要との現実的目論見がなかったとは言い切れない。

これは、当時の男性中心の歌壇との関係に対して、メンバーの中にも微妙な温度差があったことが窺えるエピソードでもある。

折口信夫からのエール

折口信夫は、『女人短歌』の活動に理解を示していた。この訪問時に折口の語った言葉が、第六号に「女人短歌序説」（一九五〇・九）として掲載されている（目次では「女人短歌叢書序説」と載っているが、本文では「女人短歌序説」）。参考までに本書巻末に全文を収録する。

折口は、古くからの女歌の歴史を辿り、明治になって「新詩社にはロマンチックな歌があふれ、鉄幹を中心とする女流歌人の時代となつた」が、「アララギの盛時には、女性は無力なものとなつた」と指摘し、「長い埋没の歴史をはねのけて、今女流短歌が興らうとしてゐるらしい」と述べた。

この、女性が現実的な歌を追求することで無力に陥ったとする折口の評は、抒情詩としての短歌の復活を期待しての言辞であろうか、さらに次のように続けた。

日本の文学の流れには二つあつた。文学性を其に当外の要素を加へてゐたものがあつて、それが、今まで純文学派ともいふべき「男歌」に抑えられていたけれども、大正・昭和以後、の唯文学としての内容だけの点になると、「女歌」も「男歌」も変わらぬやうになつて来た。

ここで女流の歌が大いに興るだらう。此は希望を含んだ期待であるあなた方女性の方々が協同して、男の歌壇に認めさせるといふ劣等感に基づく気持をすてて、日本の歌壇のために、こゝで新しいものを寄与しようといふ気になつてほしいものだ。

幸にあなた方の運動に脂がのり出し、中心がおのづから出来たやうだし、段々その方向が定まつて来るだらう。外に対する態勢も整へてきたことだから、今度は世の中の女流短歌の真の情熱を巻き起こすことが、何よりも焦眉の急になつて来た。あなた方の中、誰が犠牲となつて流行の初めの血祭りにあがるか、或はその中に埋没する程一途の歩みをするかはわからないが、てんでに覚悟のあることでせう。

折口信夫「女人短歌序説」

この折口のエールは、何を期待してのものであったのだろうか。

　五島美代子は、創刊のころ、発起人たちが折口を囲んでの座談の折に、折口が「あなた方のなかから、ジャン・ダアクが出なければ駄目です。ジャン・ダアクになれますか。なれば殺されますよ」（「前向き後向き」第三五号、一九五八・三）と言ったことを記憶している。この意について、美代子は、「身を以て神の試練にたえようとするもの、ミューズの祭壇に生きながら身をよこたえる勇気あるもの」（「前向き後向き」同号）の出現を意味するのであろう、と解釈している。

「女人短歌序説」によって、『女人短歌』誌上で初めて文学として〈女歌〉が論じられた。当時、「女流の歌」についての意味や意義については、会員たちそれぞれの解釈があり、必ずしも誰もが折口の指摘する「男歌」に対する「女歌」の意ではなかった。折口の「女人短歌序説」や「女流の歌を閉塞したもの」（『短歌研究』第八巻第一号、一九五一・一）を機に、会員内でも論議されるようになった。

　長沢美津は、第一八号（一九五三・一二）で、「女人短歌が出来てから女歌といふことを強調して下さつたがそれは決して必ずしも女歌人にとつて安易な道といふことではないのでむしろある支点（ママ）を啓示し、歌の本質への復帰を意味されたものと私は思つている。そこには明日の短歌への希望をそう簡単には示してはゐられないのであつてもつと根本的なきびしい批判があつたのである」（「一二三のこと」）と述べている。

五島美代子は、第二四号（一九五五・六）で、評論「女歌とたをやめぶりの歌」を掲載し、会員内での論議にひとつの結論を示す意味で、女歌の歴史をさかのぼりながら、美代子自身が現代の女歌とはどのようなものが望ましいと考えているかを論じた。この折口の提言に対する応答の論は、後述する「3　巻頭の欄から宣言文が消えてゆく――宣言文の変遷」の項に全文を掲載した。

葛原妙子は、〈女歌〉について、「戦後にいわれたそれは、ただ漠然と、ポーズのある刺激的な女流の歌、といった程度の意味であったと思う」（「昭和後期――女流短歌の交流並びにその動向――」（第五〇号、一九六一・一二）と記した。

森岡貞香は、第一〇〇号（一九七四・六）で、折口は「男からは思い及ばぬ女というものが持つ判らなさ、気分、想像力などの生む突然変異のようなものの現われを待ったのではないか」（「歌論への序」）と述べている。

折口による第一陣への「女人短歌叢書」批評

さらに折口は、「女人短歌序説」で、「女人短歌叢書」第一陣の六冊の歌集について一冊ずつ丁寧に批評した。

五島、長沢、生方の歌集についての評は、第四章で記す。ここでは、阿部、北見、川上の歌集に対する批評の一端を紹介する。

阿部静枝の『霜の道』については、「自我の実にしつかり立つているということだ。今まではこういう歌を私ははつきりいうと、軽蔑していた。ところが阿部さんのを見て、考へ直す気が起つた」と述べ、叙事的であることを指摘した。そして「ただの生活歌には、どうも甘さがある。低い妥協がある。阿部さんの中には其がないやうだ。其と今一つむやみな反抗がない。自分だけではつきり了解している」と、評価した。さらに、次の文章が続く。

阿部静枝『霜の道』

それから、阿部さんは恐らく写生の歌を軽蔑していると思つたが、この歌集はみんな写生の根底から出てゐる。見た所、言葉がしつかりしているのは写生の力からきている。反対の側からそこへ至つているやうにも見える。さうあつても亦よいのである。がやつぱり阿部さんは順序は踏んで苦労して来てゐる。写生は勿論目的ではないその土壌である。この歌集の歌はその土壌の上にちやんと立つている、と云える。

折口信夫「女人短歌序説」

折口は、阿部の確かなデッサン力と努力にも踏み込んで、阿部の歌人としての力量を高く受け止めた。

北見志保子の『花のかげ』について、折口は「北見さんはほんとうはおほどかな抒情詩人であると、初めて感じた」と述べ、「ありふれた物言ひだが、「あなた任せ」の気が湧いて来る時のある人である。さう言ふ時が自在境を目の前に見ることの出来る時だ。即ち新詩社風の傾向がとても強い。新詩社の抒情詩人といつても晶子も鉄幹も末期には理智的なこしらへものになつてしまつている」北見の抒情詩人としての資質を重んじ、「北見さんは明治に起つた抒情詩人の最後の人であるという自覚をもつていつてほしい。理智的なところは却つて災いをなすものだと云えるのではないか」と、アドバイスをした。

北見志保子『花のかげ』

なお、編集兼発行人であった北見は一九五五（昭和三〇）年死去したが、その後『女人短歌』は、「編集人五島美代子、発行人阿部静枝」によって刊行した。第二五号は「北見志保子追悼号」となっている。

川上小夜子の『光る樹木』に関して、「川上さんの特徴は抒情に溺れる傾向のあるということだ」と指摘し、「抒情性の張つてゐる所がまた川上さんのいいところだが、時としてはついてゆけない程それが氾濫して来る」と述べた。「どう言ふ風に横溢する抒情味を処理するかと、いふ所にこの人の将来がかゝつてゐる」と結んだ。

川上は一九五一（昭和二六）年四月二四日死去。第八号で川上小夜子の「追悼録」が組まれた。

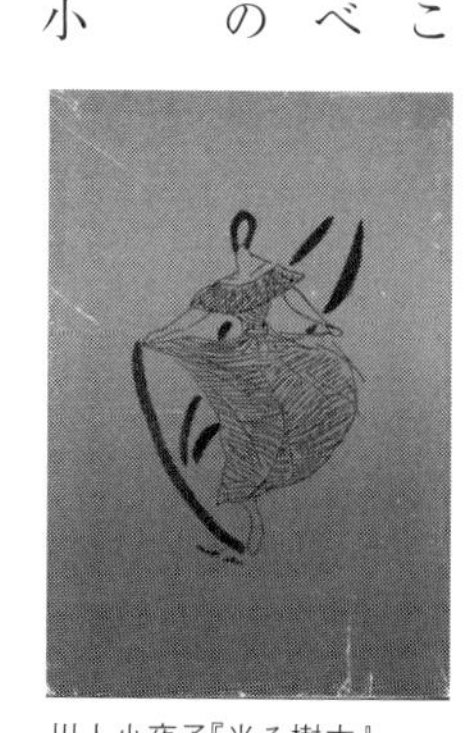
川上小夜子『光る樹木』

後に続いて

一九五〇年九月から一二月の約三カ月の間に第一陣の六冊を含め一三冊の「女人短歌叢書」が長谷川書房から次々に刊行された。一カ月に四冊のペースである。これによって、女人短歌会の結束力および企画の推進力の強さにおいて、また作品の質の高さにおいて歌壇に衝撃を与えた。そして、女性歌人の力量が認知され高められていった。

◆「女人短歌叢書」第二陣

第八篇『橙黄』葛原妙子　第九篇『笛』桝富照子　第一〇篇『龍膽』石川まき子

第一一篇『彩羽』遠山光栄　第一二篇『薔薇の位置』山下喜美子　第一三篇『白線』真鍋美恵子

なお、第一陣で題名の決まっていなかった水町京子の『水ゆく岸にて』も刊行された。

一九五〇年一一月四日にはこの一三冊の「歌集出版記念会」が明治記念館（東京）にて開催された。発起人は、岡山巌、鹿児島寿蔵、木俣修、窪田章一郎、佐佐木信綱、佐藤佐太郎、釈迢空、土岐善麿、中村正爾、長谷川銀作、福田栄一、松村英一、松田常憲、宮柊二で、出席者は百十余名であった。発起人の顔ぶれは、歌壇の重鎮はもちろん、評論家や詩人等、豪華そのものである。五島美代子は、この快挙に酔うことなく、「編集後記」（第六号、一九五〇・一二）で、「単なる量的の出版といふだけでなしに、これが一つの芸術運動となるやうな方向を、ひたすらに念願して居ります。本年は女歌人にとっては記念すべき年でしたが、今までに押さへこめてゐたものを溢れさせた後は、新しく又踏み出すべき年が近づいて居ります」と、記している。美代子は気を引き締めて、女人短歌会が芸術運動体となれることを求め、次の新たな一歩を見つめた。

　第一歌集『橙黄』（女人短歌会、一九五〇・一一）を皮切りに次々と歌集を刊行し独自の歌風を深化させていった葛原妙子や、第二歌集『白線』（女人短歌会、一九五〇・一二）の刊行とともに『女人短歌』誌上で新しい時代の作風を模索し、着実に自己の表現世界を広げていった真鍋美恵子たちに続いて、翌年、森岡貞香も第一歌集『白蛾』（第二書房、一九五三・八）を刊行し、その存在が注目された。彼女たちは「女人短歌叢書」を母体に、歌人としての確かな成長を遂げていった。葛原妙子、森岡貞香、真鍋美恵子の活躍については、第四章及び第五章で詳しく論述する。

このように多くの歌集が、第一陣の後に続いて誕生した。その後も、会員たちの歌集刊行の意欲が受け継がれて機運が盛り上がり、着実に冊数を重ねていった。後に続く会員たちの歌集をいくつか挙げておく。

『朱夏』真鍋美恵子（一九五四）・『約束』山下貴美子（一九六〇）・『形』樋口美世（一九六四）・『雪ふる音』津田治子（一九六四）・『ここに来て』大野とくよ（一九六六）・『生きの足跡』君島夜詩（一九八四）・『青谺』結城文（一九九七）

全六二四冊の「女人短歌叢書」の誕生は、短歌史に残る戦後の女性歌人興隆の業績である。

なお一九五三（昭和二八）年二月に斎藤茂吉が死去し、同年九月には折口信夫が死去した。この相次ぐ重鎮の死は、歌壇における転換期でもあった。歌壇は、前衛短歌の興隆期へと向かうのである。

2 批評精神の向上へ

男性歌人をも巻き込んで

『女人短歌』は、第二号以降、評論や研究論文、短歌の展望についての座談会などを積極的に企画、掲載していった。また、男性歌人を招いての批評会や寄稿等が誌面を飾り、歌誌としての内容の充実が図られた。試みに第二号から第一〇号までに掲載された評論を記す。

第二号――「日本の浪漫派」亀井勝一郎／「歌よむ女人」土岐善麿／「男の短歌に見る男と夫」阿部静枝／「短歌ににじむ時代性」鈴木光子

第三号――「現歌壇の展望座談会」北見志保子・阿部静枝・水町京子・大河内由美・川上小夜子・葛原妙子・生方たつゑ・長沢美津・五島美代子／「和泉式部とその女友達」川上小夜子

第四号──「初夏対談集」──「女と歌と生活」阿部静枝・田吹繁子／「灰汁をぬく」栗原潔子・水町京子／「短歌の限界性」川上小夜子・大河内由美／「関西素描」桂静子・初井しづ枝／「エチケット」北見志保子・鈴鹿俊子／「京の女」清水千代・平中歳子／「上牧にて語る」生方たつゑ・長沢美津／「四賀光子氏の作品を中心として」四賀光子・門野高子／「死者との対決」五島美代子・森岡貞香／「新しき運命」福田たの子／「新しさについて」河村千代／「短歌の抒情性」平井多美子／「ソロモンと乾杏子」葛原妙子

第五号──「ものを聴く」木俣修・高尾亮一・長谷川銀作・福田栄一・阿部静枝・生方たつゑ・川上小夜子・北見志保子・長沢美津／「批評の集まり」長谷川銀作・川上小夜子・長沢美津・生方たつゑ・福田栄一・阿部静枝・佐藤佐太郎・北見志保子・木俣修／「短歌の限界　桑原武夫の短歌否定論に対する一つの提唱」清水千代／「現代女性短歌の性格とその小説的傾向に就いて」槇志乃（その討論記）

第六号──「女人短歌序説」折口信夫

第七号──「女人の歌について」窪田空穂

第八号──「源氏物語を中心にして語る」池田亀鑑

第一〇号—「晶子の中の永久性」平中歳子／「白秋の芸術とこれをつぐ人達」初井しづ枝／「茂吉の写生主義とその生命」杉山朝子・平井多美子／「晶子の永久性三篇」鈴鹿俊子・河野寿賀子・津田百合江

なお、第九号は「女人短歌叢書研究（三）」（四賀光子・木俣修・中村正爾）や「研究会の発表」が掲載されたが、それ以外はそれぞれの出詠数の多さで誌面が尽きている。

右記の評論の内容について、いくつか具体例を記すならば、例えば、第三号の「現歌壇の展望座談会」（一九五〇・三）では、北見が、「時には男の方へも何か言つてみるのもこちらの勉強となりますから、今日は男の方たちだけの歌を観照してゆくことにしたいとおもひます」と、座談会の趣旨を説明して、編集委員たちを含む九人が、『短歌研究』一・二・三月号掲載歌について座談会を開き、率直な意見を述べ合っている。気負ってはいるが歌壇の常識を覆して、女性が堂々と男性歌人たちの歌の批評を展開するという企画には、男性と対等に、主体的に活躍しようという意気込みが表れている。五島美代子の推した坪野哲久の「子

1951年の女人短歌秋季大会

よなぜに顔に手を当てねむるのかたわいもなきに父はぎよつとする」が好評であった。川上小夜子が、「坪野さんは抒情性があるが山田さんは主義を出しすぎます」と、妻である山田を引き合いに出すなど脱線する向きもあったが、おおむね辛辣ではあるが実直な批評の会となっている。

加えて第三号では、「女人作品評」で五人の評者が執筆しているが、初井しづ枝は、「女流のみのシステムは構へて招来すべきものではなからうが、生れるべくして生れたこの女流誌に依る作品比較の直接度は、おのづから鋭敏な練磨を触発しつつあり、その触発の連鎖が大きなヴオリウムとして表れてくることの理想は、それは無理なく本誌の上に望み得ると思ふ」と記している。この欄の初井や生方の的を射た評は会員たちに力を与えたのではないか。

第四号（一九五〇・六）では、一周年記念対談特集として「初夏対談集」と銘打って会員二人ずつが組になり諸テーマについて対談した。

「女と歌と生活」阿部静枝―田吹繁子／「灰汁をぬく」栗原潔子―水町京子／「短歌の限界性」川上小夜子―大河内由美／「関西素描」桂静子―初井しづ枝／「エチケット」北見志保子―鈴鹿俊子／「京の女」清水千代―平中歳子／「上牧にて語る」生方たつゑ―長沢美津／「四賀光子氏の作品を中心として」四賀光子―門野高子／「死者との対決」五島美代子―森岡貞香の組み合わせで行った。

生方たつゑと長沢美津の対談「上牧にて語る」では、生方の創作姿勢が明瞭に語られている。生方は歌と実生活の距離感について、「私個人としては実生活の感情を注入してゐるつもりです。それが台所や食事や卑近なものをとりあげてゐなひといふだけで、ただ私の性格として濁つたものは嫌ひです。その為に如何にしたら感情を純一にした歌が出来るであらうかといふ大きい悩みはいつもつきまとつています」と語っている。

五島美代子と森岡貞香は「死者との対決」というテーマで対談した。森岡は、一月に長女を亡くしたばかりの五島に、真正面から死と宗教の問題や芸術の残酷さ等を問うている。

第五号（一九五〇・九）では、「ものを聴く」と題する座談会を企画した。男性の出席者は、木俣修・高尾亮一・長谷川銀作・福田栄一で、女性側は、阿部静枝・生方たつゑ・川上小夜子・北見志保子・長沢美津であった。七ページにわたる特集的な位置づけである。開口一番に、阿部静枝は、『女人短歌』について腹蔵なく助言をお願いしたいと水を向けた。

例えば木俣修は「今のような総花的平均的儀礼的な編集では文学雑誌としての魅力は薄くなってゆくのではないかな」と発言した。また高尾亮一の「女人短歌の運動を一つ違つた方面から見てはどうだろうか」という意見を受けて、福田栄一は、「女人短歌の作品を見て一番感ずるのは技術の面で努力がたりない」「アララギ美学を打ち破つてもらいたい」と述べた。

男性陣はおおむね辛口の感想を述べたのに対して、女性陣は反論を試みるが、結果として男性に論破された。現在読むならば、女性自身が女性の歌に対する男性の評価にこだわり過ぎると言わざるを得ない。しかし、当時の女性歌人たちにとっては、男性歌人が女性歌人に抱く、倫理、道義を突き破って〈炎〉を吐けとか、知性や論理が足りないという先入観を壊したい一念が強く前面に出ている。

第六号（一九五〇・一二）では、「女人短歌叢書研究㈠」として、当時活躍していた男性歌人を巻き込んで批評を依頼し、第一陣刊行の六冊について大々的な批評欄を設けている。

『花のかげ』……佐藤佐太郎・高尾亮一・大河内由美　『霜の道』……五島茂・宮柊二・清水千代
『光る樹木』……松村英一・安田章生・平中歳子　『風』……木俣修・森岡貞香
『浅紅』……山本友一・斎藤史　『雲を呼ぶ』……福田栄一・葛原妙子

歌壇の注目を『女人短歌』に向けさせるには十二分のメンバーである。男性歌人たちを巻き込むことで、「女人短歌叢書」が高水準の歌集を刊行していることを明らかにしていると言えよう。「女人短歌叢書」には、多数の受賞作品がある。

第三〇号では、軽井沢の室生犀星（一八八九〜一九六二）の別荘に阿部静枝・五島美代子・長沢美津・葛原妙子・生方たつゑ・遠山光栄の六人の委員が訪問し、〈現代詩の孤独性と短歌〉についてや、〈口語短歌〉の問題等、多方面にわたる座談を繰り広げた。座談会「沙羅談話――書く人・歌う人――」として一五ページにわたって誌面に掲載された。犀星の作品に登場する女性像についても踏み込んで聞き出すなど、興味深い内容である。当時室生犀星は、詩、小説、随筆などで押しも押されもせぬ文人であった。森岡貞香によると、室生家は医師である葛原妙子の夫の患家であったという。その縁で、〝座談会はお断り〟という犀星が承諾した。この企画が決まった時には「これを担当した葛原妙子の気負いはたいそうなものであった」(森岡貞香「文化としての短歌と歌人」『女人短歌小論Ⅱ』短歌新聞社、一九八九・八)という。

このように女人短歌会では、委員たちの人脈を駆使して歌人以外の文学者や研究者との交流も積極的に行っていた。

また五島美代子は、第一〇号(一九五一・一二)の「後記」で短歌時評の欄を設けたので「どうか本気になつた評論を御のせ下さいませ」と会員たちに参加を呼びかけている。

虚構の危うさ

第一六号(一九五三・六)では、一人一〇首で全員の詠草を無記名で掲載するという試みも行った。阿部静枝は、第一六号「後記」で、この企画の意図を、「作家につながる興味や、既成観念を排して作品そのものを鑑賞してみたいと思いました。短歌が私消息のような魅力に落ちては二義的な存在になりますから」と記した。

しかしこの試みについては、「短歌における虚構について」(第一七号、一九五三・九)で、葛原妙子は、「だが私は、短歌が記名なしに鑑賞されることには疑ひをもつ者である」と、疑問を呈した。妙子は、「混血の子を産んだ母親の呪詛と反抗がうたはれていた」次の歌群を含む作品「111」を具体的に指摘して、他人になり替わって詠んだ歌であることを指摘した。実は、「111」は阿部静枝の作品であった。

混血児生みし否めば黒杭に生ゆる黒茸わが踏みにじる
外に出ればあいの子と石打たるる子傷の血も涙も黒きを流せ
病みすたる身なり唇赤く塗りのしのしと行きさげすみに対ふ

葛原は、はじめは「このような境涯の作者がこのように歌をよみこなせるといふ驚きと、かうした作者の初登場をこの様に快くむかへることが出来た女人短歌の雅量を嬉しく思った」と喜んだが、その歌を何度も読み返すうちに、ふと疑問がわいたと記している。「情熱的で達者なカンドコロを外さぬ表現であるにもかゝはらず、感動の種類が常識的でどうやらひとつのワクに流れ込んだ感じ、さうしたものが既知の作家の詠み口をほうふつさせ、そこで遂に「これはいはゆる小説的虚構の導入かな」といふところへ私を落着かせてしまつたのである」と述べ、「この作品に限つて作者名を伏せて欲しいと言つた」と記している。

葛原は、文中で「虚構」について次のように述べている。葛原の短歌の根幹を成す論である。

> ときに、私自身は短歌に虚構を否定するものではない。だがそれは前述の歌にみるやうな虚構とは違ふ。それは、人のことではなく自分のつぴきならぬ内実を、観念そのままであらはすことを忌避したい場合に限り用ひられる。その観念を如何にして詩として昇華せしめ、象（ママ）として結晶せしめようかと苦慮するときに、過去の経験、属目、又あり得べき経験の一切が動員され、かつその中から現在自分の表出したいと思つてゐる内実に最も適合するものが選ばれているのである。歌人はとかく「虚構」といふ言葉を嫌ふけれども、それは虚構といふ言葉が極めてポピュラな小説的虚構といふ意味のみに解される為ではあるまいか、理論的に言つてこの「己の内実の表出」に一役を荷ふ構成の世界が「虚構」と呼ばれても私には間違ひではない様に思へる。只ここでくりかへしたいことはこの「虚構」は、前述の作品の場

合の様に「他人に成り替ること」の為の虚構では断じてないのである。

更に付加へてもう一つ、私達は現象を土台としてそこから触発されてくる虚の世界、これをやさしく言ひ替へて「幻の世界」と言つてもよい。さうしたものを見ることがある。それが霊感的に閃くといふことの以外に、想像力の強い作者に於ては、さうしたものが故意に構想され得る場合すらある。そしてまぼろしは限りなく発展し得る。だがそれはもとより可視的な存在であらう筈はなく、それを見、かつ構想し得る作家に文字をもつて表現されて初めて一つの象となり得るところのものである。さうした構想の世界は、それを科学的に理論づけようとする時に、やはり「虚構の世界」と言つてよいと思ふ。そしてそれは「幻」であるが故に、いはゆる現象主義の人達からはしばしば遊戯視され、人生の真実ではないと見誤られてきたところのものである。だがこれも又、まがふかたなき人生の真実であると共に、詩人は、その幻を見得ることにより、更に幻を構想することにより、気づかざる己の内奥を知り、更にその内なるものを単一から複合へとそそのかす力をやしなひ、正しい意味の文化をも知ると言へやう。われわれはすでに常識の世界で云ふところの「事実」のみに於て組立てられた「うた」の貧しさに飽きてゐる。といふよりもそれのみを人生の真実として他を省ぬ信仰の度しがたい一方性をあげつらふ任務がある。われわれはまぼろしを取り戻さねばならない。この正しい意味の詩の虚構、ないしそれを養ひ得る素質を、単なる身ぶりとか、空想とか世にはマチマチの暴論が横行してきた。何等人生の進歩に関係のない知性を喪失した所行として、幻とはこの様に感覚の遊びの世界だけに終始するものではない。それは実にしばしばイデーに発展し得る。それに理性が働きかけ一体になつたときに。（傍点は葛原による）

葛原妙子「短歌における虚構について」

ここには葛原の「虚構」に対する真の深い考察が表れている。葛原は、この考えを基に「111」の作品について、「敗戦日本の犠牲者としてのさうした女性たちの苦悩と反抗を代弁し、世に訴へてやらうといふ情熱」においては誠実だが、「他人の生活や、心になり替つて歌ふといふことについていささかの危惧も感じないであらうか。その中に些少の独断もないと他に向つて言へる自信があるだらうか」と指摘し、「まことに空疎なこととしか思へない」と手厳しく批判した。阿部は、以後このような虚構の歌は作っていない。

このように、会員同士であっても自己の見解を互いにぶつけ合い、まさに切磋琢磨する編集委員たちの魂のこもった真剣さは、後に続く会員たちをも奮い立たせたのではなかろうか。

これらの例のように試行錯誤を重ねながらも、着々と土台を築いていった「常任幹事」たちの実行力は、男性中心の歌壇に確かな楔を打ち込んだと言える。彼女たちの怒濤の如き活躍は、多くの女性歌人たちのエネルギーを引き出し、結社を超えて全国の女性歌人の切磋琢磨の場として根を張った。この土壌からは、例えば富小路禎子や中城ふみ子など、個々の人間性や生き方に基づく独自の世界を展開して活躍した歌人たちが多数見られる。

新しい芽吹き

富小路禎子（一九二六～二〇〇二）は、子爵の家庭に生まれたが、一九四七（昭和二二）年五月三日施行の日本国憲法第一四条において「華族その他の貴族の制度は、これを認めない」と定められたことにより華族制度は廃止され、富小路の家も身分剝奪や財産没収により没落した。富小路は旅館勤めや会社勤めを余儀なくされた。植松寿樹に師事し、一九四六年歌誌『沃野』創刊に参加。その後、編集委員、発行人として活躍した。次の歌群は、第一二号（一九五二・六）掲載一〇首中の三首である。急変した身分や生活を受け止めきれない真情が、美しい「緋の扇」や「舞」の世界に象徴的に投影されていて切ない。

今の身分に舞ふことなどはふさはぬと知りをりてなほ扇すて得ず
遂に遊びに過ぎざる舞に精こめて扇閉すとき胸せまりをり

想一時高貴に向けり緋の扇に灯吸はせてひとり舞ひつつ

さらに、第一三号（一九五二・九）には次の歌群が掲載された。一〇首中の四首である。

辛き世にいどみ生きんと一途なる少女不敵に似て脆かりし
女故に職なき幾日堪へし吾の夜犬歯磨ぐさまを人見よ
斜陽族故に役にたたずと言はれじと歯がみきりきり職に堪へきし
貧に堪ふる肉きりきりとしまりゐていさぎよかりしわが少女の日

掲載時、富小路は二七歳であった。回想の中に、歯嚙みする思いで青春を生き抜いてきた自負と闘志が溢れ出ている。第一二号、第一三号の富小路の歌には、激動の青春を生き抜いた富小路独自の青春歌の世界が表出している。

中城ふみ子（一九二二〜一九五四）は、乳癌にかかり、わずか三一歳で生を終えた歌人である。歌歴は短いが、一九五四（昭和二九）年『短歌研究』の「新人作品五十首詠募集」で第一回新人賞特選を受賞し、『短歌研究』四月号（短歌研究社、一九五四・四）に「乳房喪失」五〇首中四二首が掲載された。そして三カ月後、歌集『乳房喪失』が刊行されたが、その大胆な内容から一躍脚光を浴びた。

受賞作の原題は「冬の花火」であった。若月彰の言（『乳房よ　永遠なれ　薄幸の中城ふみ子』第二書房、一九五五・四）にもあるが、出版の運びになり、中城は歌集名として『花の原型』を望んだが、当時の『短歌研究』編集長であった中井英夫は、読者への鮮烈な印象の効果を考えて強引に『乳房喪失』とした。このことにより、中城にとっては、良くも悪くも短い生涯を歌人として注目されて終えることとなった。次に六首を挙げる。

子を抱きて涙ぐむとも何物かが母を常凡に生かせてくれぬ
幼らに気づかれまじき目の隈よすでに聖母の時代は過ぎて
冷やかにメスが葬りゆく乳房とほく愛執のこゑが嘲へり
メスのもとひらかれてゆく過去がありわが胎児らは闇に蹴り合ふ
唇を捺されて乳房熱かりき癌は嘲ひがにひそかに成さる
われに似しひとりの女不倫にて乳削ぎの刑に遭はざりしや古代に

高尾亮一は、中城の登場を次のように評した。

> 北海道に住む無名の一女性の作品は、戦争を経た魂の悲傷と自由な発想によつて、歌壇にも「戦後」が表れたことを認識させるに充分だつた。と同時に、中城の成功は同性歌人を勇気づけるのに大きい力となつた。翌三十年から女流歌集の出版が激増したのも、その一つの証左と言え（ママ）よう。
>
> 高尾亮一「女流歌人」

女人短歌会との繋がりで記すなら、中城ふみ子は、一九五一（昭和二六）年七月札幌神社にて開催された北海道女流歌人大会を機に、宮田益子の推薦を得て女人短歌会に入会した。中城ふみ子は、一九五二（昭和二七）年二月に「左乳腺単純癌」を発症した。その後一九五三年に再発、一九五四年には転移を重ね、八月三日に永眠した。『女人短歌』には、第九号（一九五一・一〇）〜第一九号（一九五四・三）まで作品が掲載されている。第九号と第一九号の掲載歌を挙げる。

度しがたき女ときみをなげかしむとらへがたなきかぜの性格

まぎれなく自分のものと言ひ得るは何も無きなりわび助の花
吊されしけものの脂肪が灯に耀らふ店出でて尚我の危ふき
触れがたく白く咲くとも花なればわれの不浄を卑しめはせず
何事も金に片づく酷薄の巷にて見れば花暗々と

『女人短歌』第九号

裸木らが何の未来かささへゐるま昼間ゆきてみみたぶ寒し
肉うすき軟骨のみみ冷ゆる日よいづこにわれの血縁あらむ
暗き夜は続き来るべしニコヨンのひび割れし耳窓下を過ぐ
半面にあざある少女悪怯れずよぎりてふゆの空気はしまる
うつうつと地震に揺られし朝あけて身内に何のなまめきか残る

『女人短歌』第一九号

これらの歌は、中城ふみ子の歌集『乳房喪失』から見れば、まだそれほど激しい内的衝迫が感じられるわけではないが、それでも歌の視点には独特のものがはっきりと表れている。

3　巻頭の欄から宣言文が消えてゆく——宣言文の変遷

宣言文の改訂

『女人短歌』は創刊以来、表紙を開いた巻頭に四つの宣言文と目次を載せてきた。ところが、第一五号（一九五三・三）を最後に、その文面が変化したのである。

創刊号から第一五号までの「女人短歌宣言」は、次の四文であった。

短歌創作の中に人間性を探求し、女性の自由と文化を確立しよう
女性の裡にある特質を生かして、新鮮で豊潤な歌を作らう
伝統と歴史の中に生きてゐる女性美に、新時代性を積み重ねて成長しよう
同時代の女歌人の相互研鑽と新人の発見に努めよう

それに対して、第一六号（一九五三・六）では、「宣言」の文字が消え、次の二文に改訂された。

短歌創造の中に人間性を探求し、個性を生かして新鮮豊潤な歌を作らう

歴史と伝統の女性美に近代精神を徹して成長し女歌人相互の研鑽と新人の発見に努めよう

この文面の変化はいったい何を意味するのであろうか。編集者の意図は書かれていないので、文面から類推する。

改訂後のはじめの一文は、「女人短歌宣言」の一番目と二番目を基にしているが、両者の違いは次の通りである。

1　短歌創作→短歌創造　　2　女性の自由と文化を確立しよう→削除

3　女性の裡にある特質を生かして→個性を生かして

4　新鮮で豊潤な歌→新鮮豊潤な歌

改訂後の二文目は、「女人短歌宣言」の三番目と四番目を基にしているが、両者の違いは次の通りである。

5　伝統と歴史の中に生きてゐる女性美に→歴史と伝統の女性美に

6　新時代性を積み重ねて成長しよう→近代精神を徹して成長し
7　同時代の→削除　　8　女歌人の→女歌人

「女人短歌宣言」と改訂版との間には明らかに意識の変化が見られるのである。

1の「創作」と「創造」の違いを見るなら、新しいものを造り出すという意味では同じだが、創作は狭義の意味が強い。しかし「創造」とすることで、短歌が人間性の探求に足る存在意義を有することが強調される。

2と3では、女性が主体であることとの強調を抑え、人間としてそれぞれの個性を生かすという方向に舵を切っている。

5と6では、日本人の感性や美意識のうちに今生きている女性美に、新時代性を積み重ねるという漠としたものから、日本人の歴史と伝統による女性美の上に近代精神を貫いて互いに成長しよう、と新しい歌を目指すことをかかげている。

『大辞泉』（小学館、一九九五・一二）によると、「近代」とは「日本史では明治維新から太平洋戦争の終結まで」を指すとある。敗戦後の新しい時代に、あえて「近代精神」を持ち込んだのはなぜであろうか。戦前から美徳とされていた〈従〉たる位置にあった女性たちの意識をより覚醒させねばならないとの危機感が、編集者たちの中に強くあり、具体的に、人間主義・個人主義・合理主義を基調とする「近代精神」に則った精神性を強調せしめたと考えられる。阿部静枝は、第一〇号（一九五一・一二）の「後記」で次のように記している。

短歌の中に人間を探求したいと思います。近代人の感情は、感覚と結ばれているだけでなく、思想に裏付けられています。その思想を探り出して、近代生活相や人間像を浮彫にして見る意味で「短歌とヒューマニズム」「短歌の中の利己性」という題を出しました。研究して見ましょう

阿部静枝「後記」

この頃から、すでに編集委員たちの脳裏には、宣言文の改定への意識があったと類推される。一九四九（昭和二四）年に中井英夫が『短歌研究』の編集長となった。中井は、葛原妙子や中城ふみ子、塚本邦雄や寺山修司たちの歌壇での位置を確かなものへと押し上げた。そして、一九五一（昭和二六）年、塚本邦雄の第一歌集『水葬物語』の刊行に端を発して前衛短歌が注目された。『短歌研究』編集長中井英夫の後押しによって、塚本に始まる前衛短歌運動は、岡井隆・寺山修司の活躍とともに、歌壇全体に影響を及ぼした。前衛短歌は、比喩の導入、句またが

り、記号の利用といった技法上の特徴が数多くあるが、作品の主人公と作者が異なる、虚構を詠っている点が最大の特徴である。

歌壇では、すでに小野十三郎の「奴隷の韻律――私と短歌――」を乗り越えて、新しい短歌の転換期が迫っていた。つまり塚本邦雄が独自の表現形式の方法を生み出し、臼井吉見の「短歌への訣別」や桑原武夫の「第二芸術――現代俳句について――」の提言を乗り越えるべく、表現内容の思想化という挑戦によって、新しい現代の短歌の草創期へと進展していた。そして一九五三年頃には時代は前衛短歌の隆盛に向かっていたのである。

この歌壇の動きを受けて、編集委員たちの中には、もはや『女人短歌』草創期の、「女性の自由と文化の確立」という意識や、「女性の裡にある特質を生かして」という状況に甘んじている時代ではないという危機感もあったのではなかろうか。つまり、一個の人間として確固たる自己の確立の下に、個として互いに切磋琢磨できるよう、新しい方向を見据えた改訂版宣言の提示となったのである。

この時の編集委員は、女人短歌会の創立に尽力した阿部静枝・五島美代子・生方たつゑ・北見志保子であったが、この文面の変更には、常に時代を見つめ、前進しようとする編集委員たちの強い意志が働いていると言えまいか。

しかし予告なしに、突然宣言文を変更したことに対して、会員たちの中には納得できない人々もいたのではないかと考えられる。なぜなら、第一七号でも第一六号と同文であった巻頭の宣言文が、第一八号と第一九号では、創刊時の宣言文に戻されているからである。その間に意見の調整がなされたと推論する。第二〇号からは再び第一六号の宣言文に戻り、第三五号に至った。

第二三号（一九五五・四）の「後記」に、編集委員たちの言葉が記されている。

みんなが編集を終へて顔を見合わせましたら、だれもかも上気してゐました。大きな一仕事を積み上げてまゐりませう。　生方

女人短歌の歌風もそろそろマンネリズムになりかけてゐるのではないでせうか。一人一人の個性の芽を、もつと大事にしたい気がします。　五島

出詠が多くなつてうれしいのですが、歌数や組が窮屈になるので残念です。精粋のつもりで自他に対したいと思います。　阿部

五島さんが女人短歌の歌の傾向について心配されてゐますが、お互いに女歌人の文学的向上を目ざして、この仕事を始めたので、私達はその根本問題を探求しながら、どうすればよいか、といふことをいつも考へてみたいと思ひます。（後略）　北見

生方の言葉から、編集委員たちが極度の集中の中で、毎回『女人短歌』刊行のための作業に励んでいたことが汲み取れる。

そしてこの頃、編集委員たちの間でも、会員たちの作品の質について悩み、問題点を追及しながら今後の発展について熟思していたことが、それぞれの言葉から浮かび上がってくる。

加えて五島美代子は、第二四号（一九五五・六）で、評論「女歌とたをやめぶりの歌」を掲載し、女歌の歴史をさかのぼりながら、美代子自身が現代の女歌とはどのようなものを望ましいと考えているかを論じている。これは、折口信夫の「女人短歌序説」に呼応した論文である。長いが、全文を記す。

「女歌とたをやめぶりの歌」五島美代子

女歌論議も久しいことになりながら、まだ感情論の域を脱してゐないのは寂しいことである。これはどうしても「女人短歌史上で決定版が出されなければならない論議と思ふので、とりあえずその口火なり、前座なりの役をつとめたいと思ふ。

女歌といふことは、故折口博士の言ひだされたことで、博士の場合の女といふ言葉は、決して一部の人の忌避するやうないやらしい感じを伴ふものでもなければ、女性蔑視のひびきを持つものでもない。反対に女性尊崇の意味をすら含むものだといふ説も、その門流の声としてきいてゐる。少なくとも私自身、深い感銘をもつて直接故人から承つた場合の来るべき女歌興隆時代とは、貴ばれる意味の女性的な、新しいロマンの香高いものであり、その女歌の選手はジャン・ダアクとなつて殺される覚悟をせよとのことであつた。

ここで私は、女歌の源流をさかのぼつて探ねて見たくなる。

古今和歌集の序に小野小町の作風を評して

「……あはれなるやうにて強からず、いはばよき女のなやめるところあるに似たり。」

とある紀貫之の言葉は、もつとも端的に、いちはやく平安時代の女歌の特色を指摘したものであらう。

この小町から、和泉式部・式子内親王とたかまり流れた女の歌の歴史には目もあやなものがあるが、近世になつて賀茂真淵の説いた「ますらをぶり」「たをやめぶり」の規定は、時代的に追求された歌の姿といへよう。

真淵によれば、万葉集等には女性の歌にもたけたかき「ますらをぶり」の姿があり、古今和歌集以下平安時代の歌には男性の作にも「たをやめぶり」の風があるといふ。これは男と女の作風のちがひではなく、時代そのものの相に大丈夫と美女の面影を見たことになる。そしてその芸術的価値を「ますらをぶり」の歌に高くおいた真淵に対し、宣長はむしろ「たをやめぶり」の方を重く評価し「物のあはれ」を具現したものとして、平安時代の優美な歌風を源氏物語等と共に推奨した。

この場合の「たをやめぶり」の歌とは、またたをやめとは、究極に於て何をさすのであらうか。

吾とわが身を心にまかせず、たはやすくは日の光にもあたることなく、「言はまほしきこと」も半ばで止めておく、それ故にこそ可憐であり、あはれと人を感動せしめる、なよなよとした美をもつたをやめ。作品として具象される場合は、素朴な直接的な表現をさけ、婉曲に、自己を抑制した後嫋々とうたひ上げる、まがりくねつた媚態等——かうしたものが所謂たをやめぶりの歌でもあらうか。

併しこれらはその時代のたをやめぶりではあつても、必ずしも私達の時代の女歌を規定するものではない。それを証明するには先づ女といふものの定義の変遷から考へてゆかなければならない。

をみな子の思ひ乱れてあるさまを萩すすきともあなどりて見よ

与謝野晶子

萩、薄と同じ景物として男に眺められるのばかりが女ではない、共学の場に育まれ、男性に伍してひけをとらぬ論陣を張る、今日の十代二十代女性は、果して中性化し男性化したものであらうか。

あはれなるもの、弱き者が代名詞となつてゐたのが女なら、女歌といふものも亦、所謂たをやめぶりの歌そのものであるべきだ。けれども女性的といふ考え方は時代により文化の度によつてちがふ。所謂「ますらをぶり」の歌を詠んだ万葉時代の女性の歌は女らしくないであらうかといふと、千度も否である。

春山の万花の艶、秋山の千葉の彩を競はしめられて、調べ高くことわり詠んだ額田王は最も女らしい女の一人である。

抑圧され、ためらわれ、仕方なくまがりくねつて育つた姿は、決して女本來の姿ではない。日光のもとにおかれれば、草木はすくすくと育つのである。現代の女歌が万葉の昔に還れないといふことはない。

それなら私共も意識して「ますらをぶり」の歌を詠まうとしたらいいかといふと、私は矢張さうではなく女は無理に肩肘張らず女本來の歌を詠まうとするのが本当だと思ふ。

何ぶりゝであるかは、時代を反映してのことで、個人の力だけではどうにもならない事もある。ただ女は女である事に自信をもって、女の歌を詠むべきだと思ふ。自信といふのは優越感などではなく、与へられた才能の限界内でその才能を大切にし努力するといふ事と同じい。どんなに貧しい天分でも、自分に与へられたものを極度にみがく外ないのが、藝術に志す者の道なのだから。

女とか男とかいふ事を考へたくない。私は男と同じでありたいという考へ方は、仔細に吟味して見ると、矢張女性の劣等感の殻が残つてゐるのだと思ふ。男性とは自分達より優れるもの高き者と思へばこそ男と同じでありたいと希ふのであらうが、男には男の分野があり女には女の天性があり、両方合わせて人間界がつくられてゐるのだから、男でも女でもない人間といふものはないのだから……。

自分の中に従来の女性の範疇をはみ出すものがあつたら、それだけ女性といふものの限界をひろげてゆけばいいのだと私は思ふ。

さて、それなら現代の女歌は、いかに「たをやめぶり」の歌から蟬脱すべきか、又その中のよきものを承継すべきかといふ事が現代の問題である。平安時代には男性も「たをやめぶり」の歌を作つたやうに、現代の男性作家にも、女歌式のものがたしかにある。それなら目下のところの女歌とは、どう規定したらいいのであらうか。

これは私の全くの感想に過ぎないが、アララギ派正風の歌は、「ますらをぶり」とはいへないまでも、現代の男歌といへるのではないかといつも思つてゐる。たしかに男歌である。女が学ぶときは大変苦労をする。それに対する女歌とは、例えば与謝野晶子・岡本かの子両女史の作品のやうなものではないかと漠然と感じてゐる。

根岸派対明星派の対立を、リアリズムに対するロマンティシズムといふ風によく説かれるが、私はリアリズムといふことにどうも理解しがたいものがあつたので、先年東大で大西克礼博士の美学のお講義を承つてゐた頃思ひ切つて質問したことがあつた。その時の明快な示教によつておぼろげ乍ら理解させて頂いた解釈では、アララギ派の歌はリアリズムといふよりはアイデアリズムといふ方により近いのではないかと思つた。ともかくリアリズムとロマンティシズムとは、正しい美学的解釈では対立したものではないらしい。

私は手法に於ては女歌にリアリズムをとり入れたいと思ふ。本当のリアリズムとはいかないまでも、わが身を試験台にして、人生のリアルな動きと相とを捉へたいのだ。しかし女性に特に濃いロマンティックな夢は、どうしても本質的に捨てられない。とかげの尻尾のやうに、おいて来てもおいて来てもまた生えるのだ。このありのままの女で私共が歌ひつづけてゆくとき、そこにおのづから反映する時代の影が、現代の女歌を形成し展開してゆくのではあるまいか。

五島美代子「女歌とたをやめぶりの歌」

『女人短歌』が、〝女歌〟の意味をどのように受け止め、発展させるべきかという創刊以来のテーマについて、美代子は会員たちに改めて啓発の要を示した。時代の変遷が常に付きまとうことを考慮しないままに一つの固定観念で女歌を捉える危うさを示唆し、いま、会員たちはどのような姿勢で創作に向き合わねばならないかについて、再確認をした。美代子にとっては、『女人短歌』における今後の創作の発展性の道筋をはっきりつけねばならない時を自覚しての掲載であろう。

宣言文の消滅

そして、さらに特筆すべきことには、第三六号（一九五八・六）からは、巻頭の宣言は全く姿を消したのである。この時、第三六号の「女人短歌便」に、「36号から巻頭の宣言をはずす」と編集委員会の決定を記載した。この通知により、以後、宣言文は『女人短歌』巻頭誌上から消えた。

後に阿部静枝は、「創刊号から」（第七〇号、一九六六・一二）で、当時のいきさつを次のように述べている。

（前略）宣言というものものしさを掲げた昭和二十四年の頃の空気は雑然としてさわがしく、茫漠としてすがりどころのない状態だったと言える。この気分をとらえた歌が七号あたりまで相当ある。それで中心となるものを立てたのであった。それが当然にすぎ、わかりきったことになっては、掲げておくのが野暮くさいので省略した。雑然としたものを整えて透徹にまで到りたい気持、すがるものは自分自身という内部充実への努力の時に入ったものと思う。

阿部静枝「創刊号から」

管見にして当時のいきさつについては、この阿部のいささか紋切り型の回想文のみにたどり着いたに過ぎないが、この文からは宣言を掲げた創立時の委員たちの燃えるような志や宣言文の重みは伝わってこず、単に雑然とした「気分」をとらえた宣言文、「野暮くさい」、という点だけが浮上する。

しかし、筆者の見解では、編集委員会の決定は時代の動向の重みと方向性を十二分に吟味してのものであったと考える。これは、歌壇の現実を踏まえての、編集委員たちの英断だったと言えまいか。もはや女歌人というよりも、会員たちそれぞれが歌人として活動できる舞台に立っているという、会員たちへの認識、信頼が根底にあったことは言うまでもない。

ここに、第三六号以後、『女人短歌』創刊の意義を表す「宣言」が消えたことは、編集委員たちの間で、『女人短歌』創刊の目的が実質的に達成されたとの共通認識があったことを象徴的に表わしていると、結論付けることができる。

しかしその後も創立時の編集委員たちを中心に、新しい『女人短歌』を目指して内容の検討を重ねていった。

『女人短歌』は、戦時下においてもすでに結社や歌壇で活躍していた女性歌人たちが中心となり、後進のことを考えての「女人短歌叢書」の企画や、時代の推移を見極めて創刊時の宣言文をなくすなどの実行力を発揮し、前進してきた。

第三章では女人短歌会の発展の軌跡をたどったが、第四章では、『女人短歌』草創期に尽力した歌人たちの個々の歩みを振り返り、彼女たちがどのように結びあって相乗効果を発揮したかに触れたい。そのうえで、第五章で、宣言文を外してから以後の『女人短歌』がどのように先人たちの活躍を受け継いでいったのか、その存続から終刊に至るまでを見届けたい。

第四章

五島美代子と『女人短歌』を牽引した歌人たち

五島美代子・長沢美津・山田あき・生方たつゑ・葛原妙子

左から遠山光栄、生方たつゑ、葛原妙子、長沢美津、五島美代子、阿部静枝、室生犀星
1955年8月、軽井沢の室生犀星邸にて

同時代の空気に身を置き、敗戦後、志を一つにして女性歌人の発展のために邁進した『女人短歌』草創期の歌人たちは、お互いに刺激を受け合いながらも決して類型に堕することなく、短歌創作において孤高の精神を貫き、成長し続けた。

それぞれ違うバックグラウンドで育ち、個々の価値観を貫く女性歌人たちが集まったにもかかわらず、違うからこそ、『女人短歌』の発展のためという目的に純粋にそれぞれの力を駆使して尽力できたと言えよう。五島美代子、長沢美津、山田あき、生方たつゑ、葛原妙子の『女人短歌』での活動に至る背景に触れつつ、彼女たちの短歌創作に賭ける執念に注目する。

1　五島美代子――『女人短歌』の精神的支柱となって

女人短歌会の支柱となって組織を支えた歌人の一人として、まず五島美代子を挙げる。昭和の女性歌人を代表する一人である五島美代子（一八九八～一九七八）は、第一歌集『暖流』で「胎動」を詠んだことに始まり、自死した長女への歌群を収めた『新輯　母の歌集』により文学史上、「母性愛の歌人」「母の歌人」としての評価が定着しているが、美代子の対象に対する真摯な向きあい方は、揺れ動く自身の心の襞をそのまま表現に託す姿勢となって作品に表出し、独自の世界を切り拓いた。

一九五五年には朝日歌壇選者となり、一九七八年の死去に至るまでその任を務め、生活者の視点からの新しい「新聞短歌」の分野を拓く役割を果たした。さらに、一九五九年から現上皇后美智子妃の歌の指導の任を担い、現上皇との婚約時から、自らの死去に至るまで務めた。加えて、教育、研究の側面では、晩香女学校の校長、専修大学や札幌大学での講師や教授としての働きなどがある。

五島美代子は『女人短歌』の精神的支柱となり、『女人短歌』の在り方を明確に示して、草創期の土台を築いた第一人者と言い得る。この視点については、これまで論じられていないが、この美代子の働きがあったからこそ、『女人短歌』はしっかりした骨格を持つ歌誌として存在意義を確たるものにし得たと、筆者は捉えている。言うなれば、扇のかなめの役割を果たしたのである。『女人短歌』について、この点を抜きに論じることはできない。

この観点から、美代子の洞察力や思想の根幹が、どのような土壌で育まれたかに着目して美代子の精神性を培ってきた家庭環境について詳しく述べる。なぜなら、美代子の環境は、当時の知的女性の中でもとりわけ特異性を帯びていると考えるからである。さらに、美代子が歌人として依拠する土台と、活躍の足跡について言及する。

独自の教育に育まれた感性や知性

五島美代子の少女時代の精神形成は、両親の教育方針や幼少期の生育環境の独自性に負うところが多い。美代子は研究者・教育者の家庭で育った。両親は高い知性と教養を備え、高邁な理想の下に、教育者として社会に貢献し、時代を牽引する意識と行動力に富んでいた。

美代子の両親は、一八九三（明治二六）年に結婚した。婚約時代には英語でラブレターを交換し合っていたという。美代子の夫五島茂は、このエピソードを直接義母千代槌から聞いている。このことに象徴されるように、五島家は、欧米の文化を生活に取り入れていた。

美代子の父五島清太郎（一八六七〜一九三五）は、日本の動物学を牽引した第一人者であった。清太郎は、長門国阿武郡川島村（現山口県萩市）に、長州藩士五島守篤の次男として誕生した。一八七九（明治一二）年、一二歳で大阪英語学校（第三高等学校前身）に入った。その後、一八八一年に三浦三石の家塾で漢学を学び、一八八二年に新島襄の京都同志社英学校（現同志社大学）に入学した。当時から秀才で努力家であったようである。

その後一八八四（明治一七）年、東京大学予備門（第一高等学校前身）に入学、生物学を専攻し、帝国大学令公布後の東京帝国大学および同大学院に進んだ。そして一八九四年から二年間アメリカのジョンズ・ホプキンス大学、ハーバード大学で研究生活を送った動物学者である。一八九六年帰国後、第一高等学校教授を経て一九〇九年に東京帝国大学の教授に就任した。斎藤茂吉も、第一高等学校で清太郎の薫陶を受けた一人である。

母千代槌（一八七三～一九四三）は、日本の女子教育の新しい時代を拓いた女性の一人である。千代槌は、佐賀藩士千住成貞の娘として、麹町区永田町に誕生した。明治女学校の第二回卒業生（一八九〇年）である。第一回卒業式で、本科二年の千住千代槌は、卒業生への祝辞を述べている。在校中にキリスト教に則った教育に感銘を受けた千代槌は、卒業後数学の助教師として残った。女子教育に使命感を持って携わり、廃校（一九一〇年）まで、教師として勤めた。明治女学校は一八九六（明治二九）年に麹町区飯田町の校舎を焼失したが、翌年、巣鴨村大字巣鴨（現在の西巣鴨）に移転した。その折には、千代槌もその土地の隣接地を買い、一家を挙げて転居し、教育、および経営に携わった。転居は、美代子六歳の夏のことである。

明治女学校の廃校後、千代槌は、同年創設の澤田裁縫女学校を手伝っていたが、一九一九（大正八）年には、自ら北豊島郡巣鴨町二丁目四二番地に晩香女学校を設立して、女子教育に貢献した。やがて、一九四〇（昭和一五）年、杉並区堀の内に移転し、一九四三年の死去に至るまで、校長を務めた。

「学校屋」にわが「晩香」は渡さぬと病みほほけつつ言挙げす母は　『垂水』

右の歌は、千代槌の没後三〇年祭に美代子が詠んだ歌である。「病みほほけつつ言挙げす」には、死に直面するまで自己の理想を具現化した学校を守り抜こうとする千代槌の、自負と決意が表現されている。

美代子の心に母の心意気が深く刻まれていることが分かる。後に、美代子が病んでなお、最期まで作歌の道を貫き通した姿は、母千代槌に酷似している。

育まれた知的世界への希求と自立心

清太郎は、美代子の幼い言葉にもじっくりと耳を傾けて、対等の存在として接し、常識にとらわれることなく自立心を育てようとする穏やかな父であった。

美代子いふ言もまことと少女わがをさなき狂気もうべなひましし父

生物学者の父ひとりわが憑かれゆく危ふき道をうべなひましき　『垂水』

二首目の「わが憑かれゆく危ふき道」は、美代子がのめりこんでゆこうとする和歌の道であろう。当時、母千代槌は、美代子が和歌の道にのめりこんでゆくことに反対していた。しかし美代子には心強い父の応援があった。

一方、女子教育の先駆者としての役割を担っているとの自負を持つ千代槌は、家庭でも教育者の立場を崩さず、二人の娘に独自の教育を実践した。

千代槌は「自分の使っているものがどんなふうにして作られるか知らなければいけない」（中山正子『ハイカラに、九十二歳』河出書房新社、一九八七・九）と言い、例えばゴム風船を自分で作ることを教えたり、糸を取るのに蚕から育てさせたりしたという。美代子の日記（「大正二年一月記す」「思ひ出の記」一九一三～一九二五記、未公刊資料）によると、九歳の頃から「明治女学校の生徒さんなどが家庭教師のやうにして来て叔母様と二人を教へて」くれたと記している。この頃生徒であった小手川ヤエ（後の小説家野上弥生子）に、後に晩香女学校で作文を習った。ピアノや文学の指導を受けたのも明治女学校の教師からであった。美代子にとって、明治女学校との敷地続きでの生活は、四六時中美代子の感性や思索を刺激するに足る実りを与えたであろう。また美代子は、ともに移り住んだ父方の祖父母や母方の祖母等、大人たちの間で新しい知識や多様な価値観をも習得していった。

美代子の成長過程における環境は、決して一般的女性の誰もが辿るものとは言えない。当時のインテリゲンチャの社会でも、一握りの特筆すべき家庭環境に生きたと言える。この環境によって、単なる夢見がちな少女と片付けられない、深い思索の世界が美代子の内に育まれていったのである。

一九一一（明治四四）年、一二歳の美代子は、日記に「少くとも今後の女子は心を世界的にもたなければなりますまい」（「思のまゝ」一九一〇〜一九一一記、未公刊資料）と記したり、単に立派な奥様（良妻賢母）というだけでは自分の心は納得できないということを書いている。将来は自分で得た資金で孤児院を経営したいという夢を持つなど、母に倣って、社会に貢献する生き方を強く志向していた。日清戦争後の国家的政策の中で「良妻賢母」すなわち夫にとって良き妻であり子供にとっては賢い母というイデオロギーにより近代的性役割分業が明確に方向づけられていた社会環境の中で、一二歳の美代子は、社会的活動の場を抑圧された「良妻賢母」を無自覚に受容するのではなく、生きることへの本質に立って自己の在り方を見据え、独立した個としての明確な意識と先進的な生き方への強い志向性を有していたのである。この頃からすでに、世界的スケールの中で考える広い視野が育まれていたと言える。ここに、家庭教育の影響が大であると推論できる。

しかし、仰高小学校高等科一年を修了した美代子は、東京高等女学校への進学を望んだが、「体が弱いから」という、母の一言で断念させられた。母としては、高邁な理想のもとに、独自の教育を美代子に与えようと考えていたことが窺えるが、望みを砕かれた美代子は、孤独の中で自己肯定感を喪失した時期もあった。

挫折感を抱えながら、それでも美代子は、「検定試験を受ける　それは私が世に出る第一歩、否、世に出る資格を作るための一部分です」（「思ひのまゝ」一九一五〜一九一七記、未公刊資料）と、自己を取り戻そうと決意し、この年から東京市小学校尋常科本科正教員の検定試験を数科目ずつ受験してゆき、一九一八（大正七）年には免許状を得た。この間に、母の求めにより、成栄女学校で、一九一五年には礼法、翌年には国語を教えた。さらに一九二三（大正一二）年、文部省中等教員国語科検定試験に合格した美代子は、大学聴講の資格を得て、翌一九二四年には、この年から初めて女子聴講生を受け入れた東京帝国大学文学部の聴講生となった。そして、男子学生に伍して大学の講義を受講した。美代子が二五歳の時である。

美代子は、八年もの年月をかけて、教員免許の取得という目的を達成させていき、自分自身の力で、新たな学びの場を摑み取ったのである。生涯にわたって自己の知的世界を広げようとし続けた美代子の精神世界の萌芽が、この時期の志向に認められる。また、この自己の信じる道を貫こうとする強い意志で、逆境をより良い未来に繫いでいく美代子の粘り強さは、その後の美代子の生き方そのものを表わしている。

美代子が、「女人短歌会」の創設にあたり、新時代の出発にわざわざ〈女人〉という言葉を使って女性歌人だけで集まるということに抵抗があった一因には、実は、このような幼少期からの自己の知的背景があり、学問の道を歩んできたという事実に基づいて、〈女人〉ではなく〈人間〉としての強い希求があったと言える。

歌人としての萌芽

美代子の歌人としての萌芽は一三歳の頃にある。美代子は、一九歳の秋に『しどめの花』及び『しどめの花　二』と題する和綴じの自筆筆書きの私製歌集を編んだ。ここには、一三歳から一九歳に作歌した六〇〇首以上の歌が記されている。例えば『しどめの花』（一九一八記、未公刊資料）には、次の一三歳の作がある。拙いながらも、対象に対する新鮮な驚きと感動が表れている。

海原やよせては雪と散る波は黄金と光りしろかねとちる

二つ三つ舟のこぎゆくその後に浪のさはぎも勇ましかな（ママ）

一九一七（大正六）年、美代子は「思ひのまゝ」（一九一五〜一九一七記、未公刊資料）に、一六歳の年には歌を三〇〇首ほど作り一七歳の頃には四〇〇首余りにさえなったと記し、この頃多くの古典に親しみ、「十七の秋辺からは殊に古今集を精読し」深く感銘を受けたことを記している。

歌の師佐佐木信綱

一九一五（大正四）年九月一〇日、一七歳の美代子は、本気で歌を作りたいとの一念から、本郷西方町にある佐佐木信綱の自宅を訪ねた。歌学者・万葉学者として多大な業績を残した佐佐木信綱は、近代文学としての短歌に到る和歌革新運動期の新派和歌運動に乗り出した一人でもある。「心の花」（竹柏会）を主宰する佐佐木は、「深く広くおのがじしに」を提唱して、多くの弟子たちの内奥にある「まことの声」を引き出し、個性を伸ばした。

入門を許した佐佐木が、詠草の書式を教えてくれた時、美代子の本名美代を美代子と言い間違えた。美代子は佐佐木からいただいた名前のような気がして、歌については美代子と名乗ることにした。この時以来美代子は、歌の修業に本格的に取り組み始めたのである。以後、生涯にわたって佐佐木信綱を歌の師として仰いだ。

次の文章には佐佐木信綱の和歌観が示されている。

歌はまことの声である。まごころからあふれ出づる声である。歌は魂の声である。魂の底からほとばしり出づる声である。

歌は胸のいぶきである。時としては、はげしいさけびである。時としては、ゆたかな調べである。あふるるものを内にこめた、力づよいこわねである。

歌は又、ささやきである。しかも、あわただしからぬ、澄んだささやきである。

歌は、時としては、おのづからなるといきである。涙のこぼれる音である。胸にしみとほる静かなひびきである。忘れようとしても忘れられぬ夢である。時としては又、朗らかなほほゑみである。高らかなよろこびの声である。

歌は又、大空を翔る鳥の翼の音である。渓川の高鳴りたぎつ瀬の音である。

歌はさらに、時としては、目にみえぬものへの願いであり、祈りである。

佐佐木信綱『佐佐木信綱文集』

ここで佐佐木が示す歌を成す「魂の声」とは、魂が中核となる概念であり、その内実は、いろいろな表現によって表出するが、これは詠み手の固有の魂から発せられた声である。佐佐木の和歌観は、まさに美代子の作歌の根幹に通底する和歌観である。美代子は生涯、歌を詠むには〈本当の心持ちを詠むこと〉を貫いた。

「鬼が来る」

一七歳半ばの頃から、美代子は不思議な現象に見舞われるようになった。歌を作ることに熱中し過ぎるあまり、わけもわからぬままに、歌が自分の中から湧き出してきてとまらなくなるのである。美代子は、熱に浮かされるようにして書き留めていくが、疲れ果ててもう寝たいと思っても不思議な心の高まりはなかなか収まらず、得体の知れない力に引き回されて歌を作り続けた。美代子はこの現象を「鬼が来る」と表現した。自己の内的衝迫に身を任せるという、美代子の創作の心理が表れている。歌人五島美代子について、巫女的な要素が指摘される場合があるが、このような傾向が影響しているからであろうか。後年、歌ができないときなど、鬼の到来を待ち望んだりもした。『炎と雪』（立春短歌会、一九五二・二）に次の歌がある。

わが鬼

吾をひたと見つむるものは闇の底にかくれゐて吾の疲るる時待つ
呼べばいつでも会ひに来る鬼となりてより畏れてわが魂逃げかくれする
ありありとけずらるる生命おぼえあり歌生(あ)るる時をしたに畏るる

歌の同伴者——石榑茂との結婚

美代子は、一九二五（大正一四）年三月に東京帝国大学経済学部を卒業した石榑茂（一九〇〇〜二〇〇三）と、五月一二日、佐佐木信綱夫妻の媒酌により帝国ホテルにて結婚式を挙げた。二人は、「東大短歌会」で出会った。男子後継者のいない五島家では、美代子が「五島」の姓を捨てることはできなかった。茂は、五島家の婿養子となった。

茂は、一九〇〇（明治三三）年一二月五日、京橋区東豊玉河岸六七号地（現銀座一丁目）で、父石榑辻吾郎（歌人の号は千亦）、母しんの五男四女の三男として生まれた。

父千亦は、一八九三（明治二六）年、佐佐木信綱の竹柏会に入門以来、『こころの華』（後に『心の花』）の創刊から、『心の花』が竹柏会出版部発行となってからも、編集責任者として重責を担った。茂は、父の手ほどきを受けて歌を作り始め、九歳のときには『心の花』に掲載されてもいる。

美代子には、一旦短歌活動から退いた時期がある。この時期夫茂も、歌壇での活動を断念した。茂は、昭和初期に既成歌壇の変革を試みて活動し、一九二八（昭和三）年九月、「新興歌人連盟」を結成したが内部分裂により解散した。解散後、一九二九年三月に美代子や前川佐美雄と共に歌誌『尖端』を創刊したが、半年後に廃刊し歌壇から去った。

茂は、昭和初期の短歌革新運動の道筋を拓くという役割において既成歌壇に幾多の波紋を投げかけることに成功した。ロバート・オーエンの研究者であった茂は、オーエンの資本主義社会の枠内でその矛盾点を是正しようとする穏やかな社会主義の手法を採り入れて、短歌革新を目指した。オーエンはエンゲルスからユートピアンと批判された社会主義者であるが、既存のものを乗り越えてより高次なものに統一するという「揚棄（アウフヘーベン）」を心がけた。しかしこの手法の導入によって短歌の芸術革新を志していた茂は、短歌を通して階級闘争を目指していたプロレタリア歌人たちの勢いに敗れた。

この時期の茂の活動は、美代子の短歌活動に少なからず影響を与えたと言い得よう。

美代子は、夫の「新興歌人連盟」の結成に伴い、一九一五（大正四）年から入会していた『心の花』を退会して自らも準備の会議に加わるなど、『尖端』の廃刊までは茂と行動を共にした。しかしその後、一九二九（昭和四）年、自らの意思で「プロレタリア歌人同盟」に入会した。

一九二九年四月に茂は、大阪商科大学（現大阪公立大学）に赴任した。一家は茨田郡守口町（現大阪府守口市）に居を構えたが、近くの工場で働く女性たちとの出会いは、美代子のこれまでの自己の生活感覚を一変させるほどの体験であった。美代子は、底辺に生きる母たちや、子供たちが、顧みられないことへの憤りを詠んだ。子を持つ美代子は、特に労働者である母やその子らの置かれている立場に痛みを感じたであろうことが、次の歌群からも窺える。美代子はおろおろしながら、自分自身が労働者階級の母や子らの痛みを自分の中に取りこみ、その憤りを言葉に載せようと試みた。しかし、美代子はこの母子らと同次元に立つことはできなかった。あくまでも部外者の立場でしかない。プロレタリア文学活動は、裕福なインテリゲンチャの弱点にくさびを打ちこんだのである。

僅かの昼休にきそつておしめを洗ふ女工の母はいつ休むのだ
足どりがのろいのは、明日（あす）の世の担（にな）ひ手の子供を抱いてゐるからだ、女達をおいてゆくな
教室の隅に目ばかり光らしてゐるこの子達に先づ腹一杯食べさせろ、義務教育はそれからだ
『プロレタリア短歌・俳句・川柳集』（初出『プロレタリア短歌集一九三〇年版』）

右左から子にまつはられて米とぐ母のあらはな胸にぢかにさす西日
空腹をこらへる事に馴れてゆくこの子達の強さを畏(こわ)いとおもふ　『暖流』

インテリゲンチャの世界しか知らなかった美代子は、驚きをもって労働者の現実に目を向け、その目覚めから「プロレタリア歌人同盟」に入った。しかし、その目覚めは単純素朴なものであった。

美代子にとっては、プロレタリア思想がけっして自らの歌の思想的根幹をなすものではなかった。例えば、山田あきが「妻も家も否飯さえ奪われている、だが俺たちには大衆があると同志の晴やかな顔は輝いている」（『短歌前衛』一九三〇年四月号掲載／『プロレタリア短歌・俳句・川柳集』新日本出版社、一九八八・一二）と詠んだように、当時の「プロレタリア歌人同盟」は、階級闘争を目指している集団であった。茂の短歌革新に向けての活動というフィルターを通して社会に目を向け、自己の無知さの自覚から無産階級としての実体験を伴わないままに、「プロレタリア歌人同盟」に参加した美代子にとって、当時の自己の思想信条を懸けた命がけのプロレタリア運動の活動家たちと歩調を合わせることは困難であった。

美代子は、ほどなく「プロレタリア歌人同盟」を脱退し、その代償として、作歌活動の断念を決意した。

美代子は、この「プロレタリア歌人同盟」参加の時期に山田あきの歌に出会っている。この時、自己の思想信条を懸けて命がけで労働者とともに歩む山田あきの強靭な精神に、美代子は圧倒された。『女人短歌』創刊にあたって、山田あきをぜひメンバーにと強く望んだ美代子の真情の原点は、ここにあったのである。

異国の地での体験

短歌活動を断念した茂・美代子夫妻は娘を伴って、満洲事変の始まった一九三一年から一九三三年まで、イギリスを中心とする滞欧生活を送った。一九二九（昭和四）年から続く世界大恐慌のさなか、茂・美代子夫妻にとって孤立感を抱きながらの異国生活となった。

吾らに邦家(くに)ありくにありと思ふ引きちぎられて来しただの一部分なり吾らは　『暖流』

白き皮膚身を包みゐる誇もてあしらふ如く人を見しまみおぼえをり

有色人種にも頭脳あることをいぶかしむ如く或る時われを見し碧眼を忘れず　『短歌研究』第八巻二号

右の一首目の歌には、追われるように出国した遥かな日本を孤独な心のよりどころとしている情感が響いてくる。二首目、三首目に共通するのは、「おぼえをり」「忘れず」という表現に籠められた、西洋人の東洋人に対するいわれなき蔑視に対しての屈辱感の持続である。このような心的苦痛、在外人の疎外感という個人的経験は、美代子にとって日本を相対化する目を養わせた貴重な異国での体験であった。

この時期に「ピカディリの冬」（『暖流』一九三六・七）と題する歌群がある。これらはロンドンの繁華街であるピカディリの街角で娼婦に遭遇した時の歌である。異国にあっても、ふと子を持つ娼婦に心動かされた美代子の真情には、「プロレタリア歌人同盟」を通過したからこそ得たであろう社会の底辺に生きる者への眼差しがある。戦前に女性歌人が娼婦について詠んだ歌は、管見の限り確認できない。短歌史においても、「ピカディリの冬」は、五島美代子の斬新な視点を拓いたものとして注目すべき歌群である。

口紅著るくさまよふ街の娼婦たち　ともしげにわが子を振りかへる
母性の相ふとあらはれてよりどなし　紅粉の底の街娼の顔に

うしろかげ寒き娼婦ら過ぎ来て世をいきどほる心もつわれは　『暖流』

一家は、一九三三（昭和八）年五月帰途についたが、その途次美代子の強い希望で一カ月間パリに滞在し、ルーブル美術館を連日訪れた。

茂によると、美代子は特にミケランジェロの「瀕死の奴隷」像に心を奪われ、毎日真っ先に奴隷像の前に行き鑑賞し続けたという。奴隷となった美しい青年は、現世において拘束され死の苦しみに耐えながら、それに抗うように蒼空に向かってきっぱりと顔を上げ、天上の世界への憧れに身悶えしている。『ミケランジェロ』を刊行したシャルル・ド・トルナイは、「肉体の呪縛に対する、魂のつらく甲斐なき戦いの象徴へと変貌」させた（田中英道訳『ミケランジェロ』岩波書店、一九七八・一二）と述べた。同じく美代子の芸術に対する鋭敏な感性が確認できる、このトルナイの言葉である。この苦しみ悶えながら息絶えようとする「瀕死の奴隷」像の恍惚のさまに、美代子は、溢れ出る自らの芸術世界への希求を実感したのである。この体験を詠んだ数首を挙げる。

しばられし奴隷の如く人も吾も身を揉み生くれ手には筆持つ

息たえんとするかの奴隷像の美しさは思へわれはも生きむ身を揉み育ち　『丘の上』

歌なくてルーブル・ミューゼの絵見しかば胸むしられて起き臥しなげきし　『時差』

「瀕死の奴隷」像との出会いによる衝撃の大きさや、どんなに縛ってもなお内から溢れほとばしる自らの歌心の激しさが窺えるこの体験を、後に次の言葉で述べている。

蒼空へも伸びようとする均整とれた肢体が、きつい呪縛のもとに息たえようとする瞬間の恍惚の境である。定型にしばられ、伝統の重さにあえぎながら、「棒しばり」の踊りをおどろうとする「私の短歌」のシンボルである　五島美代子『私の短歌』

この自ら断念した創作活動への尋常ならざる執念が湧き起こった芸術体験は、美代子のこれまでの短歌観を変容させたと言い得る。心ならずも歌の世界で黙し、異郷にある美代子は、現代詩という表現方法もある中でなお、「定型にしばられ、伝統の重さにあえぎながら」短歌という表現形態を求めた。ここには、自己の魂の呪縛と共通するものがある。美代子は、短歌の様式、すなわち定型の韻律を踏まえながら、それを突き破って新しい自身の短歌を詠もうと奮い立った。美代子にとって作歌は、制約あってこその解放であり、恍惚であったのだ。美代子は「瀕死の奴隷」像に、自己の生きるべき道を発見した。この像から受けた啓示が、歌人美代子の生き方の根底を支えている。

歌誌『立春』の創刊

帰国後二人は歌人としての再出発を図り、立春短歌会を立ち上げて、歌誌『立春』(立春短歌会、一九三八・七〜一九九八・一二)を創刊した。これが、美代子の歌壇活動復帰の拠点となった。『立春』は、一九九八(平成一〇)年一二月、茂が九八歳の時に五六二号を以て終刊した。短歌史においては、日中戦争勃発後からアジア太平洋戦争、そして、敗戦という未曽有の日本の激動の時期の歴史を刻む貴重な歌誌の一つである。

創立同人は二〇名であるが、創刊号への出詠者は一二〇人を超えた(「立春創刊記念茶話会記事」『立春』第二号、立春短歌会、一九三八・九)。

茂は、創刊について歌集『海図』(甲鳥書林、一九四〇・一二)「後記」で「国家理念と民族意識は熾烈に内に燃え、ありし日の流行思想(既成歌壇の変革を試みて活動していた頃の自己の思想を指すと考えられる　※筆者注)は完く払拭されつくした」と述べ、戦争短歌の性格と前進性を強調し、国家理念との総合を以て貫徹す、として短歌作品による積極的国策参加を掲げた。

『立春』は国策に沿った理念を掲げ、戦意高揚の役割を担ったが、その背景には、戦時下での国家が、思想、情報の一元化を強要するという特殊な状況があったことは言うまでもない。しかし、内的理由としては、前述した強烈な有色人種への偏見を突き付けられた異国での体験が大きく影響し、日本人としてのアイデンティティや誇りを意識せざるを得なかった点も大きいと見て取れる。だがどのような理由があるにしろ、美代子にとっては歌を詠まずにはいられない強い衝動があり、自己の結社を必要としていたのである。

一九三九（昭和一四）年九月三日、イギリス首相ネヴィル・チェンバレンはドイツへの開戦を発表した。次の美代子の歌は、イギリスに対するドイツの大規模な空爆後に詠んだと考えられる。

　　　　　　眸

防空壕に子を護る経験すでに積みたらむイギリスの母たちをわれは思ひをり
空襲におびゆる眸（ひとみ）近々と見る如く思ふ金髪の子らを
　　　　　　　　　　　『立春』第二四号（一九四〇・六）

ここには、敵味方を超えて、戦時下で子を守る母の思いへの共感や、無垢な子どもたちを戦火におびえさせてはならないという覚悟が見て取れる。例えば、右の二首目は「空襲におびゆる眸」をクローズアップさせ、無垢な魂が理不尽な戦渦に巻き込まれていく子供たちをおもんぱかっている。このテーマと、「金髪」という色彩を用いた表現は、戦時下にあっては異質と言える。この歌が日独防共協定後、日独伊三国同盟の前年に詠まれていることを考えると、その意味は深い。押し寄せてくる戦争の足音を背景に、我が子や国家、民族という意識を超えて普遍的な人間性への覚醒を促すものである。建前では掘り起こすことのできない心情を掬い上げている。

この歌からも、美代子がけっして無自覚に国策に則って創作している歌人とは言い難い。むしろ、内面の揺らぎを顕在化させ、戦争への疑念をも歌を通して表現している点を見落としてはならない。戦時下における美代子の歌が持つ特徴である。

「破調」――『立春』の目指す表現形式

『立春』は、自由律動するリズムを積極的に表す新しい音律について、「破調」を軸にして展開することを掲げた。茂は、戦時中も戦後も一貫して、定型律の最後のものを更に押し進め、五句三一音律を基準として、その上にたつ自由流動を、次の文章で主張している。

（前略）短歌は自己真実の要求だ、自分の感動の波を、短歌の形式とからみ合はせ波を打たせ自己の生命を以て作品を創って行くのだ。（中略）われわれは定型律の最後のものを更に押進め五句三一音律を基準としてその上にたつ自由流動を主張するのだ。

五島茂「立春創刊記念茶話会記事」

短歌をして三十一文字にむりやりに押し込めるプロクルステスの寝床たらしめてゐる歌人たちは、破調を「字余り」「字不足」とのみ見て邪道視し、一つのディフォーメイションとより理解しえず、「破調」のもつリズムの自由流動による弾力統制美の積極的均衡体たるを理解することも、まして、新しき韻律体系による構成体として新基準律をふくむ短歌の前進形態たることも理解しえず、又感知した場合にも理解を拒否せんとする者すらある。

五島茂「破調論序説」

『立春』の双璧を担う美代子は、自覚的に五句三一音律を基準としながら「破調」を用い、積極的に自己の調べの構築を試みたと考えられる。『定本五島美代子全歌集』中、七八・三％が破調の歌（濱田美枝子「歌人五島美代子の定型超克への軌跡――破調をめぐって」『日本女子大学大学院文学研究科紀要』第二六号、二〇二〇・三）である。第一歌集『暖流』では六五・六％、第二から第六歌集では七〇%台を示し、晩年、『垂水』では八一・六%、最終歌集『花激つ』では八六・四%の歌が破調である。これらから、美代子を〈破調の歌人〉と言い得る表現上の特徴が認められる。

美代子は、伝統の何を受け継ぎ、何を乗り越えてゆくかという問題を自らに突きつけた。

美代子は、ミケランジェロの「瀕死の奴隷」像から感得したところの短歌の定型を自らに引き受けることを象徴する芸術性と、「破調」の調べとの調和を模索したのである。

これまで美代子の求める表現形式の意義についての論は見当たらないが、時代の先端を行く前衛短歌の先駆けとしては、注目に値する視点を持つ表現形式である。これが、戦後の新しい時代の歌を模索する女性歌人たちに全く影響を与えなかったとは言い難い。

葛原妙子は、「葛原妙子年譜」（『葛原妙子全歌集』砂子屋書房、二〇〇二・一〇）に、一九四八年に「五島美代子に初めて会う。女人短歌会（創立）会員となる」とわざわざ記している。新しい短歌の歌風を模索していた葛原妙子にとって、五島美代子は特に印象深い先輩歌人であったことを示唆する一文である。葛原は、自己の表現形式において破調のスタイルを取り入れているが、五島美代子の破調に対する試みを知らなかったとは言えない。また表現内容について、美代子は「白い鳥も自分に黒い鳥と見えると黒い鳥と書く」ということを随所で書いている。『女人短歌』第四号の森岡貞香との対談「死者との対決」でも、次のように述べている。

たとへばね、白い鷺が飛んで来るとするでせう。その白い鷺を写生する為に大野さん（新歌人集団の大野誠夫のこと　※筆者注）は別に黒い鳥をもつてくる場合があるとおつしやる。ところが私の場合は白い鷺を見た時心のなかに黒い鳥が浮かんでくる。その時私はそこにゐる白い鷺をよまないで心に浮んだ黒い鳥の方をよみます。それは私にとつて真実なのです。でも現実に見えるのは白い鷺ですから他人から虚構と見えるかも知れません。大野さんのは、白い鷺をよむ為に鳥をもつてくるので、これが本当のフィクションといふものだと思ひます。私のはビヂョンといふのださうです。Vision　日本語で何といつたらいいかしら。

五島美代子「死者との対決」

この記述は、ある個人の「心象」であると同時に、現実のその先にある「本質、理想像」をとらえている。決して表現における「現実・虚構」というテクニカルな問題ではないことを示している。葛原妙子と共通する資質であると言える。

葛原妙子は、美代子の歌に、日頃から自分と共通する資質を見ていたと言えまいか。

娘とともに

五島美代子には二人の娘がいた。幼少期から聡明で、美代子に似た大きな瞳が特徴の長女ひとみは、美代子自身を映す鏡でもあり、何よりも誇りであった。次の歌にもあるが、美代子は時に、吾子がまるで自己の分身であるかのような、それどころか自分そのものであるかのような、現実と幻想が溶け合う神秘的な不思議さを感じていた。

自分と顔を見あはせてゐるやうな不思議な気もち子とゐみかはす
窓から外をだまって見てゐる吾子をふと自分かと思つたあとのこの胸の動悸　『暖流』

成長してからは、共に学び、語り合ってきたとの自負さえあった。歌人としての将来にも期待をし、やがては『立春』の後継者となるべく期待の内に、一〇代の旗手として『立春』にひとみの作品を掲載していった。ひとみは、戦時下で意気軒昂な歌を詠むと同時に一〇代の娘のやり場のない不安定な心を表出する、内省的なおとめであった。次の一首目はひとみ一六歳、二首目は一七歳の作品である。

米国は東京の模型つくり爆撃練習せりとふ我も負けじとモンぺぬふ手早む

『立春』第五二記念号

理性と感情とちぐはぐな心抱き見上ぐればあまりにも青き空にはねかへされる

『立春』第五九号

一九四八（昭和二三）年、東京女子高等師範学校を卒業したひとみは、戦後、女子にも門戸を開いた東京大学文学部に入学した。かつて東京帝国大学の聴講生であった美代子は、ひとみの誕生によって聴講生生活を断念した経験を持つ。「長女の出生がわたしにすべてをあきらめさせた。そして長女が二二才になるまで学問をあきらめた私は作歌一本に生きた」（「思出の記」専修大学新聞、一九六三年三月一五日付）という美代子であった。それ故、五〇歳になろうとする美代子は、再び挑戦して、東京大学文学部の聴講生となったのである。当時美代子は、短歌結社『立春』の主宰者だけではなく晩香女学校の校長でもあった。にもかかわらず、母と娘は、毎日一緒に大学に通い、時には同じ教室で講義を受けたりもした。

形骸にやどる心を疑はずけふも年若き学徒らにまじる

『女人短歌』第二号

右の歌に見られるように、美代子自身、東京大学の聴講生として学びの途上にあった。当時、既に歌壇で女性歌人の第一人者であった美代子だが、自分を停滞させることなく新しい学問をどんどん吸収し、伸びていくことを信じて、若い学生たちに交じって勉学に勤しんだ。

このような清新の息を自らに吹き込む美代子の存在は、新しい時代を主体的に生きようと女人短歌会に参集した女性歌人たちの歩みを、勇気づけたと推知する。短歌という表現を通して自己啓発や自己変革を求める女性たちの先陣を切って歩き、後進のエネルギーを引き出す役割を果たしたことを示唆する美代子の行動であった。

ひとみの死

一九五〇（昭和二五）年一月二六日、長女ひとみは、自ら命を閉じた。

受け入れがたい娘の死に直面した美代子は、混乱の中で、『女人短歌』第三号（一九五〇・三）に「子が死顔」と題する八首を掲載した。さらに第四号（一九五〇・六）では「亡き子とわれ」と題する一〇首を掲載した。

責めらるべき吾とおもふをねんごろに弔ひ来つつ人の言問ふ
花に埋もるる子が死顔の冷たさを一生たもちて生きなん吾か
棺の釘打つ音がいたきを人はいふ泣きまどひゐて吾は聞こえざりき

『女人短歌』第三号

息足らずなりたる如き子の傍にかの日うつけの母われは居し
吾に見よと子が書きおきし文かとも繰返し読む日記短く
汝が霊とも鬼ともなりて生きつがむ吾に苛責の鞭ゆるめざれ
究めつくせず逝きし子のたま乗りうつれここまでぎりぎり今おしつめぬ

『女人短歌』第四号

J・H・ハーヴェイは、『喪失体験とトラウマ』（和田実・増田匡裕編訳　北大路書房、二〇〇三・九）で、死の喪失体験は子供を死から守れなかったことや生き残った者の罪悪感を伴うことを指摘している。

美代子はこの後、喪失・悲哀を背負って歌を詠み続けていくが、娘の亡魂と共に喪失の悲嘆を短歌に結晶化させていった。「女人短歌叢書」の第一陣である『風』（女人短歌会、一九五〇・一〇）が刊行されたのは、娘の死からわずか八カ月後である。それどころか、悲嘆の思いを抱えながらも、美代子は、第三号（一九五〇・三）、第四号（一九五〇・六）においても『女人短歌』の編集を休むことはしなかった。のみならず、珠玉の挽歌を歌い上げた。このすさまじいエネルギーの原動力はいったいどこにあるのだろうか。

『風』

『風』（女人短歌会、一九五〇・一〇）は、「女人短歌叢書」の第一陣として刊行された。三岸節子装幀のカバーに書かれた題字『風』と、美代子が「デディケートページ」として設けたページにある「ひとみとともに」の文字は、ひとみの残した歌稿から拾い上げたものである。「ひとみとともに」は、影絵のような写真と共に一つのページに収められているが、美代子にとって〈風〉とは、〈亡きわが子の魂の存在を告げる象徴的な意味を持つもの〉として、新たな意味を持つに至った歌集である。「空観」への自らの希求を見据えつつも、死に物狂いで我が子を再び取り戻したいという思いにのめりこんで詠み続け、歌に結晶化させた。娘の死に直面した母の、慟哭と悔恨、喪失が核となった珠玉の挽歌群が注目を浴びた。娘の死をも〈餌食〉にして歌人として脱皮を遂げた『風』には、壮絶な歌が並ぶ。

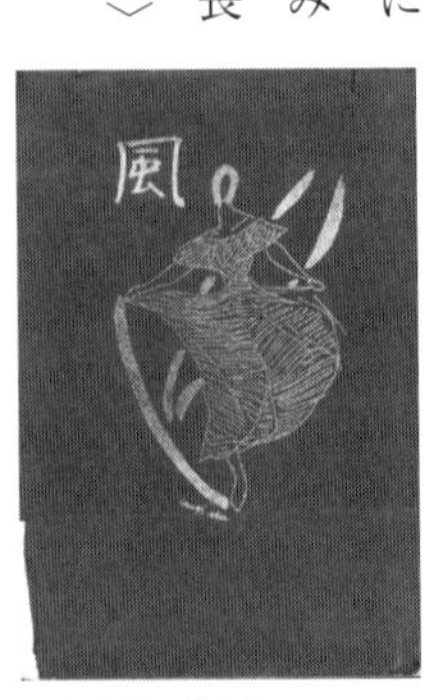

五島美代子『風』

この向きにて初(うひ)におかれしみどり児の日もかくのごと子は物言はざりし
わが胎(たい)にはぐくみし日の組織などこの骨片には残らざるべし
塵あくたと朽ちむよりは親の餌食(えじき)たらむがまさると人の声をはげます
白百合の花びら蒼み昏れゆけば拾ひ残せし骨ある如し

折口信夫は美代子の『風』について、「最初の「風のなか」という歌が、有効に働いている「歌序」とでも言つたような効果を示してゐる。（中略）ロマンチックな味が溢れて居り、部分的には、必しも我々が一緒にゆけないところをもつてはいるけれども、全体として、きはめてこだはりのないこうした自由さが素直にうけとれる」と述べた。そして「ろまんちつくなものが、理知的輪郭をとつて、おし出されて来るさう言ふところが、五島さんの歌に対する世間の喜びでもあり、五島さん自身には、其れが更に古典的な均整を與へるものとなつてくるのでせう」（「女人短歌序説」『女人短歌』第六号、一九五〇・九）と評した。

次の三首は『風』の巻頭歌である。

風のなか

かけ足に春過ぎゆきてき娘（こ）の髪もひとみも風にとまらぬ

しばらくは空をさしつつただよへり落花一ひらむれをはなれて

せのびして耳すませどもへうへうと空吹く風はここに止まらぬ

『風』について、阿部静枝は、「魂が肉体を率い統べて遠くただよい、死者との対面もする作者であるが、一方では生きようとの力が、地しばりのように地面を占めようとの、濃厚な感情に会う」（「「かぜ」にわれも吹かるる」『立春』通巻第八三巻第一号、一九五一・一）と評した。

『風』には、美代子が三年間で経験した娘と共に同じ大学で学ぶ無上の喜びから娘の自死による絶望を経て、歌への昇華を求めた歌人の歴史が表れている。編年体の三部立てで、年ごとにⅠ（一九四八）・Ⅱ（一九四九）・Ⅲ（一九五〇）と表示している。Ⅰで喜び、Ⅱで戸惑い、Ⅲで喪失による慟哭と歌への昇華が表現されている。特に先に挙げた歌のうち、「骨をまもりて」の詞書を持つ次の二首に言及する。

わが胎（たい）にはぐくみし日の組織などこの骨片には残らざるべし

書肆侃侃房
Shoshikankanbou

短歌ムック
ねむらない樹 vol.10

ねむらないただ一本の樹となって
あなたのワンピースに実を落とす
——笹井宏之

第一歌集『ひとさらい』が刊行されてから15年。彗星のように短歌の世界に登場し、26歳で生涯を終えた歌人笹井宏之。10号の節目に、笹井賞の発表と併せて、いま一度彼の足跡を追う。

特集　第5回笹井宏之賞発表

◎大賞　左沢森「似た気持ち」、瀬口真司「パーチ」

◎大森静佳賞　中村育「風は吹く、無数の朝」

◎染野太朗賞　手取川由紀「羽化のメソッド」

◎永井祐賞　野川りく「遡上　あるいは三人の女」

◎野口あや子賞　八重樫拓也「晩年」

◎Moment Joon賞　橙田千尋「Liminal」

◎選考座談会　大森静佳×染野太朗×永井祐×野口あや子×Moment Joon

特集　15年目の笹井宏之

◎座談会　穂村弘×東直子×土岐友浩

◎インタビュー　筒井孝司・和子

◎未発表作品　短歌50首、詩13篇、俳句／川柳20句、エッセイ、小説

巻頭表現　大白小蟹

本体1,500円＋税　978-4-86385-562-5

たましひの薄衣　菅原百合絵

本体2,000円＋税　978-4-86385-561-8

ほぐれつつ咲く水中花──ゆつくりと死をひらきゆく水の手の見ゆ

満を持して刊行される、菅原百合絵待望の第一歌集。

栞：水原紫苑　野崎歓　星野太

人間が荒れ狂う今世紀にこのような美しい歌集が生まれたことをことほぎたい。

────水原紫苑

静謐で深い歌の探求が続けられていたことに胸を打たれる。　────野崎歓

詩と散策　ハン・ジョンウォン　橋本智保　訳

本体1,600円＋税　978-4-86385-560-1

散歩を愛し、猫と一緒に暮らす詩人ハン・ジョンウォンが綴るエッセイ。雪の降る日や澄んだ明け方に、ひとり静かに読みたい珠玉の25編

『詩と散策』は、著者のハン・ジョンウォンがひとり詩を読み、ひとり散歩にでかけ、日々の生活の中で感じたことを記している、澄みきった水晶のようなエッセイ集だ。読者は、彼女の愛した詩人たちとともに、彼女が時折口ずさむ詩とともに、ゆっくりと散歩に出かける。

海を渡った日本文学　『蟹工船』から『雪国』まで
堀邦維

本体2,000円＋税　978-4-86385-563-2

日本の現代文学が海外の読者の目に触れるようになったのは、いつ、いったいどのようにして？

次々に明らかになっていく戦前戦後の日本文学への知られざるまなざし。推理ドラマをひもとくようなスリリングな展開に思わず読み進まずにいられない。

海外の日本文学発掘の経緯をひもとき、日本現代文学史に新たな視野をもたらす一冊。

ショートショートの小箱4　花咲町奇談　目代雄一

本体1,300円＋税　978-4-86385-559-5

一見ランダムに奏でているように思える36篇のショートショートが、ラストには1編の長編小説交響楽となります。
さあ、「くすり、どきり、ほっこり」と、どんでん返しを楽しみましょう。

Ⅰ章　大学の奇談　Ⅱ章　巷の奇談
Ⅲ章　小中学の奇談　Ⅳ章　救世主の奇談

現代歌人シリーズ36

ハビタブルゾーン　大塚寅彦

本体2,000円＋税　978-4-86385-564-9

卵白はかたまりやすき泪とも零れし卓に朝陽さやけし
車椅子の君どこまでも押しゆかむ死も患ひも振り切るまでに
空見ればおほき虚なり花咲けば色むなしきよ君在らぬ世は
他界よりメール来る夜やいつかある氷の転ぶがの着信音に

病をえた人とともに過ごした日々　濃密な時間は歌に溶け出し
風や水となって胸内に沁みる　哀傷のプリズム

心は胸のふくらみの中　菊竹胡乃美

本体1,500円＋税　978-4-86385-568-7

トロの吐露リスのリスクたわしのわたし掬ってほしい救ってほしい

涙、傷、痛み、女の身体をもつこと。今生きていること全部載せ。
正直でラフでせつなくて、作者を好きになってしまう。　———飯田有子（歌人）
日常のたしかな憤りとときどきの喜びが、
「わたし」の人生を祝福するように歌われていました。———和田彩花（アイドル）

おんなというもの野放しにして生きるには多すぎる爆撃機
愛はお金お金は愛じゃないけれど津波のようなパトロンが欲しい

カメラは光ることをやめて触った　我妻俊樹

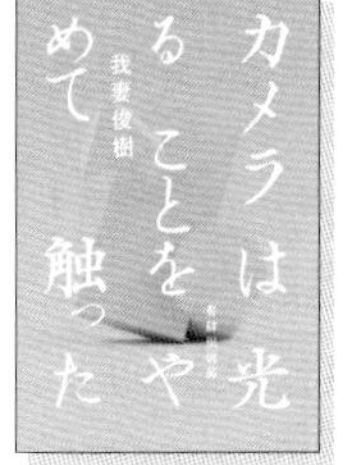

本体1,900円＋税　978-4-86385-569-4

夏の井戸（それから彼と彼女にはしあわせな日はあまりなかった）

我妻俊樹の短歌を初めて集成する待望の第一歌集。

栞：瀬戸夏子　平岡直子

誌上歌集「足の踏み場、象の墓場」から現在までの歌を含んだ唯一無二の686首。

名刺だよ　髪の毛を切って渡すと私のことに気づいてくれる
秋が済んだら押すボタン　ポケットの中で押しっぱなしの静かな神社
渦巻きは一つ一つが薔薇なのに吸い込まれるのはいちどだけ

結晶質　安田茜

本体2,000円＋税　978-4-86385-566-3

雪山を裂いて列車がゆくようにわたしがわたしの王であること

第4回笹井宏之賞神野紗希賞受賞の著者による第一歌集。

栞：江戸雪　神野紗希　堂園昌彦

冬にしてきみのすべてに触れ得ないこともうれしく手ですくう水
髪に闇なじませながら泣きながら薔薇ばらばらにする夜半がある
石英を朝のひかりがつらぬいていまかなしみがありふれてゆく

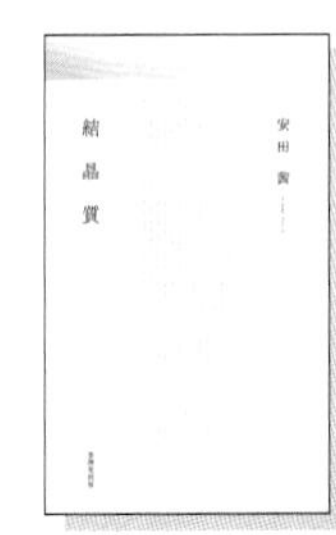

塵あくたと朽ちむよりは親の餌食たらむがまさると人の声をはげます

一首目にあるように、現実にはひとみはもう存在しない。自分の胎内で慈しみはぐくみ自分の組織と一体である我が子の組織などもう骨片には残っていないに違いないという喪失感は、他者が美代子自身の主体に同一化させていくものとしてある限り、美代子の一部を失うことにほかならなかった。それゆえ、その空洞を何としてでも埋めなくてはならなかった。

二首目は、弔問に来た高尾亮一が実際に美代子を励まそうと発した言葉である。美代子は後に、高尾の言葉を「ちりほこりだけになってしまうのだったら、拙い、言い足りない私の歌の中にでも、生きていた日のあの子をよび戻してやれるように辛くても、また歌をつくろうとしなければならない」（「五島ひとみ様二十年記念の集い」『立春』二三五号、一九七〇・四）と受け止めるようになったと記しているが、母の本能的な悲嘆を凌駕するほどの、歌にすべてを昇華させる鬼気迫る歌人魂を具現化した歌である。しかし同時に、美代子にとって娘の自死を歌に昇華することは、魂の救済になりえたのであろうか。そうではなかった。

その後、健康を害した美代子は、第五〇号を区切りに『女人短歌』の編集という第一線から退いた（第五一号まで記載は「編集責任者」）が、常任理事として『女人短歌』の行方を見守り続けた。

2　長沢美津――『女人短歌』に生き続けた歌人

長沢美津（一九〇五～二〇〇五）は、『女人短歌』の創刊から終刊までを見届けた歌人である。長沢は、女人短歌会を支えて八面六臂の活躍をした。

長沢は、加賀藩（金沢）の重臣を務めた津田家の、父全吉、母フクの長女として誕生した。実藤恒子（「長澤美津」青木生子、岩淵宏子編『日本女子大学に学んだ文学者たち』翰林書房、二〇〇四・一二）によると、幼時に祖母から祖父の参勤交代の頃を聞かされて育ったという。武家の精神を肌で感じながら育ったと言えよう。また、石川県立第一高等学校三・四年の頃は、毎週歌を作って提出したという。

卒業論文に歌集を

一九二二（大正一一）年四月、長沢は、日本女子大学校（現日本女子大学）国文学部に入学した。日本女子大学校は、成瀬仁蔵（一八五八～一九一九）が、一九〇一（明治三四）年、人格教育

を基本とした女子高等教育のモデル校として開学した、日本で最初の女子高等教育機関である。

一九一九（大正八）年一月、肝臓癌と診断された成瀬は、一月二九日に、「告別講演」を行った。この時、担架型安楽椅子のまま壇上に運ばれて登場した成瀬は、みずから実践してきた教育理念を、「信念徹底・自発創生・共同奉仕」の三綱領として書き遺した。筆者の理解では、「信念徹底」とは、知的に自分の思想を探求し続けることで、「自発創生」とは、自分に備わった天賦の能力や才能を伸ばし、創造的に学びを通して社会に貢献することで、「共同奉仕」とは、他者と関わり、互いに助け合うことである。当時一二〇〇名の関係者が出席し、この壮絶な最後の講演を真剣に受け止めた。

長沢が入学したのは、その三年後である。現在にも続くこの三綱領の教えは、当時、熱情とともに真摯に受け止められたと考えられる。この学びは、長沢が強い使命感を持って女人短歌会の創立に尽力したことに、大きな影響を与えていると言い得よう。

教授陣は長沢の勉学意欲を引き出すに十二分であった。特に、久松潜一の「明治文学史」受講を機に、卒業後も『女人和歌大系』全六巻（風間書房、一九六二～一九七八）の刊行へと導いてもらうなど、終生の師弟関係であった。

大学での卒業論文は、自作の一〇〇首の短歌を収録した『野のみち』の提出が認められた。当時の同級生小里文子の提案により内山ちとせを加えた三人で、久松潜一の家を訪ねてお願いしたところ、承諾してもらえたという。日本女子大学校の当時の教授陣の柔軟性、学校側の寛容さは、特筆に値する。この校風は現在にも繋がっており、筆者も最晩年の久松潜一教授の講義に与り、研究室でご教示をいただいたり、友とご自宅にお邪魔したりした学生時代の懐かしい思い出がある。

「家庭週報」（第八二七号、一九二六・二）の「本年度の卒業論文」の欄には、彼女たちの卒業論文の題名が記載されている。

歌集　ありなし雲　　小里文子
　　　野のみち　　　津田美津
　　　草の実　　　　内山ちとせ

長沢は、一九二六年一一月に結婚した。戦時下で三男一女を育てながら、歌から離れることはなかった。卒業（一九二六年）後長沢は、久松の紹介で古泉千樫家を訪れ門弟となったが、千樫は一九二七（昭和二）年に死去した。その時の女性の弟子たちは折口信夫に託された。その後、長沢は短歌の道に邁進した。そして第二章で詳述したように、戦後女人短歌会創立に向けて新たな活動を開始した。長沢は四四歳であった。

長沢の短歌史における功績を挙げるなら、特に次の二点に見ることができる。

『女人短歌』の刊行

功績の一は、既に力を得ていた女性歌人たちの力を結集させ、自己の力を発揮する場がなかった女性歌人たちが、女性自身の手で表現の場を確保できるように、女性歌人たちのための基盤となる女人短歌会を立ち上げたことである。しかもその会を四八年間にわたって存続させ、『女人短歌』終刊までを見届けた活躍にある。終刊を決意した時、長沢は九二歳であった。

五島美代子は、「長沢さんは、十余年来黙々と『女人短歌』の縁の下の力持ちをして来られた。それというのも彼女が自分で標榜する如く、彼女自身が大のフェミニストだからであった。女人ながらのフェミニストで、女のため、女の学問・芸術のためには自ら鬼ともなって戦う人である」（「女人和歌体系の上梓をよろこぶ」第五二号、一九六二・六）と記した。自らも「縁の下の力持ち的な存在」（「創刊の頃」終刊号、一九九七・一二）と称していた長沢は、身を粉にして自己の半生を惜しみなく『女人短歌』に捧げた歌人である。

『雲を呼ぶ』

長沢は、「女人短歌叢書」の第一陣で第四歌集『雲を呼ぶ』を刊行した。次にいくつか挙げる。

征き艶れ戦ひ艶れし馬の碑と火の見櫓並ぶ畑中
午後遅く洗ひし浴衣ひらひらと一重のところだけ乾きぬ
はげましてわがいふことのきびしさがいたはりの形をなさずなりゆく
先尖(とが)る四本の犬歯が人間の歯なみのなかにいまだ残れり
花芯より香を吐きつくす花むがりてわれのゆくてを大きくはばむ

長沢美津『雲を呼ぶ』

折口信夫は『雲を呼ぶ』について、次のように評した。

全体として、この歌集は自然主義的（いい意味での自然主義）であり、ナチュラリズムの傾向が強い。ロマンチックな五島さんと闘ひさうな歌が多い。千樫がそうだった。千樫は写生という言葉で彼の自然主義をうたつていた。長沢さんのものの見かた（歌に現れた）が千樫のそれを受け継いでいる。（中略）長沢さんは時として、自然主義が過ぎて、歌として微細な描写に入りすぎて来る例がないではない。だから当然美でないものまで入つてくる。写さなくてもいいところまで写して来る。尤、「美」を文芸その対象としてのみ見るのは、正しくはないのだが、女性として、この人は、こゝまで勇気がある。

折口信夫「女人短歌序説」

葛原妙子は『雲を呼ぶ』について、「夫人は人も知る様に写実の系統を引く方であり、素材も表現も多く実につき、而も感動をなるべく露呈させぬ知的な詠風である。だがこの作風の屢々落ち入り易い檻穽として実につき過ぎるの余りや〻もすると説明に終始し詩情を稀薄にする例がないでもない」（「歌集「雲を呼ぶ」に寄せて」『女人短歌』第六号、一九五〇・一二）と評したが、長沢の歌には「てらひ、いゝ、しな、粉飾を見出だすことは遂に困難であつた。これは夫人の天成を物語るものと云つてよい」と、その人間性に触れている。

折口も葛原も、長沢の歌風に写実的特徴を見ている。

息子の死、『雪』

『女人短歌』での活躍も順調であったが、一九五四（昭和二九）年二月、三男弘夫が一七歳で自死した。受け入れ難いこの困難に沈みながら、長沢は翌一九五五年、歌集『雪』（長谷川書房、一九五五・二）に、息子への挽歌を表出した。

踏みこえてふたたびかへらぬわかれ目にうづめつくして白き雪道
雪のうへにのこりしつひの足跡を見にゆかむとしてひきとめられぬ
速かに時がたつなり逝きし子の声かと思ふそら耳ばかり
ためらはず逝きたるならむと思ふとき触れがたきつよさしづかにつつむ
ゆきつきてやすらひしもの我には見ゆる見えてもふかき悲みひたす
大丈夫かと夫がきく誰に向かひても甘えられなくなりゐるわれに
凪たちてゆくへあとなき波のうへつき離さるる一人の旅路
ふるさとの土にかへりし子の墓に草など抜きて手をよごしをり
自らに土にかへりてゆきし子を命のかぎりわれは思はむ

『雪』

こころに広がる深い悲しみの闇は、弘夫の遺品を携えて行く旅へと長沢の世界を広げていった。

雪舟の筆力が示すリズム感ボストン美術館に自在にゆらぐ
ある日われレニヤの雪を踏みしめぬ雲なく晴れて空青かりき
レニヤまで来てしまひたるさまよひに心はなほも遠くさまよふ
来合せてメモリアルデーの花を置く無縁の人の眠れる墓に
『車』

五島美代子は長女ひとみを一九五〇（昭和二五）年に亡くした。長沢の三男弘夫の死は、その四年後の出来事である。『女人短歌』の思想、実務の両輪となって活動してきた五島と長沢に、図らずも同じ不幸が襲ったのである。五島も長沢も、歌があったからこそ、わが子喪失の哀しみを抱えながらも現実の生を生きとおすことができたのかもしれない。二人のわが子への歌の表出には、それぞれ違った特徴がある。

『女人和歌大系』全六巻の刊行

長沢の短歌史における功績の二に、『女人和歌大系』全六巻（風間書房、一九六二～一九七八）の刊行を挙げる。執筆だけでも一六年以上の年月をかけている。

第一巻の古代の歌謡に始まり、第六巻では明治後期の女性歌集（与謝野晶子・茅野雅子・山川登美子・四賀光子・白石艶子・矢沢孝子）、大正期の女性歌集（岡本かの子・原阿佐緒・水町京子・今井邦子・若山喜志子・片山広子・杉浦翠子・竹尾ちよ・三ヶ島葭子・中原綾子・高安やす子・津軽照子・阿部静枝・杉田鶴子）、昭和前期（一九二六〜一九四五）の女性歌集（北見志保子・長沢美津・川端千枝・久保田不二子・栗原潔子・清水千代・君島夜詩・生方たつゑ・五島美代子・井伊文子・斎藤史・井戸川美歌子・倉地与年子・遠山光栄・真鍋美恵子・川上小夜子・松本初子・梶原緋佐子・大井重代・菅野清子・近江満子）を収録している。この功績は他に類を見ない。

第五二号（一九六二・六）に「女人和歌体系の上梓をよろこぶ」と題して、五島と阿部が祝辞を記した。

神代以来の記録にのこる女人の歌を一首残らず系統だて採録するということ、そこに些かの私もまじえず、忠実に、良心的にあとづけてゆくこと、それは生やさしいことではない。机に向ったまま夜の白むことも度々であったときいたとき、私はたしか平田篤胤の言葉を思い出した――国文学をするほどの者は、夜ねようなどと思ってはいけない――と。（後略）

五島美代子「女人和歌大系の上梓をよろこぶ」

自分をもつようになった女の中には、短歌によって自己表現をする人が多い。自己を養って通した人もあり、圧し殺さねばならなかった人もある。昔から今日にかけて、時代、環境、その人がらによるものであろう。古代女性の歌を見ると、私たちに通じる叙情が濃厚である。地下に圧せられている想いが、噴き出すような情熱で迫ってくる。

だが、普通目にふれるのは、知名な歌で、見方も受けとり方も大方一時的である。読人しらずや、何々の母、妻として、名のはっきりしない作品もある。作品を通して、その女の顔まで知りたいと思う時、手がかりのうすさを感じていた。

その気持ちを充たしてくれたのが、長沢さんの研究である。女人和歌大系は、記紀から、万葉、平安、鎌倉、江戸と、時代別に分け、勅撰集、私家集その他あらゆる文献から女の歌を抜き出した。文献だけで満足出来ず、遊女の歌など自分から古い書きものを探し求めた。そして系譜を作っている。系譜の中に、流れの源をたどることが出来るし、また家庭や母の影響が、どのように継続されているかも読みとれる。私たちの先祖になる女の歌を、学問として集録し系統づけた業績は大きい。国文学や短歌に親しむものの背後を知らせ前進の勇気を与える。

著者は国文学を学んだ学生の頃から、こうした研究への念願の芽を持っていたのであろう。家庭生活の中で夫の理解と励ましの下に、自作と研究を続けた。自分の短歌を独自の風格とするといっしょに、研究業績をなし遂げた。有能で気一本の友を持つ歓びとありがたさを私は今更に感じている。

阿部静枝「女人和歌大系の上梓をよろこぶ」

国文学者であり、比較文学や万葉集の研究において著名な中西進（一九二九〜）は、「女歌——女人和歌大系完成を機に——」（第九六号、一九七三・六）で、祝意を述べた。古代から文学の中心にある歌の優位性に言及し、その純粋感度の表現者はまさに「女」であったと指摘し、次の文章に及んだ。

女歌はどうやら和歌だけの問題ではなく、日本文学全体の問題のようである。折しも長沢美津さんの「女人和歌体系」が先ごろ完成し、私にはその重量感が、単に本の厚さだけではなく、このような重さとして感じられる。叱られそうなことを書き添えると、二十数年前、私も短歌を作っていたころ雑誌『女人短歌』を奇異に思ったことがあった。女性だけ集まって何の意味があるのだろう、と。しかし、その意味は近ごろ少しずつわかりかけて来たように思う。それも以上のようなことが、古典への関心の中からおぼろげに浮かび上がって来たからであった。

中西進「女歌――女人和歌大系完成を機に」

この二つの功績は、膨大な年月に耐えて粘り強く努力し続けた、ゆるぎない長沢の使命感と行動力の持続があったからこそである。長沢は、「女性和歌の史的研究」によって國学院大學から文学博士号を授与された。『女人和歌大系』全六巻および、これまでの業績によって一九七九年、第二回現代短歌大賞を受賞した。命を懸けて打ち込んだこの偉業を終え、九二歳の生涯を閉じた偉大な歌人である。

3　山田あき――民衆とともに

プロレタリア短歌

山田あき（一九〇〇～一九九六）は、地主の娘（七人兄弟の五女）であった。一九二九年プロレタリア歌人同盟に加盟してから一貫して社会の弱者の立場に立って活動し続けた山田の信念は戦後も変わらず、民衆とともに生きることを貫いた。

昭和初期は、労働運動の高まりとともにプロレタリア文学運動が盛んになった時期である。無産階級の文学運動の出発点は、『種蒔く人』（一九二一・一〇〜一九二三・九）にあるといわれているが、一九二五（大正一四）年一二月に「日本プロレタリア文学運動連盟」が結成され、分裂・抗争に至った。そして、一九二八（昭和三）年三月、「全日本無産者芸術連盟」（ナップ）が結成された。この背景には、一九二七（昭和二）年に起こった金融恐慌に象徴される通り、企業の倒産や失業者の増大など、時代は不穏な状況であったことが挙げられる。

このプロレタリア文学運動の影響は、歌壇に及び、昭和初期の歌壇には既成歌壇変革の声が上がった。一九二四（大正一三）年四月には、北原白秋や土岐善麿、前田夕暮、釈迢空、木下利玄、川田順等の反『アララギ』の歌人たちが結集して、結社の閉鎖的枠を超えて『日光』を創刊した（一九二七年一二月に廃刊）。同人たちは、口語歌や自由律等を試みた。一九二六（大正一五）年三月、『アララギ』を牽引していた島木赤彦が逝去した。翌一九二七（昭和二）年一月、『まるめら』が創刊された。第五号には、『アララギ』の大塚金之助が「無産者短歌」を発表した。

大塚は、「無産階級は唯物論の立場に立ち、歴史をも社会をも芸術をも唯物論的階級的にみる。

短歌の如何にと何故にとを物質的基礎から説き、全被壓迫無產階級解放の熱情に基いて、その短歌は革命的、集団的、進出的であり底力を持つ」と述べて、「階級意識だ！　先ず何より自ら無産者意識を持つのだ！」と無産者青年たちを鼓舞した。これはプロレタリア短歌の方向性を明確にした歌論であり、当時の金融恐慌による疲弊を託つ労働者たちや歌人たちの意識を奮いたたせた。

翌一九二八（昭和三）年九月、五島茂や前川佐美雄らは、プロレタリア短歌の方向性を明確にする坪野哲久や渡辺順三、大塚金之助らと「新興歌人連盟」を結成した。しかし、機関誌の刊行をめぐり、「政治と文学のいずれをとるかという見解対立」（五島茂「自傳」『立春』第四〇〇号、一九八五・一）から内部分裂を起こし、解散した。短歌革新において、「革命は伝統を無視するものからは断じて生まれない。伝統を食ひ破つてくる者からのみ生まれる」（五島茂「短歌革命の進展（その二）」『短歌雑誌』一九二八・三）と考える茂や前川等と、「階級的な心身なくして何のプロレタリア運動ぞ！」（坪野哲久「石榑茂と書斎主義」『短歌雑誌』一九二九・九）と考える坪野等の明確なプロレタリア系との齟齬が、顕在化したと言える。

「新興歌人連盟」で、五島茂や前川佐美雄と決裂した坪野哲久や渡辺順三、大塚金之助らは、一九二八（昭和三）年、「無産者歌人連盟」を結成、機関誌『短歌戦線』を発刊したが、翌一九二九年解散して、すぐに「プロレタリア歌人同盟」を結成、九月に機関誌『短歌前衛』を創刊した。

山田あきは一九二九年プロレタリア歌人同盟に加盟し、『短歌前衛』の同人となった。山田は、一九二九年、「犠牲者救援会」（治安維持法等で弾圧を受けた人々への救援活動を行った）の活動に加わったとして検挙された。一九三一（昭和六）年三月、志を同じくする『短歌前衛』の同人坪野哲久と結婚した。二人の結婚は、当時の軍部の力が強まる中で多難を極めたことが、見て取れる。

坪野哲久は、一九三〇年、小林多喜二『蟹工船』などの出版元である戦旗社に勤務し、第一歌集『九月一日』（紅玉堂）を刊行したが、発禁処分となった。一九三一年、戦旗社の社員であったことから検挙され起訴猶予となった。坪野は特高の監視下に置かれた。この時、山田も検挙されている。その後再就職をしたが、再検挙された。翌一九三二年、「プロレタリア歌人同盟」は解散した。坪野は、結核にかかり療養生活に入ったが、一九四三（昭和一八）年にも治安維持法違反で検挙された（療養中のため仮釈放）。山田は、心身ともに打撃を受け衰弱している坪野を支えながら必死で家計を維持し、敗戦を迎えた。

なお、戦後発刊した山田あきの第一歌集『紺』（歌壇新報社、一九五一・五）には戦前・戦時中に詠んだ作品は収録されていない。戦後の開放感の中で新たな出発を、さらなる民衆とともに歩む道を選びとろうとする意欲を第一歌集の出発点としたと見て取れる。

戦後の出発　「新日本歌人協会」――『人民短歌』

戦時下の国家の弾圧に屈せず、敗戦を迎えた山田あきにとって、ようやく自己の思想信条を伸びやかに歌い上げる機を得た。

一九四六（昭和二一）年二月二日に、「平和と進歩、民主主義をめざす」ことを標榜して渡辺順三を代表に、坪野哲久、山田あき、中野菊夫、佐々木妙二、赤木健介、小名木綱夫等が、「新日本歌人協会」を創立した。彼らは、現実の生活に根ざして実生活の体験を詠む「生活派」と称された石川啄木や土岐善麿の信条に共感を寄せて出発した。『人民短歌』（一九四六・二～一九四九・九）は、その機関誌である。山田は、『人民短歌』誌上で活躍を開始したが、短歌のみならず、評論や、選歌においても重要な役割を果たした。

作品については第一巻第三号から掲載したが、次の一首目の歌には、時代の変革によってようやく開かれた自己の短歌世界の、身の丈にふさわしい夢に向かって自己の全てをささげようとする決意が漲っている。二首目には、戦時下を生きのび再び落ち合うことのできた父子の、きずなが織りなす夢への願望を感じさせる母の視点が、表出している。

ひらかれし丈なすゆめに身を焼かむ裸木（らぼく）けざむく武蔵野をゆく

生きのびておちあひてわれら命あり父子(ちちこ)草の黄花はや咲き出でよ

『人民短歌』第一巻第三号（一九四六・三）

五島美代子への提言

山田あきの評論に注目すると、「女性の二歌集」（『人民短歌』第三巻第一〇号、一九四八・一〇）と題して二冊の歌集について論じている。その一冊が五島美代子の第二歌集『丘の上』についてである。

（前略）五島さんの歌の持味は女性の向上心を基調としての熱つぽさ、たくましさであつて、何よりも短歌を自己表現の形式として身ゆぎのないまでに熱愛しいのちを傾けてゐることだと思ひます。（中略）五島さんは尊敬すべき信頼するに足る先輩ではあるけれども、もう一歩現在の歌境を突き破り、生活にくるしみ喘いでゐる人民のこゝろとこだまをかへしながら、私ども女性の解放、歴史進展の明るくゆたかな明日の建設の広場へおどり出ていただき度いといふことであります。五島さんの追求する精神は高く評価されなければならないけれどもその追及の方法に明日の歴史性を押しすゝめて戴き度いと私は切望するのであります。

山田あき「女性の二歌集」

この原稿が掲載されたのは、「女人短歌設立の趣旨」（一九四九年三月）以前であり、美代子が女人短歌会設立の同志としてぜひ山田あきをと望んだのは、この提言後の一一月である。ここに、山田のプロレタリア歌人としての視点からの指摘を、自分に欠けている点として素直に受け止めている美代子の、真摯で生真面目な性格と、度量の大きさが浮かび上がってくる。二人の信頼関係は、戦時下でのプロレタリア短歌活動から続いていることの証左でもある。当時、美代子は五〇歳、山田は四八歳直前であった。それぞれの立場は違っていても、ともに時代を拓く目的に向かって切磋琢磨するにふさわしい歌人仲間であったと言えよう。

作歌の場

山田は「歌壇時評」（『人民短歌』第四巻第一号、一九四九・一）を担当したが、その誌上で、自己の作歌の場を、次のように記している。「女人短歌宣言」の文言に山田の目指す作歌の場が反映されていると見受けられる一文である。

（前略）私どもは人民と共に歩み共に苦しみ、大きなよろこびを明日の日にかけようとする。私ども女のいのちは男性と共同し、社会と歴史に責任を有ち新しい文化の創造に身をそばだてようとする。これは日本の現実が女性に要求するところのものであり、私どもの解放の唯一の道であらねばならぬ。私は自分の作歌の場をこのように考えている。

山田あき「歌壇時評」

人民と共に

駅まへの掲示板より光発（た）つ選べる文字の平和独立
幼くて雪にころびしきみがいま徳球の書簡をよみあげぬ嗚呼（ああ）

『人民短歌』第四巻第二号

辻にあふれて赤旗反射すああわれら民族自律の悲願に死なむ
冬冴ゆる断層雲の黄のひかり文工隊員われら輝く
作家一人育てても果てず折れ伏さばつまや憐れと歯をくひしはる

『人民短歌』第四巻第三号

右の歌群からは、プロレタリア歌人としての志や希望に輝く活動が、具体的に見えてくる。二首目にある「徳球」とは、戦前、戦後自己の政治信念を貫き通し、日本共産党の戦後初代書記長を務めた徳田球一のことだが、夫である坪野哲久とともに、志を一にする徳田球一への深い敬意と感動が伝わってくる。

山田あきは戦後も一貫して民衆とともに歩み続けた。『人民短歌』誌上では、まさに直球の表現スタイルで臨み、そのリアルな社会詠が大きな特徴として注目を浴びた。

「新歌人集団」

一方では、山田は、一九四六年一二月二五日に結成された「新歌人集団」にも参加した。「新歌人集団」は、山田あきや加藤克巳、近藤芳美、大野誠夫、中野菊夫ら一二名の他、あとから加わった宮柊二や小名木綱夫、前田透等を含めた約三〇名の歌人たちの集団であった。彼らは厳しい戦争体験を有する三〇代の歌人たちで、山田は、四六歳の唯一の女性歌人であった。宗匠主義などこれまでの既成歌壇への問題意識や、プロレタリア短歌の非芸術性などへの問題意識をもって活動したが、翌一九四七年には集団としての活動はしぼんでしまった。

山田は、新時代の変化の中で、また自分自身の持つ短歌の感性において、その表現方法に悩むことも多々あったと考えられる。これまでの直球の表現形式と、短歌の芸術性という視点から、模索していたことが歌集から伝わってくる。

馬場あき子は「『紺』の時代に、山田が持った主たる技法は、困難な生活の中の感動と、属目する自然や事象との組合せによって、上下に場を展開し、または集約して見せる方法であった」と指摘し、「社会的な題材をこのような手法で処理することは山田によって推進されたと言っていい。しかしこれらは、一首の中にある意識や論理の強さが、抒情を発展させる上にいささかじやまになり、発表当時の新鮮さを長く保つことができなかった」（「愛を紡いだ連帯のうた――山田あき論」『短歌』一九六九・一二）と、述べた。山田の試みとは別に、歌壇では現実をリアルに見据えた直球の社会詠が評価を得た。

『飛泉』

『飛泉』（鍛冶詩社、一九六八・八）には、一九六〇（昭和三五）年から一九六八（昭和四三）年春までの六〇七首が収録されている。『紺』出版から、一八年後である。

ベトナムの若きらは友のしかばねを収めて去りき神速なりき
八月の闇の蒼きに黙しつつ喪の広島にたましい凝らす
ベトナムの死者せつせつと胸に来る項垂れてのみわれらあるべしや
落葉は地の上の星　いたましきワルソー・ゲットにも光りたるべし
いまわしきアウシュヴィッツをさながらにベトナムびとの虐殺つづく

山田は、「あとがき」で、この一八年間は「常に戦争と平和の両端にはげしく揺れ止まない時代」であったと述べ、次のように自己の決意を記している。

わたしはアジアの日本人のひとりとして、同じアジアの民族をしいたげた戦争責任の重大さを想い、戦後の生き方は、何よりもまずこの責任を負うべき立場に身を置かねばならぬと考えたのであります。そして、このことがどのようにけわしい道であるかをも知ることができました。いかに困難であろうとも、このこころから作品を創造するか否かは、今日の短歌の一番の問題点ではないであろうかと、わたしなりに深く思いつめてきました。（中略）
すでに晩年が至りました。それにもかかわらずわたしは、老いてはいられないと自分に言いきかせつづけています。それは、人間のいのちを大切にする、未来のひかりをゆめみながら、またいのりを持しながら、なおも〈地獄〉のみちをあゆまねばならぬ自分であるからであります。

山田あき「あとがき」

山田は戦後も、民族として、個として、戦争責任を問い続け、自己の進むべき道を定めてきた。夫である坪野哲久もまた志を同じくして闘ってきた。『飛泉』の「たぎる眼前」と題する坪野が病に臥した状況下で作られた二三首がある。次の歌群はそのうちの六首である。

鶏頭の枯れさびたるにくるひかり夫（つま）病めば夫のたぎる眼前（まなかい）　夫入院加療
市中（いちなか）に老いて孤独に病みゆくをまざまざと見るうべなうなかれ
清潔に生きん希いのはてのはて病みてけわしくなる夫を持つ
透視像のきみなまなましわが内なるくらき亀裂に吹きこむ落葉
たたかえば必ず孤独に病むわが家草しごき鳴る風と在りにき
切るごとく落葉音する夜の庭われにおそろしき透明の刻（とき）

これらは、国家権力に虐げられながらも闘い続けてきた一人の闘士の「孤独に病みゆく」様子を間近で感じ、受け入れ難い現実に自分の心も闇に沈んでいくような孤独と緊張に耐えながら、夫にも自分にも透徹した眼差しを注いでいる作者の、強靭な精神力を感じさせる歌群である。

山田はどんなに孤独にさいなまれようと「人間のいのちを大切にする、未来のひかりをゆめみながら」（「あとがき」）、祈りとともに、この世界から戦争がなくならない限りまさに〈地獄〉のみちを歩み続けなければならなかった。この決意のもと、山田は社会詠を詠み、社会での活動を力いっぱい行った。第一回日本母親大会（一九五五・六）の結成に関わり、「すべての子供を守るため」に、議長団として久布白落実（日本キリスト教婦人矯風会）や羽仁説子（日本子どもを守る会）らと尽力し、反戦・平和運動では、原水爆禁止運動や基地反対闘争、安保反対闘争に参加するなど自己の信念に従って活動した。さらに、一九七二（昭和四七）年日中国交正常化後の一九八〇（昭和五五）年には、中国を訪問して作家たちとの友好を深めたことは特筆に値する出来事であった。

山田は、直球の社会詠を詠む一方、自然を繊細な心で見つめ、自然に自己の心象を託して詠んでもいる。山田のこの傾向の歌群は、抒情性が豊かである。

棕櫚のかぜ弦のひびきす一到のこころは冴えて闇深くなる
しずまれる夜の庭急にさわだちて山吹の黄やアジアの相
萩の花むらさき匂う柵のうち乳牛あゆめばわれも乳牛
秋の野はえらぐがごとく絮発ちて独りの歩みいざないに充つ
抽象はさわがしからず寂かなるかがやき保つ花と化りつつ

このような山田の芸術面に馬場あき子や篠弘は期待を寄せた。しかし山田の歌が一般読者に評価されるのは、社会の問題を直接的に詠んだ作品であった。山田は覚悟して歌の芸術性よりも直球の歌を選択していったのではないか。『飛泉』の終わりから三首目に次の歌がある。思い切りのよい透徹した山田の生き方が表出している一首である。

刀のごと芽を吹く庭の百合一株遺書めくこころすがすがと立つ

山田あきの『女人短歌』での活動期間は短い。一九五〇年度は、幹事として活動し、一九五〇年一二月一〇日には、阿部、君島、葛原、森岡と共に福島歌人クラブ大会に出席したが、一九五一年度の委員名簿を見ると、幹事から手を引いている。名簿には山田の氏名はない。第八号（一九五一・七）からの詠草蘭に山田は出詠していない。つまり一九五一年四月から『女人短歌』以外の活動に注力していることが窺える。山田の一貫した社会との関わり方を鑑みるなら、自然な行動であるとも言えよう。

4　生方たつゑ――知的視点と民俗学的感性

母に育まれて　原初の風景

生方たつゑ（一九〇五～二〇〇〇）は、三重県宇治山田町宮後（現在の伊勢市）に、父間宮斉一、母きよの四女として、七カ月目で未熟児として生まれた。

生方は粽（ちまき）に特別な思いがあることを随筆で記している。地主であった生方の父が、「「女姉妹ばかりやが、男の子にかわる子が、一人ぐらいほしいもんや」と母に言った言葉を母は自分の責任であるかのように受け取ったのであろう」と述べ、『日本の名随筆一八　夏』（作品社、一九八四・四）で次のように記している。

「すみまへんな。ほんならこの子に五月のお節句でもさせてもらいますわ」

と言い、未熟児でひよわであった女の子の私のために端午の節句をしてくれた。

つまり忌除けの五月の祭りをしてくれたのである。

裏庭には鯉幟が立てられ、五色のふき流し風を切って翻る。

草の香の青くさい風。

腹の中まで空気を一杯吸いこんで、体を躍らすような鯉が、裏庭に躍動しはじめると、私はまるで男の子のようにいささか勇ましくなった。何の理屈も必要でない五月の晴れがましさであった。

粽の中に、必ず蓬を入れて、茅萱でまく、といういわれなど知るよしもなかったけれど、いのちの毒を除けるための祓いの食べ物であったことの意味があるのであろう。

「男さんもおいなさらんのに鯉幟立ててござるのやな?」

といく人にいぶかられたことであろう。民俗学など知ろうはずもない母だったけれど、母のくらしからは自然と切り離すことのできぬ何かがしっくりと食いこんでいたようだ。

それが何ということなく、自然の中にある精霊への祭りに関っていたのも不思議である。知的な気どりの全くなかった母が、自然に日本の風土と溶け合って、その風土から躾けられ、女のくらしのバリケードを築いたのかもしれぬ。

生方たつゑ「粽の精霊」

また、「桃の花の信仰」では、雛祭りの思い出をしたためている。雛祭りには母が桃の枝を壺にあふれるほど挿したという。『日本の名随筆一　春』（作品社、一九八九・一）による。

もともと雛祭りは、人形（ひとがた）を祭るもの、つまり、女の厄祓いをするための祭りであった。とすれば、その雛のかたわらに置くべき花は、桃花以外であってはならなかったはずである。

桃は中国、清朝のころでは鬼を恐れさすほどの霊力をもった木であるとされていて、あるときは桃の木を削って杖をつくり、または刀形のものを作って門口に立てる風習があった。

つまり桃杖は厄除けの呪力もつものとして人々の信仰を集めていたのであった。

鬼がどのように強情であるとしても、桃杖は苦手であった。この桃信仰が、文化輸入とともに、いつか日本のくらしで一役買いだしたのはいつごろかしらないけれど、さしずめ私は、この桃信仰のかけらをのぞきながら育てられたような気がする。

あの明るい夕暮れのさし込む湯ぶねに、桃の花枝を浮かべた湯を満たして、湯あみさせてくれた母の行ないが、ひよわかった私の幼時の、大きい厄除けであったかもしれぬ。

私には、この桃の霊力がどうしても必要であることを、母は子をいつくしむかんで知ったのであろうか。

「桃はからだの中のあなたさんの鬼を追い出しますよってにな、しんぼうして浸ってござることや」

お椀のように、手のひらを丸めて、すくったお湯を、肩にも背にもかけてくれた母の手は、桃の霊力とともに、私の中からさしずめ鬼を追い出してくれる役割を果たしてくれた。

生方たつゑ「桃の花の信仰」

幼少期に宇治山田の豊かな自然の中でその霊力に守られながら母の深い慈しみに包まれて育った生方の原初の風景は、生方の自然や民族学的視点への感性を育み、やがて生方たつゑ独自の短歌創作世界を構築する土台となったと言い得る。

その後、宇治山田高等女学校（現三重県立宇治山田高等学校）を経て、一九二二（大正一一）年四月に日本女子大学校（現日本女子大学）師範家政学部に入学した。

生方が日本女子大学校への進学を望んだ時母は反対したが、父は「男の子なら大学は当たり前のことや。女ばかりの家やが、まあひとり位はすきな勉強させて男の子並みに考えてやろうかな」（生方たつゑ『雪の日も生きる　わが短歌と人生』主婦の友社、一九七六・四）と快諾してくれた。入学して寮生活を始めたころ、生方はなじめず、約三カ月間帰省した。この時文学に親しんだことが、生方の文学への興味を引き出したようである。再び上京した生方は、家政科と文科の両方の講義に意志的に出席するようになった。

生方は、四年の学校生活を終え、一九二六（大正一五）年三月に日本女子大学校家政科を卒業した。原田夏子によると、この時の卒業論文は「ゴーゴリーの検察官について」（青木生子・岩淵宏子編『日本女子大学に学んだ文学者たち』翰林書房、二〇〇四・一二）であり、指導教授は英文学の横山有策教授であったという。家政科在籍者が文学の卒業論文を提出したのは異例のことであった。文学部での諸講義を熱心に受講し続ける生方のひたむきさに、教授陣の制度を超えた応援があったからこそ受け入れられたと考えられる。ゴーゴリは、ロシア・リアリズムの創始者と言われた小説や劇の作家である。プーシキンとも交友関係を深め、大正期から昭和初期には日本の知識人たちにも好まれていた。生方が、時代の先端の学びを求めている知的女性であったことを裏付けている。

長沢美津、五島美代子との出会い

この時期、同い年の長沢美津は日本女子大学校国文学部に在籍しており、二人が図らずも同じ寮にて学生時代を過ごしていることも奇遇であった。日本女子大での寮生活は、日常の立ち居振る舞いから食事の用意に至るまで先輩から後輩に受け継がれ、一つの家庭としてそれぞれの寮が存在し、まさに寝食を共にするという密なものであった。この特異な学寮体験の年月が、お互いに生涯の友としての信頼を培ったと考えられる。しかしやがて二人が『女人短歌』を共に築いていく連帯の土台となるとは、当時は生方も長沢も思いもしなかったに違いない。

一九二六年、卒業後、生方は、東京帝国大学文学部哲学科の聴講生となった。実は、ここにもう一つ見逃せない、五島美代子との接点がある。

東京帝国大学は一九二四（大正一三）年度から初めて女子聴講生を受け入れたが、学びへの希求の強い五島美代子は、聴講生試験を受け、一九二四年、文学部国文科の聴講生となった。生方は、美代子の二年後輩として同じ学びの場に立った。両者に共通する向学心・探求心は強靭なものであり、制度の拘束はあるものの、二人は男性に伍して学問の場に机を並べたのである。この稀有な出会いこそが、後に二〇年以上の年月を経て、『女人短歌』の中枢にと美代子が望んだことに繫がっている大きな要因とは言えまいか。

このように、長沢美津、生方たつゑ、五島美代子は〈知〉の場において女人短歌会発会以前から繫がっていたのである。『女人短歌』誕生にとっての強力な力は、実は彼女たちの学生時代に堅固な塊となって育っていたのである。それ故、『女人短歌』の場で、より遠慮のない意見を戦わせることができたと言える。

『山花集』の頃

生方たつゑは、聴講生になって間もなく、一九二六年秋、カリフォルニア大学バークレー校での薬学の学びを終えて帰国した医師生方誠と結婚して、誠の生家である群馬県沼田市に居を移した。誠は、後に初代国家公安委員で沼田町長をも務めている。誠の家は旧家であった。結婚後、長男の嫁として、義父母や義弟、義妹、使用人合わせて十数人の大所帯のなかで生活することとなった。

一九二九年に長女が誕生。一九三〇（昭和五）年、生方は、叔父の紹介でアララギ派の今井邦子に師事した。やつれた生方を見て、家でできる勉強をと叔父は勧めたのであった。この今井邦子との出会いが、生方の短歌の出発点である。生方は、閉鎖的な生方家での生活にあって、月一回の短歌の勉強のために早朝から家事をこなしたうえで、東京の今井の家を訪問した。

その後生方は、生方の短歌の才を認める今井の薦めにより、第一歌集『山花集』（むらさき出版、一九三五・一二）を上梓した。

生方は、『山花集』の「巻末小記」で「お歌の厳しい道に入りましてからは、全く新たに幼い謙虚な心持より踏出し、凡ては精神の鍛錬に基調を置き、実相の把握に専念して写生に準拠した歌作をと心がけて参りました（後略）」と述べた。自身が述べるように、戦前の生方の歌は、写実が大きな特徴であった。しかし、生方の幼少期から育まれた自然への温かい気持ちが抒情性を醸し出している。オノマトペの多用も当時の生方の歌の特徴である。

ややややに屋根のなぞらへを滑る雪廂被へど落ちざりしかも
水鉢に宵々うつる月かげの凍れば白くかき濁るなり
うらうらとわたる日ざしや梅の木の古りし木肌を雪がながるる
やはら陽にゆくらゆくらと這ひ伸ぶる真葛が原の尖芽の光

『山花集』

『浅紅』

「女人短歌叢書」第一陣で、生方たつゑの第三歌集である『浅紅』が刊行された。

生方は、群馬県沼田市の旧家に嫁いだが、厳しい風土と生活の中で知性や感性を研ぎ澄まし、自己の孤独な内面を実景に重ねて詠みこんだ。次の歌群は、明快かつ知的観察眼が光り、新歌風への兆しが表出している。

生方たつゑ『浅紅』

雲よりも白くかがやく山ありて晴れたる雪の光はさむし

しかばねのごとき生き相（ざま）をうたがはぬ因襲の中の幸もあやふし

味気なき責負ひて世に昏迷す素直にある時はいたく卑屈に

痛きまで痺るる手をとりあへりためらひもなく人がこほしも

思惟するとせざるとともに苦しみて生（いき）の類型をくり返すのみ

虹に似て雪野をてらす日があれば遠きかがやきに頼らむ　幸（さきはひ）

けだものは骨くはへきて草に置く奪ひきて何のためらひもなく

伝承もあはれなり飛騨こえて海渡りゆき氓（ほろ）びし民ら

『浅紅』

石地蔵あたま大きく夏くさのなかよりたちて苔もかわきぬ
敗れたる民といへども鵜飼見む愉楽（ゆらく）をもてりあこがれきて
嶺よりいくらも没らぬ冬の日よとりかへしがたき心の落差

『浅紅』については、折口信夫が、「生方さんのはやはり理智的な心が、大体にその理智的な詠みぶりで十分生きている。それがどこまでゆけるか、今後の問題だ」（第六号「女人短歌序説」一九五〇・九）と指摘し、ここまで来たのだから「時々刻々に理智を磨いて行く外はない」と述べた。さらに生方の民族的な歌について自分の好みであることを伝え、生活の中から生活を超えた「象徴的な効果」を出すようにとアドバイスをした。

斎藤史は、「歌集浅紅読後」（第六号、一九五〇・一二）で、読み始めて「がらが小さい」と心配したが、「何もない一生」に気づいた作者が「その何も無さに取つくんで、あがき回った上の歌」に注視して、生方の歌の居場所を考察した。

歌集『浅紅』に一つの転換を示した生方の歌風は、『白い風の中で』（白玉書房、一九五七・一）でさらに発展を見る。いくつか次に挙げる。

身を堕しゆくなと昂ぶり言ひしのち脆き君らよ影ふみてゆく
何ひとつ究尽(くじん)する日もなかりしと輝(ひび)きれて白き皿洗ひをり
冷たき目してゐるならむ菜をふみて月に溶けゐる雪捨てにゆく
思ふこと稀薄になりし旅なればうしほを聴かむ未知よりのこゑ
よごれたる犬ふみし花吾もふみて謀ることなき落暉の野なり

『白い風の中で』

佐藤春夫は「叙文」で、生方の歌の特徴を次のように述べた。

この人は先人の轍を踏まず飽くまでも自家の小径を拓いて行かうとするかの如である。この人の作は決して流麗なしらべに乗つて作らうとするものではなく、かへつて苦渋の中に掘り下げて何物かを探り当てようとする努力があるやうに思はれる。

蓋し感性に知性を雑へて古来の抒情ならぬ近代の歌、所謂ドライな歌を針金細工で作らうと企ててゐるやうに思はれる。すなはち世界の近代詩の動向と軌を一にしたものであらう。

佐藤春夫「叙文」

また生方自身、「をはりに」で、「わたしはいくばくか作歌への冒険をこころみたいと思つている。それは追ひつめ切つた内部からのものであつたことを信じてゆきたい」と記した。

福田栄一は、第三六号で次のように述べて、生方に期待を寄せた。

私は生方さんの作品が、近代的な高い表現をとりながら、その表現のうち側で、別な表情を浮かべてゐることに早く気づいてゐた。文学的表現と人間的表情の二つのものが、生方さんの文学の核を燃やしてゐるものなのであらうが、それを私は生方さんの、誰もがなし得なかつた新しさなのだと思つている。

福田栄一「意味より硬質のもの」

『白い風の中で』は、一九五八（昭和三三）年、第九回読売文学賞を受賞した。

岩田正は生方の作風について、二〇〇五年、次のように評した。

生方たつゑは観念的・幻想的な作風に、人生のふかい哀しみを加えることによって、ちょっと現実から離れた主知的・観念的世界に、心の翳りゆらめきといった抒情を加え、そこに独自の心象詠構築した。初期作品より、中期、中期作品より後期作品にそうして詠方がふかまりを見せている。

岩田正「戦後女性歌人の歴史的評価――十四人の作風」

生方は、生涯に二一冊の歌集を刊行したが、一歌集を編むごとに新たな視点を加え、自己の短歌世界を深化させていった。一九六三（昭和三八）年二月、自ら結社を立ち上げ、機関誌『浅紅』を主宰した。特に古典への造詣も深く、評論・随筆等の著書や、講演など、八面六臂の活動を展開した。加えて、日本歌人クラブ初代会長にも就いている。

生方は、女人短歌会創立会員として創立時から『女人短歌』の興隆に奮闘してきたが、一九七四（昭和四九）年一〇月二〇日の「百号記念会」（第一〇二号）で、阿部静枝の死去により発行人が生方たつゑになったことの報告があった。第一〇一号から第一五〇号まで、発行人としての重責を担い、『女人短歌』の存続に尽力した。そして、一九七八（昭和五三）年に死去した夫への鎮魂の歌である『野分のやうに』（新生書房、一九七九・七）を心に携えながら、九五歳の生涯を見事に生き切った。

5　葛原妙子――確かな論客

葛原妙子（一九〇七～一九八五）は、二月五日東京市本郷区（現在の文京区）で誕生した。父は外科医山村正雄、母は、つね。「葛原妙子年譜」によると、「一九一〇（明治四三）年、他家に預けられ、母の顔を知らずに育つ」とある。この両親の離婚によって北陸の親戚に預けられた小学校五年生までの孤独な体験は、後に妙子が歌の世界に「球体」を求めたことに繋がる原体験となっているのではなかろうか。

東京府立第一高等女学校高等科時代に四賀光子の短歌の授業を受けた。その後、一九三九年太田水穂・四賀光子夫妻の主宰する『潮音』社友となり、両者に師事した。『潮音』の伝統的世界を内包した抒情・象徴の世界を詠む歌風は、妙子の歌の土台に存し、自らの歌の方向性を決定するときに少なからず影響を与えたと言い得る。

戦後の出発――女人短歌会の創立会員に

一九四四年三児を抱えて浅間山麓に疎開し厳しい越冬を体験した当時三八歳の葛原は終戦後帰京し、「作歌の気構えを確かにした」（「葛原妙子年譜」『葛原妙子全歌集』砂子屋書房、二〇〇二・一〇）という。また、「葛原妙子歌集後記」（『葛原妙子歌集』三一書房、一九七四・九）には、次の一文がある。

省れば、私に、私の歌らしいものが出来はじめたのは敗戦を機会としている。戦争に生き残ることによって遅まきながら生きていることの偶然に刮目したからである。思えば、戦争のある無しにかかわらず生きているということ自体は、死滅状態の普通にくらべて特殊であり、常に偶然なのであろう。とは言え、一点の曇りもない日、戦争に生き残って空を眺めているこの偶然の不思議は私自身にとって幾分過ぎたもののように感じられた。少女時代、関東の大震災の只中で生き残った無我夢中も、その後の大患も私を変えなかったにかかわらず、この時与えられた偶然によって私は変った。以後、歌は変ったことの一つの所産であった。

葛原妙子「葛原妙子歌集後記」

敗戦による自分の心の在り方の変化の一つの所産が歌であると自覚した葛原が、一九四八年「女人短歌会」の会員となり、自由な発表の場を得たことは、さらに作歌への意欲をかきたてる契機となったと言えまいか。

葛原が年譜に、一九四八（昭和二三）年「日本歌人クラブ会員。五島美代子に初めて会う。女人短歌会（創立）会員となる。森岡貞香を知る」（「葛原妙子年譜」）と特記していることは興味深い。

第四章の「1　五島美代子」でも触れたが、葛原は戦前から五島美代子の活動に敬意を払っていたと考えられる。葛原は、「戦後に充実させた戦前からの仕事を戦後に充実させたりあるいは広げたりして後から来る人々に種々影響を与えた作者達」の一人に五島美代子を挙げ、「五島美代子氏の母子感情の凄絶さ、氏は作家として出発の当初からゆらぐことのない自然発生の発想によっていくつかの絶唱を戦後に残したと思う」（「昭和後期――女流短歌の興隆及びその動向――」『女人短歌』第五〇号、一九六一・一二）と記している。このことからも、葛原にとって初めて五島美代子に出会ったことは、年譜に留めておきたい印象深いことであったと言えよう。

1958年5月25日の東北交流短歌大会
講師は葛原妙子、阿部静枝ら

森岡貞香についても、女人短歌会での出会いをきっかけに、葛原と森岡とは生涯切磋琢磨する友となった。そして互いに『女人短歌』を担った特筆すべき友人であったことが、この年譜の記載からも見て取れる。川野里子のインタビューに、森岡は、葛原が『女人短歌』における五島美代子と森岡貞香の歌への信頼から、葛原との友情が生まれたことを、次のように述べている。

「女人短歌」に行ってみたら「潮音」と違う世界があったわけ。五島さんの歌はもちろん（葛原とは）ちがうんですよ。あの人はお子さんの歌を詠んでいて、歌い方も何も全然違うけれど、ひたすら歌なの。だから五島さんの歌を妙子さんは認めていましたね。あの人の目では、私の『白蛾』と五島さんの歌。そのときは本当にそう思ってたらしくて、「だから、あなたとこれからおつきあいしたいわ」と向こうからプロポーズしてきたんです。

川野里子『新装版　幻想の重量――葛原妙子の戦後短歌』

創刊会員となった葛原は、『女人短歌』第三二号から編集委員に加わったが、すでに創刊号から積極的に関わり、『女人短歌』誌上で、短歌のみならず、随筆や批評、研究の分野においても確かな論を活発に繰り広げ、表現の場を広げていった。葛原は、現実の生活を歌にするという状況

女人短歌会遠足(埼玉県安行町)
右から葛原妙子、1人おいて樋口美世

から脱して、現実に感じる自己の確かな感覚によって現実の奥にある真実を歌に詠むという独自の歌風を獲得した歌人である。

象徴主義の影響

葛原妙子が、戦前から自らが所属する『潮音』における伝統的世界を内包した抒情・象徴の世界を詠む歌風は、葛原の歌の土台に少なからず影響を与えた点を前述したが、筆者は、堀口大学（一八九二～一九八一）の存在にも、かなり影響を受けたのではないかと考えている。

堀口大学は、一九〇九（明治四二）年九月、一七歳の時に与謝野鉄幹主宰の「新詩社」に所属した歌人であり、一九世紀にフランスに起こった暗示的な表現と詩句の音楽性を重んじるフランスの象徴詩に自らの知性とエロティシズムを乗せた詩人であり、フランス文学者であった。『月下の一群』（第一書房、一九二五・九）で、フランス近代詩人六六人の詩三四〇編を翻訳して日本に紹介し、昭和の詩壇に新風を吹き込んだ。堀口は外交官の父に伴って一九歳から三三歳までブラジルやスペイン、フランスなどに居住したが、マリー・ローランサンやジャン・コクトーたちと交流を深めた。次の訳詩がある。

耳　　ジャン・コクトー

私の耳は貝の殻(から)
海の響(ひびき)をなつかしむ

葛原妙子の次の歌は、敗戦直後の秋に詠まれた作品である。

ロオランサン、シャガールなどの画譜を閉ぢ貧しき国の秋に瞑(めつむ)る　『橙黄』

右の歌には、ローランサン、シャガールの作品に触れ、物質的以上に、芸術の枯渇した日本の精神世界や文化を、嘆息とともに思いめぐらしている作者の真情が溢れている。この西洋の風を感じさせる画譜を戦時下でも愛用していたのではなかろうか。

神奈川県三浦郡葉山町の葉山町立図書館に「堀口大学文庫」が設営されている。実はそこに、葛原妙子が「謹呈　葛原妙子」のしおりに自筆で「堀口大学様」と記入した歌集が五冊収蔵されている。葛原は、歌集を刊行するたびに堀口に謹呈していたことが明瞭である。この事実は、葛原が堀口大学に敬意を払っていたことを示しており、堀口もまた、葛原の歌集を丁寧に保存していたことを意味する。両者の間には作品を通して何らかの交流があったと言い得よう。葛原のこれらの歌集を味わいながら、堀口大学の詩集や歌集を紐解くと、筆者には、語感の持つ響きの美しさや象徴性に共通する世界観が見いだされる。一九六七（昭和四二）年の宮中歌会始（お題は「魚」）では召人（天皇に招かれた人）としての大任を果たしたが、その時詠み上げられたのが、次の一首目の歌（『堀口大学全詩集』筑摩書房、一九七〇・三収録）である。堀口の七五歳の時の作品である。他に、『パンの笛』（籾山書店、一九一九・一）より三首挙げる。堀口の二〇代の作品である。

深海魚光に遠く住むものはつひにまなこも失ふとあり
朝はいま水晶の靴身に着けて東の海のはてしより来（く）る
流れ星流れてよしや消ゆるとも瞬時は光れわれの生命（いのち）よ
恋人の紋章と見て向日葵（ひまはり）に酒そそがんといふは誰が子ぞ

『橙黄』——現実の奥にある真実を歌に

葛原妙子は、第一歌集『橙黄』（女人短歌会、一九五〇・一一）を皮切りに「女人短歌叢書」を母体として次々と歌集を刊行した。『橙黄』には、一九四四（昭和一九）年以後一九五〇（昭和二五）年までの四四六首が収録されている。

ひややかにざくろの傳ふる透徹を掌（たな）そこに惜しめこころゆくまで
とり落さば火焔とならむてのひらのひとつ柘榴の重みにし耐ふ
花ひらくこともなかりき抽象の世界に入らむかすかなるおもひよ
早春のレモンに深くナイフ立つるをとめよ素晴らしき人生を得よ
一顆のレモン滴るを受くる玻璃の皿てのひらにあるは薄ら氷（ひ）に似る
柑橘の鋭き香ひびける早春の稀薄の空気いのちを磨（と）がしむ
わがうたにわれの紋章のいまだあらずたそがれのごとくかなしみきたる
棺（ひつぎ）に入る時もしかあらむひとりなる浴槽に四肢を伸べてしばらく

『橙黄』

葛原妙子は、現実の生活を歌にするという状況から抜け出して、現実に感じる自己の確かな感覚を信じ、現実の奥にある真実を歌に詠もうと試みた。

「花ひらくこともなかりき抽象の世界に入らむかすかなるおもひよ」や「とり落さば火焔となら

むてのひらのひとつ柘榴の重みにし耐ふ」「わがうたにわれの紋章のいまだあらずたそがれのごとくかなしみきたる」には、身内にふつふつと滾っている歌への熱情に突き動かされながら、自らの歌風を模索し続ける葛原の自負と苦闘が強烈に響いてくる。

葛原にとっては多くが現実の確かな自己の感覚から出発している。葛原は、次のように記した。

（前略）歌を抱き、歌と共に死ねるかどうかを疑ってゐる。常に生命の不安を感じ、死の孤独の恐怖に見舞はれ続けてゐる自分が、ハッキリと死を予感した事が最近二度まであつた。さふいふ時、作歌意欲は見苦しい程減退した。だがさうした場合に感覚する自分を取り巻くものの美しさは又格別であった。

葛原妙子「終りに」

この感性はそれ以後の歌風に繋がる。第七歌集『朱霊』で明確に示されている次の言葉に表現された葛原の一貫した追究に繋がっていく。

省みて『朱霊』をおもふとき、「歌とはさらにさらに美しくあるべきではないのか」といふ問ひに責められる。この嘆きは、とりもなほさず自己不達成の嘆きに他ならず、おそらくは一生、私自身につきまとふ心の飢餓の変形でもあるのだらう。とすればいさぎよくその飢餓とたたかふ外に方法はない。

葛原妙子「後記」『朱霊』

シュルレアリスムの影響

さらに「再び女人の歌を閉塞するもの」(『短歌』一九五五・三)で、葛原は、写実主義だけがリアリズムではない、写実だけが真実、素朴、明快で、反写実が不誠実、化粧、独善ではないと主張した。そして反写実的な方法は、象徴のみならず幻想、虚構などの一切が含まれ、現実の中から真実を摑みだすリアリズムの方法であることを強調した(葛原は「リアリズム」と表記)。葛原がシュルレアリスムの思想の流れに影響を受けていることを示唆する一文である。

シュルレアリスムは、アンドレ・ブルトンの「シュルレアリスム宣言」(一九二四年)から始まる芸術運動である。ブルトンは次のように定義した。

シュルレアリスム。男性名詞。心の純粋な自動現象(オートマティスム)であり、それに基づいて口述、記述、その他あらゆる方法を用いつつ、思考の実際上の働きを表現しようとくわだてる。理性によって行使されるどんな統制もなく、美学上ないし道徳上のどんな気づかいからもはなれた思考の書きとり。

百科事典。（哲）。シュルレアリスムは、それまでおろそかにされてきたある種の連想形式のすぐれた現実性や夢の全能や思考の無私無欲な活動などへの信頼に基礎をおく。（後略）

巖谷國士訳『シュルレアリスム宣言　溶ける魚』

シュルレアリスム運動の理想は、夢と現実の矛盾した状態を肯定するところにあり、芸術の世界で用いられた前衛的な表現形式である。一九二五（大正一四）年にイギリス留学から帰国した詩人西脇順三郎によって文壇に紹介された。宇宙をつかさどる根源的な存在の誕生への眼差しに象徴される世界観に、葛原に共通するものを見ることができまいか。

天気　　　　　　　　西脇順三郎

（覆された宝石）のような朝
何人か戸口にて誰かとささやく
それは神の生誕の日

『Ambarvalia』

このように、葛原妙子の作品には、堀口大学、西脇順三郎という、日本の文壇に新風を巻き起こした二大巨頭の影響が窺える。葛原もまた、歌壇に新しい歌風を起こす存在となっていくのであった。

なお、「葛原妙子年譜」には、『橙黄』刊行の一九五〇年、「釈迢空、中井英夫に初めて会う」と記されている。『短歌研究』編集長の中井との出会いは歌人としての発展につながるものであったと言えよう。

『原牛』――「球体」への執着

第五歌集『原牛』（白玉書房、一九五九・九　※一九五七～一九五九年の作品五〇〇首収録）は「原牛の如き海あり束の間　卵白となる太陽の下」に因る。〈原牛〉は作者自身でもあり、人間一人の限界と価値を知った時期と重なる。この年四月に塚本邦雄に初めて会った。

　原牛、は日本海をみて得た名である。
　原牛は砂丘と砂丘のあいだに定まり力充ちた海であつた。力充つるがゆえに、りりと寒いものの悲哀であつた。

「あとがき」『原牛』

生み仔の胎盤を食ひし飼猫がけさは白毛(はくもう)となりてそよげる
美しき球の透視をゆめむべくあぢさゐの花あまた咲きたり
昼の視力まぶしむしばし　紫陽花の球に白き嬰児ゐる
死神はてのひらに赤き球置きて人間と人間のあひを走れり
胡桃ほどの脳髄をともしまひるまわが白猫に瞑想ありき
原牛の如き海あり束の間　卵白となる太陽の下
原始恐怖　おほいなる杉のうしろより動かぬ黒き水をみしかば
水中にみどりごの眸流れゐき鯉のごとき眸ながれゐき
夜の錘としづまる林檎　人ゐざる部屋のりんごの重きくれなゐ
荒涼と部屋に乱雑うつくしき　夜のたましひそこにあるごと
澄む日ざし窓にありつつ地球儀の半面のうしほたかまりゐたり
秋の部屋になにもなきなり　地球儀の大き玉ひとつひそまれるなり

『原牛』

「昼の視力まぶしむしばし　紫陽花の球に白き嬰児ゐる」や「死神はてのひらに赤き球置きて人

間と人間のあひを走れり」「秋の部屋になにもなきなり　地球儀の大き玉ひとつひそまれるなり」など、葛原の歌には球体への執着が歌に表れている。『原牛』では主知ではなく感じるものとして、球体の奥に潜む真実を摑もうとする特徴が顕著である。それ故、まるで見えないものを見えるかのごとくに表現した。『原牛』が葛原妙子の歌風の確立と位置付けられる。

前述したが、葛原は、母の温もりを知らない幼少期を過ごした。球体は魂の拠りどころを無意識のうちに求め続けた幼少期の感性に通じるものではなかろうか。とするならば、葛原にとって球体は、〈依代（よりしろ）〉に近いものであったと捉えることも可能である。それ故、特別なものだったのであろう。葛原が歌で取り上げている球体は、子宮であれ、紫陽花の花であれ、地球儀であれ、眼球であれ、そこに人間を超えた何かが依りついて示現する。その世界は、けっして安穏なものではない。

大森静佳は、「葛原のいわゆる「球体恐怖」は紫陽花、葡萄、眼球、月などへ多彩に連鎖するが、その球体もまた「円」と同じく内部に何かを閉じ込める形なのだ」（「不安の根源――閉じ込められたもの」『短歌』二〇一五・八）と指摘した。ここに、〈依代〉によって閉じ込められた不安の本質を探ろうとする葛原妙子の短歌世界が展開されている。

葛原妙子は、第一歌集『橙黄』及び第五歌集『原牛』によって、現実を変幻自在に捉え、その中に真実を見出そうとする独自の歌風を感得したが、その後どのように深められていったのだろうか。第六歌集『葡萄木立』（白玉書房、一九六三・一一）および第七歌集『朱霊』（白玉書房、一九七〇・一〇）を通して探りたい。

第六歌集『葡萄木立』・第七歌集『朱霊』

葛原は「旧約聖書の民数記略のある章に、竿にとほして人、二人で荷なふ程のひと房の葡萄の記述のあることを聞いた」（『葡萄木立』「後記」）ことに着想を得た。そして一房の葡萄の谷にみる「原不安」を中心に詠んだ歌集である。一九五九〜一九六三年の作品五五七首を収録している。

原不安（げんふあん）と謂ふはなになる　赤色（せきしょく）の葡萄液充つるタンクのたぐひか
口中に一粒の葡萄を潰したりすなはちわが目ふと暗きかも
黒き葡萄の玉潰すべく盛るところ秋の日ありて刑餘のこころ

葛原には「葡萄の大きな玉がみえるとき」、「生存そのものの中に屡々含まれる妖、つまり無気味なものとの對面を意味する」（『葡萄木立』「後記」）存在となる。葛原自らが「原不安」と表現する世界は、人間に内在する虚無からくる危機的気分、つまり人間が担わざるを得ない生の「妖」であり、「無気味」な世界である。葛原は、「口中に一粒の葡萄を潰したりすなはちわが目ふと暗きかも」「黒き葡萄の玉潰すべく盛るところ秋の日ありて刑餘のこころ」と詠む。円らで豊饒な汁をたたえた球体である葡萄の中に「原不安」を感じ取る感覚は作者の確かな現実である。

第五歌集『原牛』に見られる、球体による〈依代〉の感覚を通して感じる物事の真実への追究が、第六歌集『葡萄木立』では、より深い人間存在の深淵への凝視となって表出された。

第七歌集『朱霊』（白玉書房、一九七〇・一〇　※一九六三～一九七〇年の作品七一六首を収録）で、葛原は、『葡萄木立』に見られる「原不安」の深淵をより巧みに深く幻視的に表現しようと試みた。一九六九（昭和四四）年三月末から一カ月ヨーロッパに家族旅行をした。葛原は、翌一九七一年、歌集『朱霊』その他の仕事によって第五回迢空賞を受賞した。

上膊より欠けたる聖母みどりごを抱(いだ)かず星の夜をいただかず
さびしあな神は虚空の右よりにあらはるるとふかき消ゆるとふ

ここには、ヨーロッパの本流であるカトリックを拒む己の直観が根底にある。なお、長女・猪熊葉子は、カトリック教徒であった。葛原は人間が人間であるがゆえに負わざるを得ない痛苦や悲哀等の問題にぶつかり、煩悶する自己の内面の不安を、歌に表出させた。しかも「歌とはさらにさらに美しくあるべきではないのか」(『朱霊』「後記」)という歌人としての「飢餓感」から生じる、自らへのあくなき戦いが表現方法に仮託して発揮されている。幻視の世界を栖として、自己の現実に存する「原不安」表出の冴えが凝縮された歌集であると言えよう。最晩年の葛原は作歌から遠ざかった。そして、死去の五カ月前に長女の猪熊葉子が洗礼を授け、通夜・葬儀は、東京カテドラル聖マリア大聖堂で執り行われた。

苦しみの深いときに、私は見知らぬ異国の街や、自然の通行者となることがあります。又絵画の中の人物として額縁の中に自分を閉じ込めることもあります。また神話の世界で思はぬ原始の喜びに逢ふこともあります。其他縷々鳥類とか爬虫類とか、ある時はやさしい花や少女に化身します。さうしてうたひます。すべて己の姿や、己の通行の場所を変へ、しかも己の真実を顕はす為です。

この様に「私の歌の作法」は短歌の世界のいはゆるリアリズムとは少々趣を異にしています。（中略）

私が作品の中で多分に「色彩者」であるといふ事は、長い冬籠りによるこの幼年時代の色彩への飢餓を充たす為ではないか、ふとその様に思ふことがあります。それと「色彩」は輝く生命の実体であります。また限りなくむなしい推移の相でもあります。（中略）歌はれたものは私にとつてすべて実在です。その実在性を読者に納得させ得ないとすればそれは私の力不足に負ふ所があるのだらうと思ひます。

葛原妙子「私の短歌作法」

葛原の『橙黄』（一九五〇）や塚本邦雄の『水葬物語』（一九五一）は、当時難解派と言われたが、中城ふみ子の登場ごろから注目された（一九五四年頃）。塚本の短歌は、比喩、句またがり、記号の使用など、技法上の特徴が数多くあるが、最大の特徴は、虚構にある。この点は、葛原の作歌作法と相違する。川野里子のインタビューに、森岡貞香が、次のように語った一文がある。

葛原さんは自分が前衛だと思ってないですよ。「森岡さんと私は前衛歌人だなんて叩かれるけれど、けしからん。何も前衛でないわよね」と言ってました。

葛原は現実の確かな自己の感覚から出発して、現実を超えた自己の真実の世界を詠んだ。また、表現形式において、破調や句空けなどを採り入れた新しいスタイルを模索した。戦前からシュルレアリスムに親しみ、西脇順三郎の世界観を理解し得る歌人であった。葛原は自らを前衛短歌の先駆けとして位置づけられることを拒んだが、やはり戦後の歌壇に大きな影響を与えた歌人であることは否定できない。

葛原の歌風の特徴について、菱川善夫は、日常のうちに「見てはならぬものを視、聞いてはならぬものを聴きだ」すと評した。中井英夫は、「現代の魔女」「球体の幻視者」と表現し、塚本邦雄は、「幻視の女王」と称した。そして上田三四二は、「女歌」「モダニズム短歌」はともに、「反現実、少なくとも反写実を標榜する二つの拠点として、ジャーナリズムの上において手を結ぶ」（『戦後短歌史』三一書房、一九七四・二）と評した。

『女人短歌』誌上で、自らの歌の世界を評論の世界を磨きながら大きく発展させ、『女人短歌』を背負って活躍し続けた葛原の存在は、同時に戦後の前衛短歌の先駆け的存在としても現代短歌史に大きな足跡を残した特筆すべき歌人である。

第五章

『女人短歌』の存続から終刊へ

左より芝谷、辻下、森岡、遠山、岡山、樋口
（1977年10月）

1　真剣勝負の向上心を具現化した場の継続

第三六号での編集委員たちの決意によって、新たな一歩を踏み出した『女人短歌』は、この後第一九二号まで存続した。

編集委員たちの『女人短歌』の内容に対する方針は、創刊当時と変わらなかった。会員相互の批評だけではなく、外部の歌人や小説家等、男性作家たちを招いての「女人短歌叢書」批評・研究、また、短歌史上の〈女流歌人〉研究にも力を注いでいる。多方面からの視点を収載することで会員たちへの啓発を促しながら、要は、会員たちが本来有している地力をいかに高めるかに重点を置き、地道な努力を重ねていったと言い得る。ここに、特色のある号を取りあげてみる。

第四三号

第四三号（一九六〇・三）には、「歌集研究・原牛・密閉部落」が掲載されているが、歌集研究の筆者は芹沢光治良・大野誠夫・寺山修司・平中歳子である。

芹沢光治良は、「原牛によせて」で、葛原妙子について次のように評した。

葛原妙子さんは原始人のようなはげしさとつよさとおどろきを、うちにもつた人ではなかろうか。おどろきは好奇心をうむが、そのつよさやはげしさが、歌をあそびではなく生きる力にしている。それが、私を愛読させるのだが、葛原さんはまた、すばらしい高度の感受性をもつているために、好奇心でとらえたすべてのものの本質にはいつて表現する。そして、表現の技術、言葉はフランスの象徴派の詩人のようなけんらんさをもつて、抽象派のように知的な厳格な操作をしている。短歌もここまで来たのかと、私は感心しているのだが――

芹沢光治良「原牛によせて」

的を射た『原牛』評である。五島茂・美代子夫妻と親しい、小説界の重鎮であった芹沢は、東京大学、パリ大学で学び、フランス文学への造詣が深かった。一九五七年には友好大賞（フランス）、一九五九年にはフランス友好国大賞を受賞している。

寺山修司は、同歌集研究で、「灰歌」と題して、斎藤史との共通点・相違点を挙げて論じているが、葛原への信頼が表れている。

寺山は、一八歳の時、「チェホフ祭」で第二回「短歌研究」新人賞受賞した、前衛短歌の旗手の一人である歌人であり、劇作家である。寺山が『原牛』評を執筆したことは、編集委員たちのタイムリーな人選である。寺山は、次のように指摘した。

＊歯のごとき鍵盤ありき冬となるピアノの蓋のひらかれしかば
＊心臓の標本一つある窓にぶどうの蔓の影ある時間
＊生みし仔の胎盤を食ひし飼猫がけさは白毛（はくもう）となりてそよげる
葛原妙子

気づくことは葛原妙子の命名法が、求極（ママ）ではすべて人間の肉体との公約数を見出していることである。「歯」「心臓」「胎盤」といった現象をとらえなくとも他のどの歌でも事物はたとえ十字架であつてさえも肉体に還元される。葛原妙子は事物を肉体化し、そこにメタモルフォーズした知友をみてはじめてはなやかにおどろき、すぐに侮蔑する。

興味ふかいことは、「私は違う」といった自己疎外が実は偽りで、彼女自身、明日もしかして子羊であるかも、一個の卵であるかもしれぬ、という事物恐怖の意識であろう。

カフカの場合、変身が思想の出発点になつていて、「めがさめると」一匹の虫であつたりするのだが、彼女の場合は、もし今眠つたら明日は鳥であるかもしれない、という不確定なヴィジョンが思想を支えているのだ。そして彼女は何より、自己が事物化することをおそれている。そのはげしい神への弾劾法は実にうつくしく、「原牛」が昨年中のもつともすぐれた歌集であったと僕には思えるのだ。

寺山修司「灰歌」

第四六号

第四六号（一九六〇・一二）では「特集■抒情への疑問点」を企画し、斎藤史・長沢美津・初井しづ枝・津田八重子・増田文子・鈴鹿俊子・岡山たづ子が執筆した。また同号の歌集研究では、与謝野晶子門下の歌人で中国文学者の奥野信太郎、小説家であり英文学者の阿部知二、英文学者の寿岳文章のそうそうたるメンバーが執筆している。

これらの第四三号や第四六号の例からも認められるように、『女人短歌』は創刊時から寄稿者にそれぞれの分野で注目される人物が名を連ねている贅沢な短歌雑誌であり、決して単なるサロン的な場ではなかった。編集委員たちの真剣勝負の向上心を具現化した場として、機能していたのである。

第五〇号の節目に

第五〇号（一九六一・一二）は、〈女歌人の研究〉を軸として編集委員たちによって一年ほど前から企画、準備がなされた。「女人短歌五〇号記念　現代女歌人総覧」と銘打って、近代以降の女性歌人に焦点を当てての詳細な研究、分析などが掲載されている。

なかでも、「近代短歌の流れ」と題して、長沢美津・阿部静枝・生方たつゑ・葛原妙子の担当で、明治・大正・昭和前期・昭和後期の歌壇を丁寧に分析し記述している明快な近代短歌史や、綿密な資料調査による「現代女流歌人の系譜、年表」の作成は、特筆に値する。

この共同研究に対して、佐佐木信綱は「必ず、後から来る歌人や国文学徒に感謝されるであらう。かういう丹念な仕事は特に女性の力を恃むことが大きい。心からの欣びの思ひを、この一文に託して寄せる所以である」（「女人短歌によせる」第五〇号、一九六一・一二）と言祝いだ。

また「略伝―物故歌人―」の調査や、「女人短歌４９号までの業績」の調査も丁寧になされている。

掲載短歌は、会員一人一首の提出で、二三五首あり、あいうえお順に掲載されている。例えば次の歌群がある。

冬に入る庭池澄めり水底にうすく光るは失ひし鍵　阿部静枝
コスモスの花が百合こぼす銀色の雨滴放射能を含むひそかに　伊能鮎美
死の灰の歌選びたるゆふべにて犬呼べばかわきもてるわがこゑ　生方たつゑ

束ねやる髪さへうすし混血の一年生マリに既に母亡し　遠藤節子
戦争を体験せぬ少女と日日くらし貧しき過去はわれらのみ負う　小川玲子
愛なきところ人世はなしと云ひ切るテレビ画面にて人苦しき貌せり　大野とくよ
ひらかれし夜の扉よりジンジャの香月光の巾なして流れたり　葛原妙子
犯さるる頭脳とあらば犯されむその瞬前歌よまむわれら　五島美代子
子の期待充たせばたのし十円を入れればすべり出で来る切符　斎藤史
唯一ぴき生き残りたる金魚にて人間われも共に冬迎ふ　鈴鹿俊子
くづされて大気にふれし瞬間を土は生きゐるごとく匂ひ立つ　高野昭代
千年の昔の歌が封じ持つこころの揺らぎゆらゆらとたつ　長沢美津
立冬の裸枝銀色に光りゐる桜樹に淡きかへり花つく　初井しづ枝
静かなる時に移らん旅支度蟻群多忙に列をなしゆく　樋口美世
山の襞ふかみ来たれる日の昏れに掌にのせてわれは愛す黒き石　真鍋美恵子
電話切りしのちわが手は衰えて陽のてる道の黄葉をひろう　森岡貞香

この歌群には、当時の時代を反映した歌もあれば、今も新鮮な感覚で味わえる秀歌もあり、それぞれの特色に興味深いものが多々ある。現代短歌史に名を残すであろう歌人たちが目白押しの状態である。

加えて「関西女流歌人の跡（本文中では「あと」とかなで表記　※筆者注）をたづねて」と題して関西出身の女性歌人与謝野晶子・川端千秋・矢沢孝子・大田垣蓮月・石上露子の足跡をたどったレポートもあり、「短歌とその周辺」と題して、委員たちが土屋文明・佐藤春夫・若山喜志子を訪ねてのインタビュー記事もある。

佐藤春夫へのインタビュー

佐藤春夫は、「抒情と短歌」というテーマで生方たつゑの訪問を受けた。佐藤は、中学時代に「新詩社」に参加したが、与謝野鉄幹から詩の方が「君の天分にあうのではないか」と言われ詩に向かったという。佐藤は、与謝野晶子について次のように評した。

晶子は天才的な抒情をもって短歌を作った人なのですが、その抒情はいわば在来の純粋抒情というものではなくて、抒情に一つの新生面を拓いた観念抒情歌人だと思います。伝統的な短歌を新しく継承した改革者なのですが、それは伝統を知り、伝統の意義をおさえ伝統に捉われずに、その巧みな利用をなし遂げた名人だと言えるでしょう。

さらに生方の「今の女の歌についてなにか?」という問いに対して、次のように答えた。

折口さんが女房歌のことについてのべていましたが、和歌の発展には女房歌が大きな寄与をしているというのです。すると女子の歌にはすぐれた伝統があるわけですね。伝統に身を投じ、伝統に囚われず、伝統の長所をよく学ぶことが歌のような伝統のある文学では特に必要なのですよ。晶子はそれをなし遂げたのですが、女性の歌に今期待することを言えば、あくまで男子の歌にないものを充分に成長させて貫いたいのです。伝統を生かしながら、現代の女人短歌の人たちが晶子の遺した仕事のように短歌の新しい生命を継ぐということなのです。（中略）同権（男女同権のこと　※筆者注）などという観念にまやかされて男子と同じ短歌でなければならないという必要はない。女は女らしい特に—註—（近代の女らしい）ものをよまなければならないと思いますね。それはめそめそした女の弱みをさらけるのではなくて、知性ある抒情を遂げることによって大いに特色を出して貫いたいということなのです。

それだけでなく、「抽象のことを卑下したり、具体性の強いものでなければという傾向が短歌作者の一部にあるのですが、そうするとよくわかるものだけということに傾斜するおそれがある」が、という生方の問いに対して、佐藤は、次のように返答した。

それは大事なことだから言っときましょう。具体性の強い短歌というのは、日常生活的な家常茶番だけが自然だと思っているからでしょう。目で見、耳で聞こえない心象を歌うことを知らなければならないのです。家常茶番写実的自然は一般人の見る自然であり、心情のめがねをとおしてみる自然だけが詩歌の自然ではあるまいか、とこう思います。それは詩の世界にのみ許された特典なのですが、それをやすやすと見捨てていっては惜しい。心情を養い心情を透かして日常の自然と生活とを反省することが短歌の道でしょう。

観念抒情は要するに心象風景を捉えた抒情歌であるわけなんです。大衆性のある作品を作るためにならば家常茶番の写実歌を作ればよい、だが本当に高い詩歌を得るためには、何人も容易に追従し得ぬ作品を目ざさなければなりません。したがって難解の弊をともなう作品をもあえて辞さずというだけの覚悟をもたねばならないわけです。つまり高姿勢の作品を発表して、わかる人だけがわかってくれればよいというだけの心構えも必要なのです。

佐藤春夫「短歌とその周辺」

詩人である佐藤春夫の感性は、「高い詩歌」を得るためには孤高の精神性に徹する覚悟が必要であることを述べている。時代の放つ前衛短歌の影響も含めて、会員たちには日常に堕するなというメッセージとなったのではないか。

2　会員たち相互による研究深化の方向へ

第五〇号での豊かな誌面は、作品掲載の他には、その後徐々に、会員同士による歌集研究や歌人研究深化の方向へと舵を切っていった。外部からの視点が狭められてゆく中で、一時的に誌面の新鮮さや緊張感、高揚感が減退していったことは否定し難い。

しかし、編集委員を中心とする会員たちの力量は、『女人短歌』の堅実な歩みを持続させた。

第五四～五六号

第五四号（一九六二・一二）の研究座談会「比喩について（直喩）」、第五五号（一九六三・三）の研究座談会「比喩について（暗喩）2」の二季連続の座談会は、理論派の葛原と森岡の激論を通して、比喩の持つメリットのみならず、危険性にも思いを馳せ、わくわくしながら読んだ会員たちも多かったのではないかと見て取れる内容である。この時の出席者は葛原妙子・井上千恵子・大野とくよ・立川敏子・森岡貞香であった。

第五六号（一九六三・六）の研究座談会は、「短歌における小説性」というテーマで開かれた。

第六三号、第七〇号

さらに第六三号（一九六五・三）では、評論に焦点を置いた。「虚の歌・実の歌」というテーマで四賀光子・大野とくよ等会員六名が執筆し、「短歌の中の模倣について」というテーマでは、阿部静枝・初井しづ枝・富小路禎子が執筆している。

第七〇号（一九六六・一二）では、葛原妙子が自己の確かな実作体験を踏まえての「「破調」私見——短歌の新様式の可能性に就いて——」を執筆しており、会員たちの実作に対する新鮮な示唆となっている。

第八五号

創刊二〇年の記念号として刊行された第八五号（一九七〇・九）の巻頭文は、久松潜一の「女流短歌の類型」である。久松は、佐佐木信綱の娘婿で国文学界の重鎮であった。長沢美津も大学時代から久松に師事し、『女人和歌体系』の研究、刊行にあたって多くの教示を得ている。

久松は、「和歌史上の上では女流の歌が重要な位置を占めている」の一文に始まる巻頭文で、古代から近代の女性歌人を感情・理性面を主体に、その類型を示した。そして、「ただ近代になるとどうしても感情本位よりは、理性と感情との調和した歌人、理性的な歌人という点が多くなる。女人短歌の女歌人にしてもそうである」と述べた。女流和歌の長い伝統・歴史という座標軸を示すことで、会員たちに現在の自己の立ち位置を認識させてくれる記念号の文章である。

「85号記念作品」には、二九〇名の会員の歌をそれぞれ四首ずつ掲載するという壮観な誌面を呈した。「論文・随想」には、葛原妙子をはじめ八名が執筆した。「随筆」には、五島美代子・斎藤史・水町京子・真鍋美恵子をはじめ、総勢三四名が執筆した。ある種の達成感が編集委員たちにあったのではないか。

第八七号（一九七一・三）の「後記」には、「87号は記念号のあと新しい会員もふえ、出詠歌数も多くなって、八〇頁の割りつけに苦心いたしました」とある。編集委員たちの面目躍如たることを物語っている。

「85号記念作品」では、五島美代子が直接二〇年の歩みに関して歌にしている。長沢美津との草創期のやり取りが背後に顕れるような感慨がある。

二十年は久しかりけりものの貌ものの相みな変りゆきつつ
変わらざるものあれば時に変化めく二十年かはらぬ貌もつわが友
二十年の前にけふの日見てゐしか物の怪めきて吾をいざなひし友
つひに初志つらぬきしかば今は友もそしらぬ顔に老いづかむとす

第一〇〇号

第一〇〇号「記念パーティの記」(『女人短歌』第一〇二号、一九七四・一二)で、久松潜一は、「女人短歌が団結して今日に至ったことは、日本の伝統歌への愛のあらわれであり、生命を賭けてのことである。女性歌人も困難を押しきり更に日本文学史にこの上とも(ママ)輝かしい跡をのこすようにに」と述べたことが記載されている。

外部からの声

「戦後女歌の軌跡」（『短歌』角川書店、一九七四・九）と題する河野愛子・北沢郁子・三国玲子・富小路禎子・馬場あき子・森山晴美・河野裕子・大西民子の八名の座談が掲載されている。この座談は、『女人短歌』がまさに第一〇〇号を迎えようとしている時期に行われた。馬場や三国は女だけの集まりに意味が見いだせず、初めから『女人短歌』に入会する意思はなかったという。しかし三国は、『女人短歌』の正当な評価が必要であると、次のように指摘した。

つまり文学運動体としての結実というものはなかったんじゃないかと思うんです。それが非常に残念でもあるし、もの足りないと思うんですけれども、でもやはり「女人短歌」の果たした役割は正当に評価しなくちゃいけないし、事実、何人かのすぐれた作家を生んだということについては、やはり顕彰しておかなければいけないと思うんですね。戦後短歌史なんかを何人かの人が書かれていますけれども、「女人短歌」についてあまり触れられていないし、もう一つ「新歌人会」なんていうものもあったんですが、戦後短歌史の中ではどういうか欠落してしまっているんですね。やっぱりそういうものの存在を短歌史の中で正当に評価していかなければいけないんじゃないかということを日頃感じているわけなんです。

三国玲子「戦後女歌の軌跡」

また、富小路禎子は同対談で、自己の体験を次のように語った。

自分の結社以外の集団として、最初に「女人短歌」に入ったわけで、その当時の状況としては知り合いもない集団に女の人が一人ですっとはいっていけるところなんて、「女人短歌」しかなかったような感じなのよ。だからその時点において、女の人が団結して、何かやっていくということに、やはり意味があったと思うの。ところがその後ずっと続いていくときに、戦力を外の方に発展的に使わないで何か非常に閉鎖的になっていったようで、外から見ていると、「女人短歌」の中だけの歌壇みたいなものができて固まってしまったということが非常に残念じゃないかなと思うんです。

富小路禎子「戦後女歌の軌跡」

二〇余年を経てもなお、『女人短歌』に対して、女性だけの集まりという一点に偏見ともいえるフィルターを掛け、会員たちの働きや業績への評価を曇らせる場合も起こり得ることは皆無ではなかろう。しかし問題は、当時の歌壇になぜ女性だけの活動の波を起こさなければならなかったのか、ということである。その根本の問題を理解することなしに、『女人短歌』を論じることはできない。三国が指摘するように、今後、『女人短歌』の存在及び内実が、より客観的に短歌史上で評価されていくことが期待される。

また、富小路の、『女人短歌』の中で一つの歌壇的完結が見られたという指摘は興味深い。『女人短歌』草創期の先輩たちが開拓した基盤にさらに新たな改革の炎を燃やすというより、その方針を受け継ぎ守りに入った女人短歌会の雰囲気を、敏感に感じ取っての発言であると言える。

第一一六号

第一〇〇号「記念パーティ」の時、病を押して出席していた五島美代子は、一九七八（昭和五三）年四月に死去した。美代子は第二一号から第五一号まで「編集責任者」として重責を担った。第一一六号（一九七八・六）に、葛原妙子が「追悼記」を寄せた。葛原は、初めて美代子に会った時のこと、初めて五島家に招かれたときのことなどを記した。長女を失ってから「愈々五島さんは単一に肉親のみを歌う血の執着者になつた」と回想している。

第一二〇号

生方たつゑは、創刊のころを振り返り、『女人短歌』を創刊した時は、「「女の世界を展く」願望に炎えて発案されたのではなかったか。その意味でも、私は『女人短歌』をサロン化してはならないとも思い、単なる作品の集成になっては意味のないものになるとも思う」（「創刊のころ」第一二〇号、一九七九・六）と記した。これは創刊号に対する高尾亮一の「変な中途半端な主張などもたずに、サロンから盛り上がってくるものを育てるのがよかろう」（「女人短歌批判」第三〇号）の言辞を踏まえたものであることが明白である。この生方たつゑの言葉は、創刊当初から第一二〇号に至るまで、三〇年間着実に「女の世界を展」いて成長してきたという自負の表れと考えられる。

森岡貞香は、創刊以来の三〇年を振り返り、「最近の若い女流たちは、おんなどうしでの研鑽の場を決して求めはしない。あくまでも男性歌人と共同の場に於て実作と理論を交流させながらの研鑽である。そしてこれが本然の形なのであろうと思う。女人短歌会は三十年前、結社を超えて横に広い女流集団として発足した。当時はそういう気運であり、現在ではそうしたことを必要としなくなった、という歴史の推移を見るのである」（「三十年」第一二〇号、一九七九・六）と時代の変化に伴う女性歌人の意識の変化を認めた。そして次のように、今後の歩みについて述べた。

いま、ふりかえってみて、三十年の業績の中で何が一番かと言えば、三百五十冊に及ぶ歌集の叢書をあげねばならないだろう。戦後の短歌の歴史の中はこれらの叢書抜きでは成立しないという事実の重さを改めて思うが、既にそうした仕事をすませたこの集団は今後どんな歩みをするかは、現在女人短歌会が存続しているという認識から始まることになろう。

若い女流はもはや女だけの集団を欲していないし、将来に於て、もはやこうした女流集団は生まれ得ないであろうから、今日の存続に意味を持つ、というところに現在の女人短歌会があるように思う。

森岡貞香「三十年」

森岡の言葉に象徴されるように、明らかに『女人短歌』の必要性は終わったのであり、今後続けていく目標は、存続自体に意味があるということになる。その結果草創期の歌人たちの情熱や推進力を彷彿とさせる目覚ましさは見い出しにくくなったのである。

第一六〇号

長沢美津は、第一六〇号（一九八九・六）に、「女人短歌一六〇号を迎えて」と題して、発刊から四〇年の歩みを振り返った。

ところが女人短歌の出発したのは、歌の果すべき役目は時代的に終った。（ママ）敗戦を何故に招いたか。現代は短詩型の時代ではない。（ママ）いくら短歌革新といっても最早や思想も主義ももりこむことの出来ない、言うなれば芸術としても二義的な存在である。（ママ）という短歌軽視のさなかに発足したのであった。

ともかく宇宙の創造者は男女をつくり、この世を共有させたのである。男歌も女歌も両者の存在がなくては短歌の意味はない。女性は女性の可能の極限まで発揮すべきだと、宣言をかかげて女人短歌は歩み出したのである。

（中略）

女人短歌の創刊に携った方々の大方は世を去られたが、それぞれに短歌と融和し同化しつつ支えるものを支えたしかな足跡をのこされた。『女人短歌』は女人短歌会の機関誌である。戦前に女歌人の集りとして「ひさぎ会」があったが機関誌を持たなかった。それゆえにこの存在は殆ど記録にのこされていない。

戦時中に女性が背負わされ果した役目は非常なものであった。やがて終戦となり現前したのは、日清・日露の戦勝後に高揚された国粋気分とは裏腹の本土焼亡の跡に衣食住の危難にさらされ、男女の差別なく必死で生活の場に否応なしに立たされたのであった。

その体験は作歌の上にも反映し、殊に女性には今迄と異る自立の生活が要求されると共に自然に、在来の表現に甘んずることの出来ない雰囲気が生じて来た。従ってその反映としての現象は違って来た。このとき全国的に呼びかけそれに呼応する運動が生じたのであった。交通も思うにまかせぬ状態のなかから、東京を中心に関東・関西・東北にと、更に九州・北海道へと全国に広がった。

同時にその作品群に向って戦後の女歌なる言葉が生じた。かなりの酷評も悪評もあったが、それらはむしろ梃子の作用をして女性作品をもりたてることともなった。結果的には歌壇への新風を贈る一役を担う情勢を醸した。

このことは単なる女人短歌の問題ではなく以来幾段階を経て、広く女性歌の進展への原動力となった。女性歌の深まり高まり広まりは現在も進行しつつある。集団としての女人短歌は発刊の主旨を忘れることなく、現況のなかに大勢を踏まえて前進をかさねることを心がけている。

長沢美津「女人短歌一六〇号を迎えて」

委員たちのひとかたならぬ努力の結集が、『女人短歌』創刊から、四〇年にわたって第一六〇号まで途切れることなく出版されたことは偉業と言える。

先に述べた森岡貞香の場合は、時代の変化を鑑みて、『女人短歌』に対して必ずしも積極的な意味を見出し得なかったと言える。しかし、長沢美津の場合は「女性歌の深まり高まり広まりは現在も進行しつつある」と捉えている。これが原動力となって、『女人短歌』はその後八年間続いたのである。

3 『女人短歌』の存続を担った女性歌人たち——森岡貞香・真鍋美恵子・樋口美世

森岡貞香

森岡貞香（一九一六〜二〇〇九）は、軍人である父森岡皐と母科との長女として、当時父の任地先であった島根県松江市で誕生した。山脇高等女学校を卒業。一六歳の時、「竹柏会」（機関誌『心の花』）に入会したが、その後一八歳の時、『ポトナム』に入会した。一九歳で結婚。夫は父と同様軍人であった。夫は戦後復員したが戦傷のため翌年死去した。森岡は、女人短歌会の創立時に入会した。創立当時の編集委員たちの中では、事務方を引き受けた長沢美津と生方たつゑが四四歳で最も若かった。『女人短歌』創刊当時、森岡は三四歳であった。森岡は、歌の質の高さから注目され、まさに期待の新人であった。森岡は創刊時から編集の手伝いに加わり、『女人短歌』とともに歩んだ。森岡は、葛原妙子との『女人短歌』での出会いをきっかけに、生涯切磋琢磨する友となり、互いに『女人短歌』興隆のために尽力した。また、長沢の後『女人短歌』発行人となって長沢とともに終刊を決断した。一九六八（昭和四三）年、『石畳』を創刊、主宰者となった。

次の歌群は創刊号掲載の「忌日」と題する六首である。新人の森岡の歌群が、「作品1」に若山喜志子、斎藤史、鈴鹿俊子、四賀光子という、当時すでに活躍していた歌人たちと肩を並べて、掲載された。

忌日

北京のリラ咲く季ならむと引揚の人いへりかつてつまも告げ来し
夫に死なれかつがつ生きゆくわれと子をあてはづれしごとく人らよろこばぬ
めつむればこころ屈したるわれがみゆくらき水際に座してかなしも
夫の忌日のわがすなほなる泣顔も子ははしやぎゐて気付かざりしか

わが夫の墓などなかりし青山墓地にてをとめ子なりしをさなかりにし
たましひの乾びゐしごとき日をすごしまた墓洗ひにゆかむとぞ思ふ

『白蛾』

一九五三年第一歌集『白蛾』(第二書房、一九五三・八)を刊行し、その存在が歌壇に注目された。終戦後帰還したにもかかわらず、戦傷がもとで翌年死去した夫への挽歌や、残された幼子をひとりで育てなければならなくなった病弱な母である作者と息子との間を繋ぐ甘美な感情の発露が見られる独特の歌集である。子を詠んだ歌がまとっている雰囲気に、森岡の心象が映し出されているのではなかろうか。

巻頭に「少年」と題する一一首が並ぶ。七首を挙げるが、なんと衝撃的な歌集の幕開けであろうかと感じざるを得ない歌群である。連作には、吾子との絡み合いがいつのまにか亡き夫を投影する中で、母の心を掻き立てていく感情の流れが、まるで幻想性を帯びた上質な物語世界のように展開している。

うしろより母を緊めつつあまゆる汝は執拗にしてわが髪乱るる

拒みがたきわが少年の愛のしぐさ頤に手触り来その父のごと
あまえよる子をふりほどきあひし眼のぬるめる黒眼よつと捕はれぬ
力づよく肉しまり来し少年のあまゆる重みに息づくわれは
ねむらんとわがをる姿ちひさくてかなしくなりぬ明けはまだ来ぬ
いち早く化粧つくろひ立直るよ鱗粉剝げし蛾はきたなくて
萩の露打ちつつゆけりひと夜さの愛欲のごときものふりはらふ

森岡は『白蛾』の「あとがき」で次のことを記した。

夏の夜の蛾は、きらひを通り越して怖しいとさえ思ひながら、わたくしはあの腹太い美しい蛾が飛込んでくるとあたかも催眠術にかかつたかのやうに、ぢつとみつめずにはゐられません。嫌悪と魅力、愛と憎しみなど両立してゐると思はれるこの生のあがきの中で、ただ一途に己れをみつめるといふこころで今日までまゐりましたが、集められたこれらの作品を通してみるわたくし自身は何といふ危つかしさでせう。

森岡貞香『白蛾』「あとがき」

森岡は、自己の内奥にうごめく「生のあがき」を自覚しつつ、それを冷静に見つめ、その本質を掬いだし、短歌の定型に凝縮させて表出した。これらは決して直截的に詠んだ歌ではない。森岡は、芸術に昇華せしめるフィルターを有する作者である。さらに次の歌群を通して森岡の世界観の一端を示す。

飛ばぬ重き蛾はふるひつつ女身われとあはさりてしまふ薄暮のうつつに
生ける蛾をこめて捨てたる紙つぶて花の形に朝ひらきをり
月光にうづくまりをるわがなかのけものよ風に髪毛そよめかす
きみ死にしは夢でよかりしと言ひきそれもまた夢なりしうつつとは何
からだこほりのごとくなりても若かりきなまなましかりき夫のなきがら
享けしいのちそのまなざしに子はをりをり亡き夫となりわれを見据うる
またいくさあり斃れし人間も夫もみゆうつつに手わたされしのぞき眼鏡に
をみなひとりの無力さは見よ泣腫れし顔冷しつつ座りてゐたり
追ひ出しし蛾は硝子戸の外にゐて哀願してをるもはやわれなり
水たまりにけばだちて白き蛾の浮けりさからひがたく貌浸けしそのまま

『白蛾』

若月彰は、「不幸の自覚―「白蛾」私感―」（第一九号、一九五四・三）の冒頭で「この歌集には、救いが無い」と記した。

> 「病弱の子持ちの寡婦」の不幸はこの一巻によつて限界に来たと言いたい。つまり「白蛾」において作者がこころみた不幸の追及は、短歌の私小説を可能な限り駆使したものであつて、わたしは此処に定型詩としての私小説性にも限度があることを感じた。もし、これ以上に物語的発展を期するならば、散文としての〝私小説〟へ赴かねばならなくなるであろう。ここに歌人としての作者が、ぶつからねばならぬ壁がある。
>
> 若月彰「不幸の自覚―「白蛾」私感―」

しかし、実は、三島由紀夫がこの歌集の帯の文章を書いている。三島は、「生のきびしい体験をとほして、作者の見た自然や子供の姿が、かへつて溌溂とした生の呼吸をつたへて来るのは、この歌集をよむ人が必ず発見する驚きであらう」としたためた。筆者も同感である。『白蛾』は、一九五三（昭和二八）年、短歌雑誌連盟歌集賞を受賞した。

『未知』

次に刊行された歌集『未知』（書肆ユリイカ、一九五六・七）は、『白蛾』を超えて森岡の世界観を表出している。森岡に限界はない。いくつか挙げておく。

生々（いきいき）となりしわが声か将棋さして少年のお前に追ひつめられながら
石橋に身を押しつけて掘割はやはり流れをりこの短きま
われの名をよばはりをれば立ちゆくと一隅が空（あ）く月さすところ
少年が跳びては天井に触りゐつたふるるごときむなしさのあり
脱がれある靴を見るなりわれを惹きしひとよふしぎを探してゐたる
熱く憂き髪濡らしつつ結へるなり境涯に虹のごときがあれよ
うつくしき歓喜よそのもの手にはめ足に穿くとせり夢なりしかば
黒き学帽の子は前方（まへ）をゆきいつさんに雪のふる晩こころただよふ
日の暮れに門扉を押すと雪うごきぬふと愛しきにあへるなり

『未知』

森岡は、葛原妙子の死去後刊行された『葛原妙子全歌集』（短歌新聞社、一九八七・七）の解説を受け持った。『女人短歌』創刊から、その中枢を支え、共に歌人として心を開きあい切磋琢磨して来た二人の歌人の精神が凝縮された『葛原妙子全歌集』制作の場であった。森岡は、葛原を見送った後も、長沢と共に最後まで『女人短歌』の発展と存続に力を尽くした。

真鍋美恵子

真鍋美恵子（一九〇六〜一九九四）は、父坂井乙三と母鈴子の長女として岐阜県岐阜市に誕生した。官吏の父の任地の関係で、朝鮮半島や静岡などを経て東京に移り、一九二三（大正一二）年東洋高等女学校を卒業した。その後、一八歳の時に友人と佐佐木信綱の家を訪れた。佐佐木は印東昌綱を紹介した。すぐに竹柏会（『心の花』）に入会し、印東昌綱に師事した。

一九二七（昭和二）年、官吏（農林省）の真鍋博徳と結婚した。真鍋は軽井沢で敗戦を迎えた。

戦後、女人短歌会の創立会員となり、『女人短歌』に創刊号から出詠している。この時真鍋は四三歳であった。創刊号には「頻に受

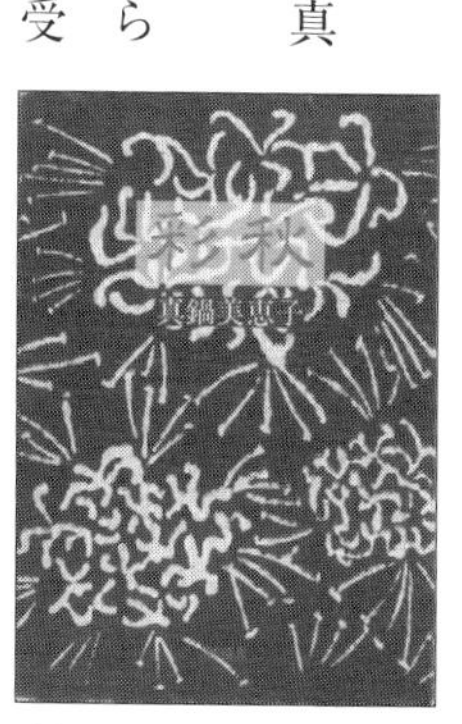

真鍋美恵子『彩秋』

けし自動車のはねの泥ぬぐひ感情漸く単純ならず」を掲載した。以後、真鍋は、『女人短歌』誌上を修行の場とするかのように、新しい時代の作風を身に着けてゆき、着実に自己の表現世界を広げていった。また、編集に携わり、労をいとわず『女人短歌』の存続に力を注いだ。

真鍋は二人の娘を育てる家庭婦人であったが、自己の身辺を直接歌に詠むことを良しとはしなかった。常に対象を突き放してその本質を歌に詠もうと試みていた。かつて筆者が真鍋氏のお宅に伺ったときに、「先生はお孫さんのことを直接孫とか名前とかで歌に詠むことはなさらないのですね」と言ったところ、「べたべたしていやね、まごまごなんて。私は〈少年〉と詠むわ」とさらりとおっしゃった。真鍋の作歌姿勢の一端に触れた思いであった。

『白線』

真鍋美恵子は、一九五〇年「女人短歌叢書」第一三篇として『白線』（女人短歌会、一九五〇・一二）を刊行した。次の歌群に見られるように、斬新で悠揚迫らぬ視点は『女人短歌』の新しい風と言えよう。

百合の芽が恐ろしきまで大胆にその持つ個性を伸しゆくなり

直射光線の暑き十字路よぎる時吾の心に矛盾感はなし
羽根青き小虫が手紙に押されあり友の私生活にわれは触れじとす
今日の在り方に偽りはなし魚買ひて濡れたるつりを吾は掌に受く
噛みし貝砂ふくみゐつ疑ひはうたがひを又生みてすべなき
鈍重に流るる川が譲らざる幅保ちゆくくもりのもとに

『白線』では、真鍋の新しい視点はまだ本格的な踏み出しには至っていないかもしれない。岡山巌は、「『白線』をよみて」(第七号、一九五一・四)で、「進歩的な表現、知性的な発想」を持つ歌があるとしながらも、「進歩的への意欲が往々にして流行調となり流行のマンネリズムに陥ることは殆どさけ難い運命かもしれぬ」と、評した。

しかし真鍋は、その後次々と「女人短歌叢書」として、自己の歌集を出し、一歌集ごとに、日常的な素材や対象を突き放して観察する骨太な歌の世界を深化させていった。

『女人短歌』という土壌に育まれて

『女人短歌』誌上でも一号ごとに深まりを見せた。例えば、第八号(一九五一・七)には対象を突き放した冷静な視点で鋭い観察眼を発揮し、漢語的な表現を駆使した歌群がある。いくつか挙げる。

ビルデングの大き鎧戸が加速度を抑制しつつ降るその音
怒りにわが耐ふる時秒針の音はあくまでも正確を持す
巨大なる煙突が調和を破りゐる西窓の風景が印象にあり
なまなまと発酵熱を吐く土に体崩し黒き猫は眠れる

『女人短歌』第八号

さらに、第九号（一九五一・一〇）には、次の歌群がある。切り離された肉体と精神が繋がり、独特の場を設定する興味深い歌群である。

肉体の疲れの果てに冴えきたるものに縋りてなほ耐えむとす
体温をもたぬ植物の清潔を疲れし夜半にわれは思へる
軒下に猫が魚骨を噛む音を聞きつつわれもまた孤独なる
十字路を歩幅小さく横切りゆくわれは積極の思索をもちて

『女人短歌』第九号

加えて、第一〇号（一九五一・一二）の歌群を挙げる。

否定し否定し遂に孤なり肉の繊維を皿に切りゐつ
獣肉の繊維を皿に切りて居り妥協に堕ちてゆくべきならず
驟雨に濡れし鉄骨の乾く時われは感情の処理にとまどふ
陸橋の長き弧線が暮れてゆく窓の前景をたしかに支ふ

『女人短歌』第一〇号

これらの第八・第九・第一〇号を並べてみると、この短い期間にも、無機質な物の世界の摑み取りの力量の冴えが光り、その鋭さから人間の本質に迫る勢いが増している。ここに、真鍋の並大抵ではない努力の跡を見る。まさに新しい時代の歌を提示した歌人の一人である。ちなみに、かつて、真鍋が筆者に、新幹線に乗って、関東から関西に入ると建物の屋根の雰囲気ががらりと変わってとても楽しい、と話してくれたことがある。瓦屋根が多くなり、どんどん黒くなっていくのだそうだ。真鍋が作品に黒の色彩のイメージをよく用いたのには、このような体験が作用しているのではないか。

おおどかな人柄の真鍋は、他者を詮索したり悪く言うことのない慎みを備えた歌人であった。真鍋は、若い頃から外国文学に親しみ（特にロシア文学をよく読んだという）、島崎藤村の詩に心動かされるような感性を持っていた。だからこそ、会員たちの多様な作品傾向に刺激を受け、それらを味わいながら内面化し、自己の歌境を確立すべく直向きに歌作に取り組むことができた。その努力の跡が、その後の歌集に確実に実りをもたらした。『女人短歌』という土壌に豊かに育まれた歌人であると言い得る。

樋口美世

樋口美世（一九二五〜）は、一九五六（昭和三一）年、『女人短歌』に入会、編集委員として終刊までを見届けた。第三九号（一九五九・三）に初めて短歌が掲載された当時、三四歳の若手の歌人であったが、『女人短歌』誌上に優れた評論を継続的に多々掲載した歌人である。

次の歌は樋口の初掲載の歌である。

吾が内に魔性の想念きざすときむやみに冗舌となるはあさまし
人間の飾りし魔法の炎とも路地裏に赤し火をたく人群

『女人短歌』第三九号

樋口は、女人短歌叢書として第一歌集『形』（新生書房、一九六四・三）を上梓した。硬質な精神性が平明な言葉の選択によって表現された特徴を持つ歌群である。次にいくつか挙げる。

首垂れて獲物となりし鳥あはれいかなる幻覚に惑ひしならむ
水中花冬のグラスに奢りゐて乱れ咲く過去透明となる
火責め水責めどよめきくるとも唇は静かな形に閉ざしてゆかむ
自らをわれから悪しき嫁となしどくだみの白さの襁褓をしまふ
声あげて泣けぬ一日を咲き競ふ椿は土葬の墓地にまあかし　『形』

樋口は、評論において力を発揮した。ことに、『女人短歌小論Ⅱ』（短歌新聞社、一九八九・八）に採録されているが、第一五〇号から五回にわたって連載した「女人短歌の熟成期」は、昭和三〇年代の『女人短歌』の群像が鮮明に描かれている点や詳細な資料に注目すべき論である。

さらに第一六四号（一九九〇・六）から第一七五号（一九九三・三）まで、一二回にわたって連載した「時代を超えた女歌（一）～（十二）」は、それぞれの月のテーマに沿って、古典から現代の歌人までを縦断、俯瞰しながら論を展開している視点に、興味深いものがある。

4　終刊

一九四九（昭和二四）年九月に『女人短歌』創刊一号が刊行されてから、四八年の年月にわたってその活動を持続させてきた女人短歌会は、終刊号（一九九七・一二）の発刊によって幕を閉じた。

終刊の決意と決定

「平成九年第四九回春季総会」（終刊号、一九九七・一二）によると、総会の冒頭で、長沢から女人短歌会を解散したい意向が述べられた。出席者は六三名であった。

森岡貞香さんにすべてをお願いし、長沢美津は女人短歌の事務局を退きたいと考えましたところ、森岡さんはこの辺りで終刊という意向があり、お話し合いの結果、女人短歌会の発起人の生き残りとして潔く終止符を打つことを決めました。森岡貞香さんのおっしゃることは無責任ではなく、むしろ大きな責任から出た言葉と理解しました。創刊以来「女人短歌」は女人短歌なりの存在を示し今日に至り、余裕綽々、余力を持って終るような気がします。「アララギ」の解散が決まり、大所帯なりに後の処理は大変だろうと思います。その点、「女人短歌」は煩わしい問題はありません。全員あげて立派な終刊号を出すことにいたしましょう。（後略）

長沢美津「平成九年第四九回春季総会」

続いて森岡は、終止符に至る経緯と、会員たちの未来への筋道を次のように話を続けた。

昭和二十四年発足以来、流派にこだわらず女流歌人たちが集まり、女歌について発言もし、新しい風を巻き起こしました。しかし現在は女歌人だけの横のつながりというよりは男性に伍して、女性も互いに活動していくのであって、当初の目的は充分に達成したと思います。女人短歌が余力を充分に持ったまま終ることは、今しかないでしょう。事前に会員に諮らずに決めたようですが、全員にお諮りするのが民主的といっても実際には不可能なことで、個々に友人関係・利害関係いろいろの立場があって、誰かがそれを言い始めると混乱するだけで統一の行動がとれなくなります。なお、女人短歌会の発起人であり常任委員である斎藤史さんの御意向もおたずねしたところ、〈今の時期に閉じることは、むしろ大賛成〉ということでした。今日の総会では忌憚ないご発言を願います。そしてご了解を得たいと思います。充分に力を残したまま、きちんと終了することはいいことだと受け止めてください。今後は各地で、それぞれ若い人を集めて新しいグループを作るなど、積極的な活動を期待します。終刊号については戦後女流の資料としての一冊を刊行したいと思います。

森岡貞香「平成九年第四九回春季総会」

斎藤史は、この時八八歳であった。女人短歌会創立について発起人として名を連ねてから、終刊当時常任委員であった。しかし、斎藤史が「地方に一人住む私などは連絡も怠り多くお仲間の列ともはぐれ易い。いましめなければならないと思う」（「女人短歌十年の歩み」第四一号、一九五九・九）と述べているように、長野在住ということもあったとは考えられるが、『女人短歌』では、積極的に誌面作りに参加していたわけではない。斎藤が寄稿したのは、評論では、「女人短歌十年の歩み」（第四一号、一九五九・九）・「抒情への疑問点」（目次では「抒情への疑問」と掲載されている、第四六号、一九六〇・一二）であり、歌集研究では、「葛原妙子『飛行』」（第二三号、一九五五・四）である。随想については、「新聞短歌について」（第五〇号、一九六一・一二）・「文様」（第八五号、一九七〇・九）・「三十年」（第一二〇号、一九七九・六）・「近頃思うこと」（第一五〇号、一九九七・一二）を数えるに過ぎない。ただ、記念の節目、節目で随想を編集者から求められるということは、当時の歌壇での斎藤の活躍や、発起人としての長い歴史を重んじての所産であると言えよう。

斎藤は、一九九三年、女性初の日本芸術院会員となった。一九九四年、八四歳の時に刊行した『秋天瑠璃』は、第五回斎藤茂吉短歌文学賞と第九回詩歌文学館賞を受賞した。また一九九七年には宮中歌会始に召人として招かれる、というように、晩年においても歌壇で活躍中であった。

森岡が、会員たちに終刊を告げるにあたって斎藤史の名を出したのは、会員たちに終刊を納得させるための効果を考えてのことではなかろうか。歌壇での重鎮である斎藤が賛成したとあれば、会員たちも異議を唱え難いであろう。

終刊号（一九九七・一二）

終刊号の表紙は、高貴な色とされる貝紫が用いられている。澄んだ赤みの紫色の表紙には上部に『女人短歌』と書かれた白抜きの四文字が横書きで並び、その下には『女人短歌』創刊号の一ページ目の「女人短歌宣言」の中心に描かれた三岸節子のふくよかな女性像のカットが輪郭を金筆でなぞって再現されている。心憎い演出である。終刊号のこの表紙は、自ら時代を拓いた女性歌人たちの誇り、品格を象徴しているようである。常に高みを目指して、突き進んできた先人たち一人ひとりの力の結集を示すものであると言えよう。

終刊号には、一一篇の評論が掲載されている。それぞれの提起した問題は、今後『女人短歌』の短歌史上の意義を問う時に示唆を与えてくれるものもある。

加藤克巳は、「女人短歌の遺した短歌史的意義」（終刊号、一九九七・一二）において、次のようにその意義を述べている。

（前略）『女人短歌』もはや四十九年経て、当初からの主要メンバーも指を折り数える程となり、いまさら『女人短歌』でもないといった今どきの女流歌人の華やかな活躍期に入って、女人短歌会の終結を告げる。或は当を得たものと言ってよいかもしれない。しからばなお『女人短歌』が中心となって、迢空のとなえたアララギズム一辺倒から、これに拮抗する短歌本来の一筋の開口の役をはたした、その功績、史的意義をあらためて手厚く尊重してよ

『女人短歌』終刊号

いのではないか。

加藤克巳「女人短歌の遺した短歌史的意義」

馬場あき子は、「女人短歌の問題はこれから」（終刊号、一九九七・一二）と題する評論を寄稿した。「女性だけの集まりに意味を感じていなかった」と、『女人短歌』に距離を置いていた馬場は、次のように問題提起をしている。

（前略）近年の女性歌人の個々の動きをみつつ思うと、「女人短歌」の終焉はいろいろなことを反省させられる。女性歌人は、本当に自立しえているのだろうか、女性は女性の歌を本当のところどう評価しているのだろうか。潮流としての男性歌人の動向をどう反映し、対応しているのだろうか。性差や物言いの差を排してゆくことに新しい魅力を生もうとしているのだろうか。どれにも中途半端な迷いをみせている。そんな時の「女人短歌」の解散である。これは、いっそうの自立への励ましと受け止めたいと思うほかない。

馬場あき子「女人短歌の問題はこれから」

『女人短歌』の終刊を機に、各人が新しい歩みを志すことになるが、会員たちにとっては、これまで以上に決して無自覚に歩むわけにはいかないという決意を促す提言と云えよう。

終刊に至る最後まで編集に携わった樋口美世は、「女の歴史　近代より現代へ」（終刊号、一九九七・一二）で、「『女人短歌』の目ざした運動は、「伝統と歴史を背骨（バックボーン）に据えた、新鮮で豊潤な作歌を確かなものとする文学運動であった」と記し、終刊について、次の様に述べた。

「女人短歌」のスタートは、フェミニズムの過激で猛猛しいイデオロギーやイズムを前面に掲げる運動とは異質で、男性に対抗するよりはむしろ協力を歓迎するという、柔軟性ある意識をもって男性側の理解を得たことは、特筆すべきであろう。まさに叡智ある大人の判断であった。その上で尚且つ個個人が、自らの個性に更に精進を重ね、磨きをかけて一途に前進した。四十八年間の永い道のりは終刊という形で終わりを遂げたのである。

樋口美世「女の歴史　近代より現代へ」

『女人短歌』が純粋な文学運動体であることに、誇りをもって終刊を見届けようとしている樋口の真情が、伝わってくる一文である。

終刊時の会員たちによる自選五首が掲載されているが、出詠者は三四八名である。創刊号への出詠者は一九二名であったことを鑑みると、その数は、四三%の増加を示している。『女人短歌』は、当時なお、女性歌人にとって必要な活動の母体であったことを窺わせる会員数である。この事実は、短歌史上の意義を考察するうえで無視することはできない。

更に委員たちの膨大なエネルギーが注がれた『女人短歌』の歴史を示す資料や「女流年表」などが続いている。これらの資料は、今後女性歌人の研究において重要な意義を持つものであると言い得る。終刊号にこれだけの緻密な資料を整えられる長沢美津や森岡貞香を中心とする編集人の底力は、まだまだ余力を残していることを示している。

この充実した終刊号の内容は、創刊号の「女人短歌宣言」にある「短歌創作の中に人間を探求し、女性の自由と文化を確立しよう」という言葉の、具現化の道を示している。

こうして、『女人短歌』は終焉した。長沢の言葉を借りるなら、「余力を持って」『女人短歌』は終刊したと言えよう。

おわりに

敗戦国日本は、アメリカの占領政策によって民主化の理念や個人の尊厳が移入され、思想的に大転換を図った。国民の生活は敗戦による貧しさと混乱の中にあったが、思想や信条、そして生活においても自らの選択によって自由に生きることが可能になったのである。

このような社会環境下で、少人数の小さな雑談に端を発し、新しい時代に生きる女性の道を女性自身の手で切り拓こうと立ち上がった女性歌人たち。長沢美津は、『女人短歌』立ち上げに至る経緯を、歌話会帰りの途上の五島美代子と川上小夜子の会話が発端となったと言う。当時、彼女たちはすでに歌壇で活躍している歌人たちであったが、戦前の男性中心の歌壇では女性歌人の活躍の場が極端に狭められていることに気づいていた。それ故、戦後の民主主義を追い風に、多くの女性歌人たちに、既成の価値観に囚われない開かれた意識を持って歌壇で活躍できる環境を整えたいと考え、その道を女性自身の手で切り拓こうと燃え立ったのである。これらの女性歌人たちの心意気と怒涛のごとき活躍は、表現によって自己変革を求めていた女性歌人たちの心を奮い立たせた。

草創期の女性歌人たちの『女人短歌』創刊に向けての八面六臂の活躍は、多くの女性歌人たちのエネルギーを引き出して、結社を超えて女性歌人の主体的な短歌活動の道を歩むべく方向付けを行った。

なかでも、自己の全存在を賭して歌を詠む姿勢を持続させることを自らに課し続け、戦後、時代の先陣を切って走った五島美代子の精神の基底には、未来に向けての強烈な学びへの希求があった。美代子は貪欲に学びの場を求め、既成の価値観に囚われない開かれた意識を持って歌壇で活躍したが、この姿勢は、『女人短歌』の基盤となる方向性を定める時にも、時代を理性的に俯瞰し、未来を見据えて思想的土台を示したことに力を与えている。

美代子は、新時代を迎えて女性の歌誌を創刊するからには、時代を批評し、行動し得る力を女性歌人自身が持たねばならないという信条を『女人短歌』の基盤に据え、男性の好む意識に追従せず、自己のあるがままの姿を歌に詠むことを会員たちに求めた。

草創期には、美代子を叱咤激励して、認められない女性歌人たちのために一肌脱ぐ決意をさせた確固たる信念と行動力の漲る長沢美津は、美代子より七歳下であった。長沢は、創刊から終刊まで『女人短歌』を支え続けた、気骨のある巨星である。加えて、当時の歌壇の重鎮たちとのトラブルを避けるための役割を引き受けて奔走した北見志保子や川上小夜子、理不尽な社会に真正面から取り組んで行動した阿部静枝や山田あき、長沢と学生時代に同じ学窓に学び同じ寮で生活した、哲学的世界を大切に内奥に秘めた生方たつゑなどの、自己の信念に従って生きようとする歌人たちの力が結集した。このそれぞれの個性の絡み合いは化学反応を起こし、既成歌壇の常識を超えて逞しく時代に真向かっていったのである。彼女たちは、自らの持てる力を出し合って互いに影響しあいながら、戦後の時代に新しい風を起こそうと勇みたった。彼女たちからは、想像を絶する勢いが溢れ出ていたのではないか。

『女人短歌』の大きな働きの一つに、意欲的に女性歌人の自己啓発と作品発表の場を確保し続けた功績がある。相互研鑽の一助にと、編集委員たちはそれぞれの人脈を駆使して、歌壇のみならず文壇・詩壇などからもそうそうたる文化人を招いて、座談会や研究会を開催したり、『女人短歌』への寄稿を依頼したりした。この贅沢な企画は、会員たちの意欲と結束を高め、女性自身の手による文化の創造への道を拓いた。

加えて大きな業績を上げるなら、「女人短歌叢書」発刊を推進して、女性歌人たちに歌集刊行の気運を浸透させたことである。この企画は、結社や個人では実現し難い、自分の歌集を持つという目標を会員たちに促し、会員たちの向上心をさらに高めたのではあるまいか。終刊までに、六四二冊もの「女人短歌叢書」が刊行されたのである。この「女人短歌叢書」刊行の偉業は、まさに戦後の女性歌人興隆に大きな貢献を果たした証である。

また、『女人短歌』の誕生を肯定的に受け止め、エールを送ってくれた折口信夫の言辞によって、歌壇でも、『女人短歌』内部でも「女歌」について改めてその内容を検討する機会を得たことも短歌史に刻まれる特徴となったと言えまいか。

これらの草創期の編集者たちのダイナミックな活動のモデルがあったからこそ、『女人短歌』の興隆に尽力する歌人たちが、後に続いてこの道を繋いでくることができた。それ故、四八年もの長きにわたる『女人短歌』存続の道が開かれたのではなかろうか。終刊時に三五〇名ほどの会員が『女人短歌』に存在していたという事実は、終刊に至ってもなお多くの女性歌人たちの精神や活動の拠りどころであったことを物語っている。

自由な精神や行動を拘束された戦時下にあっても、心の深部にある真情を歌に託して表出した歌人がいた。時流におもねることなく自己の歌人としての矜持を保つべく苦悩の道を歩んだ歌人たちもいた。それぞれの生きる過程で歌は大きな力となり得たのである。そして、戦後の混乱期にも、歌の力は絶えることなく人々の心を支えた。とりわけ、民主主義の時代を迎えて、男性優位の既成歌壇の拘束を打ち破って新しい時代を拓くべく女性歌人たちが結束して、鋭意努力と協力を惜しまなかった。『女人短歌』を立ち上げた歌人たちの軌跡は、現代に生きる表現者にも多くの示唆を与えてくれるのではなかろうか。先人たちの歌人としての軌跡から、現代に通底する問題をも受け止めることができるなら、より幸いである。

参考文献

単行本

堀口大学『パンの笛』籾山書店（一九一九・一）

堀口大学『月下の一群』第一書房（一九二五・九）

生方たつゑ『山花集』むらさき出版（一九三五・一二）

生方たつゑ「巻末小記」『山花集』むらさき出版（一九三五・一二）

五島美代子『暖流』三省堂（一九三六・七）

五島美代子共著『新風十人』八雲書林（一九四〇・七）

斎藤史『魚歌』ぐろりあ・そさえて（一九四〇・八）

五島茂『海図』甲鳥書林（一九四〇・一二）

吉尾なつ子『軍神の母』三崎書房（一九四二・七）

五島美代子『丘の上』弘文社（一九四八・四）

長沢美津『雲を呼ぶ』女人短歌会（一九五〇・九）

阿部静枝『霜の道』女人短歌会（一九五〇・九）

生方たつゑ『浅紅』女人短歌会（一九五〇・一〇）

五島美代子『風』女人短歌会（一九五〇・一〇）

葛原妙子『橙黄』女人短歌会（一九五〇・一一）

真鍋美恵子『白線』女人短歌会（一九五〇・一二）
山田あき『紺』歌壇新報社（一九五一・五）
五島美代子『炎と雪』立春短歌会（一九五二・三）
森岡貞香『白蛾』第二書房（一九五三・八）
長沢美津『雪』長谷川書房（一九五五・二）
佐佐木信綱『佐佐木信綱文集』竹柏会（一九五六・一）
森岡貞香『未知』書肆ユリイカ（一九五六・七）
生方たつゑ『白い風の中で』白玉書房（一九五七・一）
佐藤春夫「叙文」『白い風の中で』白玉書房（一九五七・一）
五島美代子『私の短歌』柴田書店（一九五七・九）
葛原妙子『原牛』白玉書房（一九五九・九）
長沢美津『車』新星書房（一九六〇・一）
葛原妙子『葡萄木立』白玉書房（一九六三・一一）
樋口美世『形』新星書房（一九六四・三）
五島美代子『時差』白玉書房（一九六八・七）
山田あき『飛泉』鍛冶詩社（一九六八・八）
堀口大学『堀口大学全詩集』筑摩書房（一九七〇・三）
葛原妙子『朱霊』白玉書房（一九七〇・一〇）
五島美代子『垂水』白玉書房（一九七三・一一）

上田三四二『戦後短歌史』三一書房（一九七四・一）
葛原妙子「葛原妙子歌集後記」『葛原妙子歌集』三一書房（一九七四・九）
生方たつゑ『雪の日も生きる　わが短歌と人生』主婦の友社（一九七六・四）
シャルル・ド・トルナイ著、田中英道訳『ミケランジェロ』岩波書店（一九七八・一一）
生方たつゑ『野分のやうに』新星書房（一九七九・七）
『昭和万葉集』講談社、巻四（一九七九・八）・巻五（一九七九・六）・巻六（一九七九・一二）
若山喜志子「補遺」『若山喜志子全歌集』短歌新聞社（一九八一・七）
大塚金之助「無産者短歌」『大塚金之助著作集第九巻』岩波書店（一九八一・九）※初出は、『まるめら』第五号（一九二七・五）
五島美代子『定本五島美代子全歌集』短歌新聞社（一九八三・四）
篠弘『現代短歌史Ⅰ　戦後短歌の運動』短歌研究社（一九八三・七）
生方たつゑ「粽の精霊」『日本の名随筆一八　夏』作品社（一九八四・四）
『東京大学百年史　通史二』東京大学出版会（一九八五・三）
平中歳子「北見志保子」『女歌人小論』短歌新聞社（一九八七・一）
長沢美津「女人短歌と折口信夫――発刊の頃まで――」『女歌人小論』短歌新聞社（一九八七・一）
中山正子『ハイカラに、九十二歳』河出書房新社（一九八七・九）
山田あき・五島美代子歌『プロレタリア短歌・俳句・川柳集』新日本出版社（一九八八・一一）※山田の歌の初出は、『短歌前衛』短歌前衛発行所（一九三〇・四）、美代子の歌の初出は『プロレタリア短歌集一九三〇年版』マルクス書房（一九三〇・九）

山田あき歌『プロレタリア短歌・俳句・川柳集』新日本出版社（一九八八・一一）※初出は、『プロレタリア短歌』マルクス書房（一九三一・三）
生方たつゑ「桃の花の信仰」『日本の名随筆一　春』作品社（一九八九・一）
森岡貞香「文化としての短歌と歌人」『女歌人小論Ⅱ』短歌新聞社（一九八九・八）
小山静子『良妻賢母という規範』勁草書房（一九九一・一〇）
加藤克巳『現代短歌史』砂子屋書房（一九九三・八）
塩田庄兵衛ほか編『いわゆる「開戦の大詔」』、『日本戦後史資料』新日本出版社（一九九五・一一）
葛原妙子「葛原妙子年譜」『葛原妙子全歌集』砂子屋書房（二〇〇二・一〇）
J・H・ハーヴェイ著、和田実、増田匡裕編訳『喪失体験とトラウマ』北大路書房（二〇〇三・九）
実藤恒子「長沢美津」青木生子、岩淵宏子編『日本女子大学に学んだ文学者たち』翰林書房（二〇〇四・一一）
原田夏子「生方たつゑ」青木生子、岩淵宏子編『日本女子大学に学んだ文学者たち』翰林書房（二〇〇四・一一）
武川忠一『現代短歌の歩み――斎藤茂吉から俵万智まで』飯塚書店（二〇〇七・六）
菱川善夫「『新風十人』の美と思想」『美と思想――短歌史観』沖積舎（二〇〇七・六）
加藤孝男『近代短歌史の研究』明治書院（二〇〇八・三）
森永卓郎監修、甲賀忠一、制作部委員会編『物価の文化史事典』展望社（二〇〇八・七）
川野里子『新装版　幻想の重量――葛原妙子の戦後短歌』書肆侃侃房（二〇二一・八）

新書本・文庫本

若月彰『乳房よ　永遠なれ　薄幸の中城ふみ子』第二書房（一九五五・四）

アンドレ・ブルトン著、巖谷國士訳『シュルレアリスム宣言　溶ける魚』岩波書店（一九九二・六）

雑誌収録物

五島茂「短歌革命の進展（その二）」『短歌雑誌』（一九二八・三）
坪野哲久「石榑茂と書斎主義」『短歌雑誌』（一九二九・九）
五島美代子・五島茂「立春創刊記念茶話会記事」『立春』第一号（一九三八・九）
五島美代子「事変下年頭」『短歌研究』第八巻第一号（一九三九・一）
五島美代子「女と歌」『立春』第二一号（一九四〇・三）
五島美代子歌『立春』第二四号（一九四〇・六）
五島美代子『立春』第二七号（一九四〇・九）
五島美代子「母と子」『婦人公論』（一九四〇・九）
「宣戦の詔勅を拝して」『短歌研究』（一九四二・一）
五島美代子「応召入隊の若き友」『短歌研究』（一九四二・三）
五島ひとみ歌『立春』第五二記念号（一九四二・一一）
五島ひとみ歌『立春』第五九号（一九四三・六）
五島美代子「女高師学徒勤労隊出動」『爽節』第二六巻第一〇号（一九四四・一一）
山田あき歌『人民短歌』第一巻第三号（一九四六・三）
臼井吉見「短歌への訣別」『展望』（一九四六・五）
五島美代子「私たちの問題」『立春』第六七号（一九四六・五）

桑原武夫「第二芸術――現代俳句について――」『世界』第一一号（一九四六・一一）
五島茂「破調論序説」『短歌季刊』創刊第一号（一九四七・一）
平林たい子「五島美代子論」『八雲』通巻第六号（一九四七・七）
小名木綱夫「敗北の歌―五島美代子論―」『人民短歌』第二巻第九号（一九四七・一〇）
五島美代子「女の文学」『短歌往来』第一巻第七号（一九四七・一〇）
小野十三郎「奴隷の韻律―私と短歌―」『八雲』（一九四八・一）
五島美代子「影と火花」『人民短歌』第三巻第四号（一九四八・四）
山田あき「女性の二歌集」『人民短歌』第三巻第一〇号（一九四八・一〇）
山田あき「歌壇時評」『人民短歌』第四巻第一号（一九四九・一）
山田あき歌『人民短歌』第四巻第二号（一九四九・二）
山田あき歌『人民短歌』第四巻第三号（一九四九・三）
五島美代子「近代短歌と古典」『日本短歌』（一九四九・四）
辰野隆「老若問答」『女人短歌』第一号（一九四九・九）
「第一回女人短歌会春季総会の記」『女人短歌』第一号（一九四九・九）
生方たつゑ「女人作品評Ⅲ」『女人短歌』第一号（一九四九・九）
北見志保子「感想」『女人短歌』第一号（一九四九・九）
五島美代子「女人作品評Ⅱ」『女人短歌』第一号（一九四九・九）
五島美代子「編集後記」『女人短歌』第一号（一九四九・九）
森岡貞香「忌日」『女人短歌』第一号（一九四九・九）

五島美代子歌『女人短歌』第二号（一九四九・一二）
五島美代子「女人作品評」『女人短歌』第二号（一九四九・一二）
土岐善麿「歌よむ女人」『女人短歌』第二号（一九四九・一二）
「現歌壇の展望座談会」『女人短歌』第三号（一九五〇・三）
五島美代子歌『女人短歌』第三号（一九五〇・三）
初井しづ枝「女人作品評」『女人短歌』第三号（一九五〇・三）
五島美代子歌『女人短歌』第四号（一九五〇・六）
「初夏対談集」『女人短歌』第四号（一九五〇・六）
五島美代子・森岡貞香「死者との対決」『女人短歌』第四号（一九五〇・六）
生方たつゑ・長沢美津「上牧にて語る」『女人短歌』第四号（一九五〇・六）
木俣修・高尾亮一・長谷川銀作・福田栄一・阿部静枝・生方たつゑ・川上小夜子・北見志保子・長澤美津「ものを聴く」『女人短歌』第五号（一九五〇・九）
折口信夫「女人短歌序説」『女人短歌』第六号（一九五〇・九）　※目次では「女人短歌叢書序説」と載っているが、本文では「女人短歌序説」と題した
斎藤史「歌集浅紅読後」『女人短歌』第六号（一九五〇・一二）
葛原妙子「歌集「雲を呼ぶ」に寄せて」『女人短歌』第六号（一九五〇・一二）
五島美代子「編集後記」『女人短歌』第六号（一九五〇・一二）
阿部静枝「「かぜ」にわれも吹かるる」『立春』通巻第八三巻第一号（一九五一・一）
折口信夫「女流の歌を閉塞したもの」『短歌研究』第八巻第一号（一九五一・一）

岡山巌「「白線」をよみて」『女人短歌』第七号（一九五一・四）
真鍋美恵子歌『女人短歌』第八号（一九五一・七）・第九号（一九五一・一〇）・第一〇号（一九五一・一二）
中城ふみ子歌『女人短歌』第九号（一九五一・一〇）
阿部静枝「後記」『女人短歌』第一〇号（一九五一・一二）
五島美代子「後記」『女人短歌』第一〇号（一九五一・一二）
富小路禎子歌『女人短歌』第一二号（一九五二・六）
富小路禎子歌『女人短歌』第一三号（一九五二・九）
阿部静枝「後記」『女人短歌』第一六号（一九五三・六）
葛原妙子「短歌における虚構について」『女人短歌』第一七号（一九五三・九）
四賀光子「明治末期より大正年間の女流歌人の動き」『女人短歌』第一八号（一九五三・一二）
長沢美津「二三のこと」『女人短歌』第一八号（一九五三・一二）
中城ふみ子歌『女人短歌』第一九号（一九五四・三）
若月彰「不幸の自覚――「白蛾」私感――」『女人短歌』第一九号（一九五四・三）
葛原妙子「再び女人の歌を閉塞するもの」『短歌』（一九五五・三）
生方たつゑ・五島美代子・阿部静枝・木谷志保子「後記」『女人短歌』第二三号（一九五五・四）
五島美代子「女歌とたをやめぶりの歌」『女人短歌』第二四号（一九五五・六）
葛原妙子「私の短歌作法」『短歌』（一九五五・一一）
高尾亮一「女人短歌批判」『女人短歌』第三〇号（一九五六・一二）
五島美代子「前向き後向き」『女人短歌』第三五号（一九五八・三）

福田栄一「意味より硬質のもの」『女人短歌』第三六号（一九五八・六）
樋口美世歌『女人短歌』第三九号（一九五九・三）
芹沢光治良「原牛によせて」『女人短歌』第四三号（一九六〇・三）
寺山修司「灰歌」『女人短歌』第四三号（一九六〇・三）
葛原妙子「昭和後期―女流短歌の興隆及びその動向―」『女人短歌』第五〇号（一九六一・一二）
五島美代子「女人の火」『女人短歌』第五〇号（一九六一・一二）
佐佐木信綱「女人短歌によせる」『女人短歌』第五〇号（一九六一・一二）
佐藤春夫「短歌とその周辺」『女人短歌』第五〇号（一九六一・一二）
長沢美津ほか「近代短歌の流れ」『女人短歌』第五〇号（一九六一・一二）
近藤芳美「女流歌人論――その自己閉鎖性に就いて」『短歌研究』（一九六二・三）
五島美代子「女人和歌体系の上梓をよろこぶ」『女人短歌』第五二号（一九六二・六）
阿部静枝「女人和歌体系の上梓をよろこぶ」『女人短歌』第五二号（一九六二・六）
高尾亮一「女流歌人」『国文学解釈と鑑賞』ぎょうせい、第二七巻第一〇号（一九六二・九）
阿部静枝「創刊号から」『女人短歌』第七〇号（一九六六・一二）
五島茂「自傳」『立春』第四〇〇号（一九八五・一）　※初出は、『短歌』一九六九・五月号、六月号、七月号、八月号
五島美代子「五島ひとみ様二十年記念の集い」『立春』第二三五号（一九七〇・四）
馬場あき子「愛を紡いだ連帯のうた―山田あき論」『短歌』（一九六九・一一）
五島美代子「８５号記念作品」『女人短歌』第八五号（一九七〇・九）
久松潜一「女流短歌の類型」『女人短歌』第八五号（一九七〇・九）

「後記」『女人短歌』第八七号（一九七一・三）
中西進「女歌――女人和歌大系完成を機に――」『女人短歌』第九六号（一九七三・六）
五島美代子「無題」『女人短歌』第一〇〇号（一九七四・六）
森岡貞香「歌論への序」『女人短歌』第一〇〇号（一九七四・六）
河野愛子・北沢郁子・三国玲子・富小路禎子・馬場あき子・森山晴美・河野裕子・大西民子「戦後女歌の軌跡」『短歌』（一九七四・九）
「記念パーティの記」『女人短歌』第一〇二号（一九七四・一二）
樋口美世「百号記念会」『女人短歌』第一〇二号（一九七四・一二）
長沢美津「思い出のうちより」『女人短歌』第一〇三号（一九七五・三）
長沢美津「女人短歌創刊から叢書刊行へ――歌集『雲を呼ぶ』」『短歌』（一九七八・一二）
葛原妙子「原動力　長澤美津」『女人短歌』第一二〇号（一九七九・六）
生方たつゑ「創刊のころ」『女人短歌』第一二〇号（一九七九・六）
森岡貞香「三十年」『女人短歌』第一二〇号（一九七九・六）
津田八重子「女人短歌創刊前後の思い出」『女人短歌』第一四八号（一九八六・六）
長沢美津「女人短歌一六〇号を迎えて」『女人短歌』第一六〇号（一九八九・六）
長沢美津「女人短歌と折口信夫――発刊の頃まで――」『女歌人小論』（一九八七・一）
近藤芳美「『女人短歌』発足前後」『女人短歌』終刊号（一九九七・一二）
長沢美津「創刊の頃」『女人短歌』終刊号（一九九七・一二）
長沢美津、森岡貞香「平成九年第四九回春季総会」『女人短歌』終刊号（一九九七・一二）

加藤克巳「女人短歌の遺した短歌史的意義」『女人短歌』終刊号（一九九七・一二）
馬場あき子「女人の短歌の問題はこれから」『女人短歌』終刊号（一九九七・一二）
樋口美世「女の歴史　近代より現代へ」『女人短歌』終刊号（一九九七・一二）
岩田正「戦後女性歌人の歴史的評価――十四人の作風」『短歌現代』（二〇〇五・二）
大森静佳「不安の根源――閉じ込められたもの」『短歌』（二〇一五・八）

新聞掲載記事

「本年度の卒業論文」「家庭週報」日本女子大学校、第八二七号（一九二六・二）
「日本の母」読売新聞、一九四二年九月九日～一〇月三一日
五島美代子「思出の記」専修大学新聞、一九六三年三月一五日付
森岡貞香「単眼複眼」朝日新聞、一九九八年三月二日付

未公刊資料

五島美代子「思のま丶」一九一〇～一九一一記（美代子は、日記の題名を作成年度によって、「思のま丶」「思ひのま丶」と記載）
五島美代子「思ひ出の記」一九一三～一九二五記
五島美代子「思ひのま丶」一九一五～一九一七記
五島美代子『しどめの花』一九一八記

図版出典

カバー、第二章（P45）、第五章（P227）……『女人短歌』終刊号
別紙扉、本扉（『女人短歌』創刊号）、第三章（P93, 99, 100, 101）、第四章（P166, 174, 203）……日本現代詩歌文学館提供
第一章（P13）、第三章（P91, 106）、第四章（P210, 211）……金子冬実氏提供
第四章（P135）……『切なき思ひを愛す　室生犀星文学アルバム』（室生犀星文学アルバム刊行会編、菁柿堂）

女人短歌序説

折口信夫

『女人短歌』第六号より

まだ身にしみて讀まして頂いてはいないので、概括したやうなことしか云えない。勿論、概論だけで片附けるつもりはないが。

わが國古代からの文學を、ここで考えてみたい。それがどうあつたところで、これからの文學はこれからの文學だとまあ一往は言へる譯である。さう言つてしまえばそれまでだけど、その傳統をひいている我々であるからそこから考えを踏み出してゆくことが健全な方法ではないかと思う。文藝團體は日本にも古くからあつて、それは平安朝時代からのことで、鎌倉時代の新古今集などになるともうはつきりと、文壇の中心が宮延にあつたことがわかるのである。そしてその中に、女性の共同團體ともいうべきものが、非常に早くから發達していた。宮廷に「女房歌合」の行はれたのは其よりももつと早かつた。女房という言葉は今では、普通の家庭の男が、自分の妻のことを言ふ語になつてしまつたが、もとは宮廷の大きな一區畫であつた。そこには皇后又は中宮、その他の女官に至るまでの女の人々の住んでゐる所を言ふ語であつた。つまり女部屋といふ所をもつと嚴肅に言つた譯である。その頃の歌はこの女房にいる人々が中心となつて、男の方へ挑みかけたもので、女房主催と言つた意味から、女房歌合せなどの名もあつた譯で、なか〳〵女流の勢が強く歌合せの席でも、宮廷なら天子、大貴族の邸ならそこの主人も、女房と言ふ名義で、巻頭とでも言ふべき最初の歌を出されたものである。

これは如何に昔の女性が文學に關係深かつたかを意味するものであるが、それから後は女の歌が次第に衰えてきてしまつた。もともと女流の歌は文學的に生まれたものでなく生活的であり、女の生活習慣そのものが、歌であつた。つまり寢てもさめても立つても坐つても歌によつて處理される所が多いと言つた譯である。つまり、宮廷その他の祭儀饗宴などいはゞ宗教的な意味から發したものであつた。ところが男の歌が發達してくると、男の方はもつと文學意識を以て作つている。文學が學問であり、又文雅の道であると言ふことを考へるやうになつて來ると、文學よりも過去の習俗をついでゐるばかりと言ふ「女歌」が次第に輕く考えられてくる、つまり肝腎生活文學という點すらも、敗れ去つていつた譯なのである。

日本の文學にはかうした二つ流れがある。歴史がかうだから、「女歌」が文學でないと言ふやうな事は言へない。古い歴史ばつかり認めて、中世、近代の姿を勘定に入れてゐないことになる。女歌だつて文學でなければならない。ただ、そこに「男歌」にはない別の行き方があつた筈である。別のゆき方で短歌の上に文學性が樹てられなければならない。男の歌に追随することのほかに。

男の歌だつて彈力がなくなつて來る。鎌倉時代から連歌が、はつきりと文雅なものと考へられるやうになつた。連歌は文學遊戯であつて、變化も創造もなく、唯交際場裡で作りあひ續けあつてゐたと言ふまでである。其に變化を與へようとするといふ意思ばかりが數代——數十代妄念の如く持ち續けられて、形式的な變化を捉へるやうになつた。蓮歌が盛んに行はれてゐて、文學には緣遠くなる。其に連れて歌も文學を益失つて行く。文學はそこで總倒れになつてしまつた。

連歌が盛だつた長い間は、短歌も文學を持たなくなつてゐた。

江戸時代の始めになつてその改革運動が起つた。つまり木下長嘯（利玄の祖先）の爲事がものを言つた。彼の歌は別に大したものではないが、その失ひ乍ら保つてゐた門地觀が信用せられたことゝこの改革方針が、新しい學者を刺戟して、短歌は相當に解放せられることになつた。ともかく彼には、さほど文學に對する理會はあつたとは思へぬが、さう言ふ力を欲してゐた時代が、それをとり入れて實功をあげるやうになつたのだ。ここでやつと、歌が江戸時代に入つて持ち直して來た。

江戸の末になつて香川景樹が學問とは關係の薄い歌を作つた。學問と文學の違うと言ふことをつかんでいたのは、彼の優れた所でもあり、時代をつくつた理由でもある。それ以來は、曲りなりにでも景樹派以外にも歌における文學精神が摑まれてきた。が、その間、短歌の動きの中心に女流が關係することは少なかつた。勿論一二の優れた女歌人はいたけれども、人を指導するだけの力にはならなかつた。女の歌の傳統は絕えたといつてもよい。

明治になつて與謝野鐵幹の運動が偶然日本の古くからの精神傳統と西洋の文學とを結びつけて男にも女にも其々把握すべき文學のあることを自覺させようとした。新詩社にはロマンチックな歌があふれ、鐵幹を中心とする女流歌人の時代となつた。全體からみれば新詩社の時代は女の時代であつたといつてもよかつた。

明星が百號で終つて、やがて子規一門根岸派の時代となつた。根岸派の後を襲つたアラゝギの盛時には、女性は無力なものとなつた。中には三ケ島葭子、岡本かの子と言つた人々の歌もあるが、その本質は新詩社風で偶然千樫等に師事したり、アララギに關係したり連なつていたために女の歌の清新さがでなかつたのではないかと思う、かの子は、だから小說戲曲にいつてしまつたが、その歌は時代の違つた今、も一度見直す必要があると思う。岡本・三ケ島ばかりでなく、もつと他にも埋沒している人がいると思う。死んだ今井邦子、現存の杉浦翠子さんなどについても、アラゝギ時代だつたからあれ以上に光らなかつたのだといふことが出來るかと思ふ。時代の潮流といふものは、人を認めさせ、人に目を逸さしめる。私なんかも、不幸にしてアララギの時代でなかつたら出て來ることはなくてしまつたかもしれない。それが何か彼かしてゐるのに、アララギの波に浮んだ微生物のやうなものだつたからだ。女流の歌が興らう〳〵としても、ひつこまざるを得ない時代もあるのである。長い埋沒の歷史をはねのけて、今女流短歌が興らうとしてゐるらしい。

アララギが四十年に近く一往完成の形をとつたが、今度興るのは新詩社派の歌だろうと考えていち早く、無意識の豫期が何處にもあるものと見こんで、明星も復活したが、今度は、もつと形を變へた別のものが現れそうなけはひを示してゐる。今度興つてくるものはさうした對立と、すつかり關係の違つた、對立にあつたものが出て來るだらう。私は女流の歌だと思う。さつきもいつた通り、日本の文學の流れには二つあつた。文學性を其に當外の要素を加へてゐたものがあつて、それが、今まで純文學派ともいふべき「男歌」に抑えられていたけれども、大正・昭和以後、この唯文學としての內容だけの點になると、「女歌」も「男歌」も變らぬやうになつて來た。ここで女流の歌が大いに興るだらう。此は希望を含んだ期待であるあなた方女性の方々が協同して、男の歌壇に認めさせるといふ劣等感に基づく氣持をすてて、日本の歌壇のために、こゝで新しいものを寄與しようといふ氣になつてほしいものだ。

幸にあなた方の運動に脂がのり出し、中心がおのづから出來たやうだし、段々その方向が定まつて來るだらう。外に對する態勢も整へてきたことだから、今度は世の中の女流短歌の眞の情熱を捲き起すことが、何よりも焦眉の急になつて來た。あなた方の中、誰が犠牲となつて流行の初めの血祭りにあがるか、或はその中に埋沒する程一途の歩みをするかは譯らないが、てんでに覺悟のあることでせう。

今度の女人短歌叢書に對して我々が望みを繫いでいるのもその點で、どういう指導力をもつて、どういう力を發揮して來るか、私はその噴き立つてゐるものに對するやうな、よそ事でない注意を以てみていきます。どうか此を無駄にしないで下さい。

問　今度はどんな流派が興るでしようか。

答　今度は流派の問題でなしに、性別というか、主義は違つてゐても、從來の文壇の動きによつて、自由の動きに拘束めいたものを與へられてゐた人々が起つて來る譯で、さうした同じ傾向にあるものが興るのではないか。特に女性の歌人群が……。

問　できるでしょうか。

答　考えるのでなく、實行ですよ。最も實行半途で仲間から殺されるかもしれないと覺悟はしておかなくてはならない。同じ一味の方が利害がつよく、關係が深いお互が了解しているだけに、反目する度も強い。……（怨靈の話があつて）……然し誰か若く肉體も才能も豐滿な女の人が現れないかな。

問　美しいんでなくては、

答　晶子さんなんかも決して美しい人ぢやなかつた。觀賞の中心を醜くさの中に据えて、ここがいいんだと押し切る、その位の强さをもつてほしい。其では今頂いた歌集の引き札代りの批評めいた話をして見ませう。

五島美代子「風」批評

五島さんの歌集を通覧しての感じは、最初の「風のなか」という歌が、有効に働いている「歌序」とでも言つたような効果を示してゐる。さう言ふ豫期でせられたものでないかも知れぬが、てまとして歌集全體にはたらいてゐることは事實である。全體にここの氣持がひびいていて快い。ロマンチックな味が溢れて居り、部分的には、必しも我々が一緒にゆけないところをもつてはいるけれども、全體として、きはめてこだはりのないこうした自由さが素直にうけとれる。

それから、五島さんの歌をみると、岡本かの子の風貌が浮んでくる。岡本さんのもつていたようなおうようさも、十分出ている。というのは、部分的な所を犠牲にして、豊かな感情をもり上げてきているところが見られる。これが五島さんの持味だ。あくまでもこの持味でおしていつて頂きたい。

十年後に若き人らきて　よみとらんわが歌のこころ　それまで埋れよ

この氣持は私なんかに諒解できる。永劫などといわないところがよくわかる。だが十年は氣が短い。

わが息を健かなりとたしかめて　深ぶかとあらば、老いたのしからむ

つかれはて　まどろみし吾は、土つけるほうれん草を夢に見てさむ

この「老いたのしからむ」に人は同感するとしても作者自身は讀者の甘言に妥協しないで、もつと若さをとほして、其力で解決してほしい。さすれば、もつとこゝへ新しいものが盛り込めるんぢやないかと思う、五島さんならね。

力つきて　眠らんわれを　ま夜中の月さし通せ　暁白むまで

そう云わせた五島さんの若さだ。年齢を始終感じてるものでは、こうはいえない。だからこういう歌を作つた自分の精神力と肉體力に信頼して、こういう種類の歌をうんと作つてほしい。しかしよくみればこの歌にも「老い」がつきまとつている。其を征服してしまうことですね。

松うごく風みてあれば、まさやかに　そこに生けりと　吾子を思へり

こういう歌は技巧を技巧とせぬ精神力で通つて、其で纒まつている。ひとみさんも、ほつと息をして、親たちの心をいたはることが出來たことを感じてゐるだらう。しかし全體としてみて五島さんのには此からの救ひになるロマンチックなものが多いのに、氣をよくした。そこにいいのがある。恐らく五島さんとしてもその方向に向つてゆくことが、當然ぢやないかな、と私は思つた。

ろまんちつくなものが、理智的な輪廓をとつて、おし出されて來るさう言ふところが、五島さんの歌に對する世間の喜びでもあり、五島さん自身には、其が更に古典的な均整を與へるものと

なつてくるのでせう。

阿部静枝「霜の道」

阿部さんの歌集はまだよく讀んでないが、よく讀まないと、言ひとほすことの出來ぬ問題を持つた歌集だから讀んだところで云わせて貰うと、自我の實にしつかり立つているということだ。今まではこういう歌を私ははつきりいうと、輕蔑していた。ところが阿部さんのを見て、考へ直す氣が起つた。其だけ根柢がしつかりしているでたら目を作つているのではないことが、反對者にもわかる。そこに安心もし、感心もした。敍事的だ。敍事ということを考えて作つているではなく、しかも効果としては、敍事的に纏めて受けとられる。「フイクシヨン」を十分含んでゐながら、それが眞實性をもつていて、自ら巧妙な感じを持たせる。フイクシヨンだと云つたら阿部さんは憤るかもしれないと思ふほど、眞實感を持つ。磯曲が大變よい大體此一聯がこの本の底流となつているわけだが。

私が一寸微笑ましく感じたのは、

わが初めてつつしみ参る　舊離宮　若きら　うまく利用せるかな

これは我々には眞似のできない行き方だ。こういうところは阿部さんの歌集などでうんと教えてくれなくてはね。阿部さんに望むのは、ただの生活ではない。生活のもう一つ向うにあるものだ。つまりもつと意味のある素直な文學、平凡な文學をとろうとしている。ただの生活歌には、どうも甘さがある。低い妥協がある。阿部さんの中には、其がないやうだ。其と今一つ、むやみな反抗がない。自分だけではつきり了解している。我々に教えてくれるのは、今の歌の「うまく利用せるかな」といつたところだ。

それから、阿部さんは恐らく寫生の歌を輕蔑していると思つたがこの歌集はみんな寫生の根柢から出てゐる。見た所、言葉がしつかりしているのは寫生の力からきている。反對の側からそこへ至つているやうにも見える。さうあつても亦よいのである。がやつぱり阿部さんも順序は踏んで苦勞して來てゐる。寫生は勿論目的ではないその土臺である。この歌集の歌はその土臺の上にちやんと立つている、と云える。

春らしと思うこの朝　裏山の鳥ら俄かに　さへづり渡る

十分な寫生力がこういう歌を作らせている。また

表だけ　ひとつらなりの町なれば　夕やけ空が　蔽ひつくせり

この「ひとつらなり」などというところの素朴さ。(ママ)の道程をはつきり見せてゐる。いゝ歌だ。それから必しも今の完成を思わないで、これから先の完成を考えながら作つているのではないかと思はれる。例えば、

世をかけて貧しかりしかば、反動し　舊離宮を料亭に　飲めや狂へや

この飲めや狂へやという發想などは、其である。

長澤美津「雲を呼ぶ」

双葉山が　立上りざまの形相の、ひたむきに凄し。今日も勝ちたり

これをみたとき、私は會心の笑みをもらした。というのは古泉千樫に「栃木山」の歌があつた。男たちは皆此歌が好きだつたが、女性でも、長澤さんのやうな女流はきつと好きなんだろう。その上にこの歌集には千樫の影響がとても深い底に感じられたからだ。

全體として、この歌集は自然主義的（いい意味での自然主義）であり、ナチュラリズムの傾向が強い。ロマンチックな五島さんと闘ひさうな歌が多い。千樫がそうだつた。千樫は寫生という言葉で彼の自然主義をうたつていた。長澤さんのものの見かた（歌に現れた）が千樫のそれをうけついでいる。中にはそのために、文學を破壊するような、當然省いた方がいいというようなものまでりあるに云いきる行き方なのだ。

（註）「わかくし栃木大錦みな出で大刀山いまだやぶれざりしも」最初にある　（千樫歌）

冬の日の陽ざしに開く　あたらしき手酪の眞角の　稜線を截る

こういう歌など今日の立ち場から見れば、シユウルレアリズムに入るべきなのだが、其よりも尋常の文學になつてゐる本格的なものを持つてゐるが、其にしては描寫し過ぎてゐる。長澤さんは時

として、自然主義が過ぎて、歌として微細な描寫に入りすぎて來る例がないではない。だから當然美でないものにまで入つてくる。寫さなくてもいいところまで寫して來る。尤、「美」を文藝その對象としてのみ見るのは、正しくはないのだが、女性として、この人は、こゝまで勇氣がある。

利根川の流れを　すこしさかのぼり　またさかのぼりゆく。時を惜しみつ

この位の省略はある方がいい。これで十分表現せられている。この程度で止めればいいのに、これを超えるとくどくなるのだ。結局は言語の表現能力だが、ただでさえくどい言語を更に掘つてゆくのは却つて損だ。そこを注意した方がいいと思つた。

一目見む思ひにきたり、夜汽車より今朝つきしより　はやも日暮るる

歌としてみると、面白さは少いが、非常に完成感を持つてゐる。論理的にいえばどこも動かせない。そこまで云ひとほした力をもつている。この表現能力が、表現の樣式をひきずつて來ている。けれどもここまで完全にいつてしまうと、完全に云つただけそれだけにかたづけられてしまう。單味の人生になつてしまふ。これに徹するのは、一つの意味ある偽事だが、片方長澤さんだつて婦人なんだからロマンチックな作も殘しておきたいだらうし、どうです、此で行きぬく決心がつきますか。

さながらにかつてのままの　古都を踏む。暁方つきて　ものあはあはし

このものあはあはしという表現力は類型はあるが、こゝまで其を抜けたのは感じる。その味を

出したのは第四句の力だらう。だが此なども見つめ過ぎてゐる。見つめすぎてゐることを意識におき過ぎてゐる。吾々は、その勞をいたはつて、御苦勞さんといいたくなる。

生方たつゑ「殘紅」

一向平凡な批評しかできないがともかく續けてゆく。生方さんのはやはり理智的な心が、大體にその理智的な詠みぶりで十分生きている。それがどこまでゆけるか、今後の問題だ。生方さんが理智に抑えつけられてしまうか、あるひはそれをおし通してとほるかだ。女の歌のいき方としてはこんないき方は損である。あるいはすつかり方向をかえてしまうか。しかしここまで辿つてきたのだから惜しいというなら突き拔けてゆくことだ。同行は多くあつても、そろそろもう中道で仆れかけてゐる。この行き方こそ、時々刻々に理智を磨いて行く外はない。

我々が思うに、今はもう、言葉だけの理智を以て、風俗の愚かな内容を人にひらめかす時代ではない。だから、そこの立場をよく考えてゆかなければならない。今思案のきめどころでなど、言つたが人間、（女性だつても）の生のことわりは、どうしてもあとへ退ることはできない。一度でも前表現の片かどをくり返すことも出來ない殊に理智的なものほど、其覺悟の上に立たねばならぬ。

大抵歌を作つているものは、言葉にひきずられて作つていることがある。今の男性の理智的な歌でも、言葉だけの興味で持つてるものが相應にある。本當にそれを破つたから、こんなのが出來たのだと思はせるやうなのは少い。

眞夜中に　エンジン止めぬトラックが　魚荷投げ落す　舗道の音す

つまりこういう題材を自分の知識と、自分の言葉の境界内に入れてしまつて、それから表現の力でおし出して行く。かうして唯一無二の個躰と言ふ手段を限るべき歌が現れるのである。どうしてもこれでなければ仕様がないという、一致點までいつてほしいと思う。歌だから、どこまでも科學ではないが、理智的な歌は科學的表現をめどとする。題材も、作者の境遇も、科學的に嚴肅なもので、其が亦科學的表現で合體して來なければならぬのだから、骨が折れるだからそうなると、生産力が減じて來る。一年に幾首か位しか出來なくなると思うが、そうなつて出來た作品はきつと怖ろしい力が出ると思う。

生方さんのは民俗的な歌があつて、民俗學の知識を背景として作つてゐる、そういうのは心が惹かれる。私個人の好みだと今に人が言はうが、私の言ふのは、さう言ふ考へではない。

しづかなる房粒とけて　楢が咲く　春うつくしき　花咲ける頃

やはらかに草が光れり。まがなしき白き卵子と　鳥の巣とあり

と言つたり、民衆的と言つたりする興味より、もつと普遍的な所を根柢にして人に深くふれる、此柔軟に人の心を慰めるのは、民俗の持つ「相よる心」である。男では穂積忠君、女では生方さ

ん、かういう風に、人間の此普遍性にふれて行く人が少いのである。

霊飼神祭らむとするゆふまぐれ　あかき水木を　賣りいづるこゑ

鄕土の生活をちつとも偽らず、感じ過ぎずにここまで摑えていることに敬意を表する。四句の「あかきみづきを」が我々の民衆を古典を心の底からよびさます。

しかし生方さんには、民俗研究などの責任はないのだから、歌ばかりにゆけばよく、その態度で鄕土の生活を腹に入れてそれを生かして頂いて、農村民山民の生活を歌いあげてもらいたい。生活の歌といへば、都會勞働者か、其に感情の近い人の歌に限つてゐる、こんなことでは、日本全土の人の聲ではない。

銀杏を火にかざしつつ　香ぐはしきみを割るしばし　救はれてゐよ

この歌なんかも、出發點は鄕土生活ではあるが、その誘因の中にはそれ以上の何かがある。卵の歌と同じく理智的なものから救はれている。理智を土臺にしながら別なものを生み出して來ようとしてゐる。つまりものを直截的にいはず、象徵的というと少し云い過ぎるが、其に當る心の裏の方を云つているのである。象徵的な効果と言へばわかる、おなじやうな結果を狙つている。だが、文學が象徵にゆくのは、理論としてはいいが、作品自體としては、いつでも自滅である。だから普通の象徵ではない。理智から情趣主義にと言へば還つて來たことになるが、まあ暫らく名は何でもよい。さう言つた盡きぬ清冽な感情を溢れさせてほしいと思ふ。

北見志保子「花のかげ」

北見さんのこの歌集の中では奈良の歌が一番いゝ。つまり聯作としての均整のとれてゐる點が第一によい。それに歌集にまとまつて見ると、この人の個性を脱却して、更にも一つの個性と言つた自由なものが出かけてゐる。個々の作品としては、大きなものではないが、其よりも、人間としての味わひが出て來て、おほまかに聯作を包んでゐる。さうした所がだから北見さんが、文學至上主義見たいな短歌にうき身をやつすのは考へものである。個々の作の問題よりも、もつと大切なものがこの人の身につかうとしてゐるのだ。ぢかに北見さんは、聯作とゆくのが、一等正しい歩みである。奈良聯作數篇の外にも、家の生活・夫との起居・岳父・實母との日常を寫した幾篇かが、この人を浮きぼりして見せる。同じところへゆき、おなじ生活をくり返す。さう言ふ中に自分の生活全體がはつきり把握出來るやうになる。其までその題材を棄てないでゐる。この執拗性があつて、この人は段々自分を明らかにして來たのである。一つの題材をあゝ見かう見してゐる中に見方の推移などもみえて面白かつた。そして不思議に七十四頁から飛躍してゐる。どう言ふ事情か今度あつたら問うて見たい氣がする。

何すれぞ　この國寂しと歌うたふ。　山野は　四季の花咲くものを

猫柳　花ともみえぬ花咲き盛り　生きつぐ一代の　しるしみせて

さ庭うづむる雪は　いくにち消のこれど　春の明りの　そこはかとなく

などの歌もそういう同じところを幾度も徘徊し、幾度も觀察してゐたからである。讀む人に可なり忍耐を要する事だが、要するに、歌集をよむといふことに、その人の自叙傳を意味する聯想を見てゆくつもりが一等正しい態度だから、其爲に、北見氏の集に適當なものである。その目や心のゆく時々で、刺戟が變つて並べてみると面白い。

北見さんは、ほんたうはおほどかな抒情詩人であると、はじめて感じた。だからてまを摑んで作ろうとしたのは、その意識の爲に妨げられ失敗している。自分の生活そのままを歌い出す方と言つた態度になつた時が成功している時である。ありふれた物言ひだが「あなた任せ」の氣の湧いて來る時のある人である。さう言ふ時が自在境を目の前に見ることの出來る時だ。即ち新詩社風の傾向がとてもつよい。新詩社の抒情詩人といつても晶子も鐵幹も末期には理智的なこしらへものになつてしまつている。

秋の夜は　誰に會ふさへうとまれて　ショートケーキのこと　ひとり思ひゐる

こういう歌を北見さんにとつては一番思ひきつてくれてよいと思う。つまり、歌を作りなさうといふ意識が明らか過ぎる。

また板垣退助の銅像の歌もあり、北見さんはそうした事柄に關心が深いらしくみえるけれど、そうしたてまらしいものに拘泥すべきもう北見さんは時期ではない。若い人々と競ひ、若い人達の間を排し開いて進んでゆこうという意圖は壯とするが、それもある程度までで言いたいことを云い、思う通りを歌つてあとは若い人々に任せること。それ以上はあなた任せにすること。北見さんの仕へるのは若い人ではない。詩の守護神なのだ。この詩の神をも忘れて呆とした境地に入つて、北見さんは大きく生きる。北見さんだからこそそのもう一歩望みたい。そして若返つて抒情詩をうんと作つてほしい。

オホツクは　秋の日くらく洋々と　つかみどころなきわが代にも似て

これなんかも言葉をかりれば摑みどころがあつてすぢが通つている。北見さんは明治に起つた抒情詩人の最後の人であるという自覺をもつていつてほしい。理智的なところは却つで災いをなすものだと云えるのではないか。

川上小夜子「光る樹木」

川上さんの特徴は抒情に溺れる傾向のあるということだ。日本の女歌人が、抒情に溺れるということは、日本短歌も人の運命に隨順してゐることだから、川上さんにとつて、名擧であつても、名折れではない。抒情性の漲つてゐる所が、また川上さんのいいところだだが、時としてはついてゆけない程それが氾濫して來る。

みちのくはいかなる國か。木を彫りしこけしの肌の　生きてつやめく

はるばると持てたびにける木のこけし　童女さびして　女の肌もつ
時にわが机におきて　きくごとし。　をとめの嘆きを　こけしがなくや

こういう歌は抒情性におぼれた惡い例で歌としてはそこまでいってはいけないという程に溺れ流れている。（勿論この歌題材としては川上式の獨立性も、個性色も出てゐる。又、こんな方へ入つてゐてますく川上氏の老境の歌心が熟して來るのだらうが、この上にかゝつてゐる抒情味についていふのだ）この限度も溺れることなく川上さんの力で超してゆく時、女性といふことを超えた大きな力が出て來るのではないか。川上さんはこの年になつても、まだあつちこつち彷徨している所だと思う。人間其が今の川上氏のとりえである。歌の上に表れている川上さんは非常に純粋な人だ。――もきつと純粋な人だろうけれど、できるだけその純粋さを生かしていってほしい。その抒情詩と比べてみるとよくわかる。

わが側をすりぬけしは　一人の男なりき。階段の距離を　はるかに引きはなす

こんな物言ひはせないでもよいだらう。この人の教養は、こんなことを言はぬ所に、眞價を發揮する。抒情味をかれこれ言つたが、やはりこの人の生命はそこにある。これにしても單なる叙事や、叙景ではない。やはり抒情がものを言つてゐる。つまりどう言ふ風に横溢する抒情味を處理するかと、いふ所にこの人の將來がかゝつてゐる。

折角、私をおどろかした訪ねてくださつた方々の厚志に酬いるのにこんな雑談めいたもののしか、さしあげることが出來ない。それに話もしまいになるほどだらしなく長くなつて、聞きづらかつたことでせう。春長のおりを期して、まう少しみのある話をとりかはすことにしたい。

※　※　※

折口信夫「女人短歌序説」については、『女人短歌』第六号（一九五〇・九）の原典に忠実に、全てを掲載した。当時の誌面の雰囲気を味わっていただきたく、漢字についても旧漢字のままにした。なお、終刊号にも「女人短歌序説」は掲載されたが、後半部の各歌人の歌集への批評が割愛されている。

『女人短歌』関連年譜

濱田美枝子作成

西暦（和暦）	歌壇及び『女人短歌』関連事項	歌人没年（歳）	時勢
1941（昭16）	12月渡辺順三検挙		12月真珠湾攻撃、太平洋戦争開戦・「開戦の大詔」渙発
1942（昭17）	1月「宣戦の勅命を拝して」（『短歌研究』）、 6月「日本文学報国会短歌部会」結成	与謝野晶子　63 石榑千亦　72 北原白秋　57	6月ミッドウェー海戦
1943（昭18）	9月『大東亜戦争歌集』（日本文学報国会）		10月神宮外苑にて出陣学徒壮行会
1944（昭19）	4月日本出版会歌誌統合存続の指令（総合誌2誌（『日本短歌』『短歌研究』）、結社誌16誌に統合・廃刊）、 **8月葛原妙子長野県浅間山山麓に疎開**		10月神風特別攻撃隊出撃開始

1945（昭20）	**3月斎藤史長野県長野市に疎開、** 8月「日本文学報国会」解散		8月広島・長崎に原爆投下・敗戦（8月14日「終戦の詔書」発布、翌15日玉音放送）、GHQ指令により10月治安維持法等廃止・民主化が進む
1946（昭21）	2月新日本歌人協会創立、3月『八雲』創刊、 5月臼井吉見「短歌への訣別」（『展望』）、 11月桑原武夫「第二芸術—現代俳句について—」（『世界』）・「新歌人集団」結成	茅野雅子　66	1月天皇の人間宣言
1947（昭22）	1月「東京歌話会」（『短歌季刊』）創立、 4月『短歌往来』創刊	石原純　66	5月日本国憲法施行
1948（昭23）	1月小野十三郎「奴隷の韻律—私と短歌—」（『八雲』）、3月『八雲』終刊、9月「日本歌人クラブ」創立、**11月女人短歌会結成準備会**	小名木綱夫　36 今井邦子　58	8月大韓民国樹立宣言、 9月朝鮮民主主義人民共和国成立
1949（昭24）	4月「**女人短歌会**」**創立**、8月同人誌『メトード』創刊、**9月『女人短歌』創刊、北見志保子『女人短歌』の発行人となる**		10月中華人民共和国建国
1950（昭25）	**9～12月「女人短歌叢書」**（女人短歌会）**13冊を刊行、9月折口信夫「女人短歌序説」**（『女人短歌』）		6月からレッド・パージが行われた 6月朝鮮戦争勃発、7月レッド・パージが言論機関にも及ぶ

年	短歌関係	物故	社会
1951（昭26）	1月折口信夫「女流の歌を閉塞したもの」（『短歌研究』）、**5月山田あき『紺』**、6月『未来』創刊、8月塚本邦雄『水葬物語』	金子薫園 74 前田夕暮 67 **川上小夜子 52**	9月サンフランシスコ講和条約・日米安全保障条約調印
1952（昭27）	『現代短歌全集』（創元社）、『現代短歌大系』（河出書房）刊行開始	矢代東村 63	11月アメリカ人類初の水爆実験、12月国立近代美術館開館
1953（昭28）	2月『コスモス』創刊、5月『形成』『地中海』創刊、**6月葛原妙子「短歌における虚構について」**（『女人短歌』）、**7月斎藤史『うたのゆくへ』・五島美代子『母の歌』**、**8月森岡貞香『白蛾』**、10月『近代』（後に『個性』と改題）『砂廊』（後に『作風』と改題）「短歌新聞」創刊	斎藤茂吉 70 斎藤瀏 74 折口信夫（釈迢空） 66	7月朝鮮戦争休戦協定
1954（昭29）	1月『短歌』創刊、**4月『短歌研究』の第1回50首応募作品に中城ふみ子「乳房喪失」が特選、7月中城ふみ子『乳房喪失』・葛原妙子『飛行』**、11月『短歌研究』第2回50首応募作品に寺山修司「チェホフ祭」が特選、12月近藤芳美「女歌への疑問」（『短歌』）	**中城ふみ子 31**	7月防衛庁設置自衛隊発足
1955（昭30）	**1月津田治子『津田治子歌集』、3月葛原妙子「再び女人の歌を閉塞するもの」**（『短歌』）、**9月阿部静枝『女人短歌』発行人となる**	太田水穂 78 **北見志保子 70**	

年	短歌関連事項	物故歌人	社会事項
1956（昭31）	1月「現代歌人協会」創立、2月「青年歌人会議」創立、**9月富小路禎子『未明のしらべ』**	会津八一　75	10月日ソ国交回復に関する共同声明、12月国際連合に日本加盟
1957（昭32）	5月『詩歌』終刊、7月『灰皿』創刊	尾上柴舟　80 **片山広子　79**	6月日米共同声明（岸信介訪米）、10月日本国際連合非常任理事国
1958（昭33）	**3月特集「現代女流歌集」斎藤史・葛原妙子・森岡貞香**・山中千恵子等（『短歌研究』）	松田常憲　62	12月東京タワー竣工
1959（昭34）	**1月「生きている戦後」**近藤芳美・宮柊二・木俣修・岡井隆・田谷鋭・**葛原妙子**・寺山修司・福田栄一・坪野哲久・**斎藤史**等、**3月葛原妙子『原牛』**	西村陽吉　66	1月キューバ革命、4月明仁親王結婚の儀
1960（昭35）	5月・9月「作品特集・安保改定を歌う」（『短歌』）、**6月生方たつゑ『火の系譜』・山下喜美子『約束』**・『極』創刊（1号のみ）、12月『律』創刊	杉浦翠子　74 岸上大作　21	1月日米新安保条約調印、6月樺美智子死亡・新安保条約発効、12月池田隼人首相所得倍増計画閣議決定・高度経済成長へ
1961（昭36）	**12月「女人短歌五〇号記念　現代女歌人総覧」**（『女人短歌』）		4月旧ソ連世界初の有人宇宙船打ち上げ成功
1962（昭37）	4月『原型』創刊、**11月長沢美津編『女人和歌大系』刊行開始**、9月菱川善夫『戦後短歌史論』刊行		2月アメリカ有人衛星打ち上げ成功

年	短歌	没年	社会
1963（昭38）	3月特集「短歌における私」（『短歌』）、**11月葛原妙子『葡萄木立』**	尾山篤二郎 73 **津田治子 51** 佐佐木信綱 91	11月ケネディ米大統領暗殺
1964（昭39）	**3月樋口美世『形』、9月森岡貞香『甃』・生方たつゑ『北を指す』、11月山田あき構成・演出「共同詩劇　蟹工船」**（『短歌』）・『航海者』創刊・木俣修『昭和短歌史』刊行、12月『ジュルナール律』創刊	植松寿樹 74 中村正爾 66	10月東海道新幹線開業・東京オリンピック開催
1965（昭40）	3月菱川善夫「ゆがめられた戦後短歌史」（『ジュルナール律』）・**60号記念出版『現代女人歌集』（女人短歌会編）** 12月吉本隆明「言語にとって美とはなにか」（『思想』）	**久保田不二子 79** **栗原潔子 67**	4月「ベトナムに平和を！市民連合」発足、6月日韓基本条約調印
1966（昭41）	7月菱川善夫「実験的前衛短歌論」（『短歌』）、**12月葛原妙子「「破調」私見—短歌の新様式の可能性について」**（『女人短歌』）	川田順 84	1月早稲田大学授業料値上げ反対闘争、6月ビートルズ来日
1967（昭42）	1月『詩歌』復刊・「ベトナムに平和を！歌人のつどい」結成、**5月斎藤藤史『風に燃す』**、6月釈迢空賞（角川書店）第1回受賞吉野秀雄、11月『幻想派』創刊	柳原白蓮 81 藤沢古実 70 窪田空穂 89 吉野秀雄 65 花田比露思 85	4月日本近代文学館開館、8月公害対策基本法公布

1968(昭43)	12月岩田正「七〇年安保にむかう抒情」(『短歌』)	**若山喜志子　80**	1月米原子力空母佐世保に入港、5月厚生省イタイイタイ病水俣病を公害病と認定、8月チェコ事件、11月川端康成ノーベル文学賞受賞
1969(昭44)	4月『反措定』創刊、12月上田三四二『現代歌人論』(読売新聞社)	原阿佐緒　80 岡山巌　74	1月東大安田講堂事件、7月米アポロ11号月面着陸、11月沖縄返還共同声明
1970(昭45)	**9月『女人短歌』創刊20年**(第85号)、**10月葛原妙子『朱霊』、11月真鍋美恵子『羊歯は萌えゐん』**	長谷川銀作　76	3月日本万国博覧会開催・よど号事件、11月三島由紀夫割腹自殺
1971(昭46)	3月馬場あき子「女歌のゆくえ」(『短歌』)、6月中井英夫『黒衣の短歌史』(潮出版社)	筏井嘉一　71	6月沖縄返還協定調印、12月インド・パキスタン戦争
1972(昭47)	1月『雁』創刊、10月『現代短歌大系』(三一書房)刊行開始・塚本邦雄『定型幻視論』(人文書院)	渡辺順三　77	1月横井庄一グアムで発見、2月連合赤軍浅間山荘事件、5月沖縄施政権返還、9月田中角栄首相訪中日中国交回復
1973(昭48)	1月『斎藤茂吉全集』(岩波書店)全36巻の刊行開始、8月岩田正「土偶歌える」(『短歌』)		10月オイルショックによる物価急騰

1974（昭49）	**6月『女人短歌』第100号記念号、9月生方たつゑ『女人短歌』発行人となる**・三国玲子・**富小路禎子**・馬場あき子等「戦後女歌の軌跡」（『短歌』）	**水町京子 82** **阿部静枝 75**	3月小野田寛郎ルバング島で発見
1975（昭50）	岡井隆『鵞卵亭』（六法出版社）	福田栄一 65 村上一郎 54 加藤将之 73	4月南ベトナム政権無条件降伏、8月日本赤軍クアラルンプール大使館占拠
1976（昭51）	**1月『現代女人歌集』第2編**（女人短歌会編）・「新鋭歌人叢書」（角川書店）全8冊の刊行始まる、3月「兼題短歌・南の会」創立、10月篠弘『近代短歌論争史明治大正編』	**初井しづ枝 75** **四賀光子 90**	2月ロッキード疑獄事件
1977（昭52）	7月『短歌現代』（短歌新聞社）創刊、**11月山田あき『山河無限』・葛原妙子『鷹の井戸』**	大塚金之助 84	9月日航機ハイジャック事件（日本赤軍）、11月横田めぐみさん拉致
1978（昭53）	5月『かりん』創刊	**五島美代子 79**	5月新東京国際空港開港、8月日中平和友好条約調印
1979（昭54）	1月大岡信「折々のうた」（朝日新聞）の連載開始、2月『昭和万葉集』（講談社）全20巻別巻1巻の刊行開始、**7月生方たつゑ『野分のやうに』**	安田章生 61	1月国公立大学第一回共通一次試験実施
1980（昭55）	6月『現代短歌全集』（筑摩書房）全15巻刊行開始、**10月雨宮雅子『悲神』**	土岐善麿 94 中河幹子 83	7月モスクワオリンピック（日本ボイコット）、9月イラン・イラク戦争

1981（昭56）	3月永田和宏『表現の吃水—定型短歌論』（而立書房）、7月篠弘『近代短歌論争史・昭和編』（角川書店）	松村英一　91 堀口大学　89	10月「常用漢字表」告示
1982（昭57）	7月佐佐木幸綱『作歌の現場—現代短歌入門』（角川書店）、9月『音』創刊	西脇順三郎　88 五味保義　80	2月ホテルニュージャパン火災・日航機羽田沖墜落
1983（昭58）	4月『あるご』創刊、7月『解放区』創刊、9月『楡（エルム）』創刊、11月『人』創刊・**長沢美津他『女性のみた歌枕』（女人短歌会）**	安田青風　87 木俣修　76 寺山修司　47	4月東京ディズニーランド開園、5月日本海中部地震、10月三宅島噴火、11月レーガン米大統領来日
1984（昭59）	4月『詩歌』終刊・『かばん』創刊、**9月雨宮雅子「雅歌」**	前田透　69 高安國世　70	3月グリコ・森永事件
1985（昭60）	1月『桟橋』創刊、6月31文字集「歌は円熟したか」開催、**9月斎藤史『渉りゆかむ』**	山﨑方代　70 **葛原妙子　78**	3月「科学万博—つくば'85」開催、5月男女雇用機会均等法成立、8月日航ジャンボ機御巣鷹山に墜落
1986（昭61）	1月『玲瓏』創刊、3月「詩歌文学館賞」創設・島津忠夫『女歌の論』、6月俵万智「八月の朝」（50首）角川短歌賞受賞・穂村弘「シンジケート」次席、9月加藤治郎「スモール・トーク」短歌研究新人賞受賞、**11月真鍋美恵子『彩秋』**	宮柊二　74	4月チェルノブイリ原発事故、5月第12回主要国首脳会議開催（東京）

1987（昭62）	**1月『女歌人小論』**（女人短歌会）・『現代短歌雁』創刊、4月「現代短歌文庫」（砂子屋書房）刊行開始、5月俵万智『サラダ記念日』（河出書房新社）、6月『歌壇』創刊	三国玲子　63 佐藤佐太郎　77	4月国鉄分割民営化、9月村上春樹『ノルウェイの森』（講談社）刊行
1988（昭63）	4月『月光』創刊、5月『青藍』創刊、7月『綱手』創刊、10月『フォルテ』創刊	坪野哲久　82	3月青函トンネル開業、4月瀬戸大橋開通
1989（昭64・平元）	**1月『女歌人小論第二巻』**（女人短歌会）・『短歌往来』創刊、**6月『女人短歌』創刊40年**（第160号）、11月山梨県立文学館開館	上田三四二　65 河野愛子　66	1月7日昭和天皇崩御・平成と改元、4月消費税導入、11月ベルリンの壁崩壊
1990（平2）	10月日本現代詩歌文学館開館	前川佐美雄　87 土屋文明　100	10月東西ドイツ統一、11月天皇即位の礼
1991（平3）	1月「歌会始」3年ぶりに再開・**森岡貞香『百乳文』**、8月第1回「8・15を語る歌人の会」開催、11月座談会「現代短歌のニューウェーブ」（『短歌研究』）	柴生田稔　87	1月湾岸戦争突入、12月ソビエト連邦解体
1992（平4）	4月『プチ★モンド』創刊、7月『りとむ』創刊、9月『あまだむ』創刊		9月宇宙飛行士毛利衛宇宙へ

1993（平5）	**1月森岡貞香『女人短歌』の発行人となる・**『純林』創刊、**9月斎藤史『秋天瑠璃』**・『人』終刊、10月『形成』終刊、12月『波濤』創刊	中井英夫　71	6月皇太子徳仁親王結婚の儀
1994（平6）	7月佐佐木幸綱・杉山康彦・林巨樹『日本歌語辞典』（大修館書店）、8月篠弘『現代短歌史』（短歌研究社）3巻完結	大西民子　69 **真鍋美恵子　88**	4月天皇初の沖縄訪問、6月松本サリン事件
1995（平7）	1月「戦後短歌五十年―何がうたわれ、何が問われたか」（『短歌研究』）、4月「阪神大震災を読む」（『短歌』）・「歌と天変地異」（『短歌研究』）、8月「戦後50年・戦後短歌50年」（『短歌』）		1月阪神淡路大震災、3月地下鉄サリン事件、12月高速増殖炉「もんじゅ」ナトリウム漏れ事故
1996（平8）	5月寺山修司短歌賞創設（受賞は翌年から）、6月「現代の悲歌・詠われた日本の深層」（『短歌研究』）	**山田あき　96**	3月薬害エイズ訴訟和解成立、12月原爆ドーム世界遺産認定
1997（平9）	4月『短歌朝日』創刊、**12月『女人短歌』終刊号（48年の活動に幕）**・『アララギ』終刊号（89年の活動に幕）		

※太字は『女人短歌』関連のものです。

あとがき

私が初めて『女人短歌』についての論考「『女人短歌』の最終号を読んで」(『あまだむ』二〇〇四・七)を書いたのは、客員研究員として日本女子大学に内地留学をしている時だった。終刊号に掲載されている第一回総会の写真に戦後間もない混乱の時代にあって四人の幼児たちが写っていることに感銘を受けたのが契機であった。その衝撃を記すところから文章を書き起こした。それから一九年の年月を経て、このたび、『女人短歌』 小さなるものの芽生えを、女性から奪うことなかれ』を上梓することになった。

戦後の誰もが生きるのに精一杯の時代に、一九二名もの女性たちが全国から子供を連れてまでも馳せ参じたのである。この女性たちの熱気が私の心に飛び込んできてから、『女人短歌』の存在は、私の頭から離れないものとなった。そして四〇年間のフェリス女学院中学高等学校教諭職を終えて、二〇一三年、日本女子大学大学院博士課程後期に進学してから、『女人短歌』と私の研究対象である五島美代子とが、私の中でしっかりと繋がった。以後、「五島美代子と『女人短歌』」（「日本女子大学大学院大会」、二〇一五・九）の発表に基づき、『日本女子大学大学院文学研究科紀要』（二〇一六・三）に同名の論文を掲載した。これに先立ち、私が所属していたゼミナールでの発表時に山口俊雄教授や院生たちからもらった意見や感想なども懐かしく思い出される。

二〇二一年、この論文に目を通された書肆侃侃房の編集者藤枝大氏から、『女人短歌』について執筆依頼があった。氏とのやり取りを通して、本作りへのパッションと実直な人柄が伝わってきた。お話を受けてから、改めて『女人短歌』全一九二号や必要な資料等を読み返した。戦後民主主義の世を迎えた今こそ女性自身の手で女性歌人が伸びやかに自己表現のできる場を拓こうと結束した草創期の女性歌人たちの、心意気と実行力の強さがひしひしと伝わってきた。私の中で、このことをこそ書かねば、という思いが明確になり、藤枝氏の鼓舞激励を受けながら筆を進めて完成に至った。氏との出会いに深く感謝している。

私が五島美代子の歌に初めて出会ったのは一九八七年であった。何気なく手に取った美代子の「母の歌」には、単純に母性愛という言葉では表現できない作品が並んでいた。また桜を詠んだ歌からは、作者の「激つ」心象風景が迫ってきた。電流が走るような経験をした。

翌年美代子の夫である五島茂氏のもとを訪ねた私は、五島美代子の歌を研究したいとの思いを率直に申しあげた。茂氏は、「美代子の歌を解りたければ、自分も歌が詠めなくっちゃね。私が教えてあげるよ」とおっしゃった。なるほど、と納得した私は、杉並区のご自宅に伺い、はじめの頃は毎週、そしてのちには月に一、二回、歌の指導を受けることができた。その折には、美代子に関する意義深いお話を伺ったり、貴重な資料をたくさんいただいた。最後に入院中の茂氏のお見舞いに伺ったのは、二〇〇三年、茂氏一〇三歳の時であった。意識昏迷の中で、私を認め、「美代子の歌を世に残してほしい」「茂の歌を世に残してほしい」と、聞き取れないほどの小さな弱弱しい声でおっしゃった。この言葉は、私に五島茂・五島美代子の歌をひとりでも多くの人に伝える使命を自覚させた。しかし、当時、教職に充実感とさらなる意欲を持っていたので、この職を全うしてから五島茂・五島美代子の研究に臨みたいと願い、時を待った。

二〇一三年、学窓に戻り、歌人五島美代子研究に取り組んだ私を、先生方は温かく迎えて下さった。一回目の内地留学（一九八八年）の時に受入教授としてお世話になった後藤祥子名誉教授にお会いした時、慈愛深いお言葉をいただいたことも懐かしく、嬉しかった。先生方の応援のおかげで五島美代子や『女人短歌』についての研究を進めてこられたのは本当に得難い幸せであった。また大学卒業後には、幾度となく吉野へご一緒させていただき、その道中で古刹に寄った際などに多くの興味深いお話を伺ったりして、長年ご厚誼にあずかっている麻原美子名誉教授に、『女人短歌』について励ましのお言葉をいただいたことも印象深い。長沢美津や生方たつゑが学んだ頃から変わらない建学の精神の伝統が息づいていると感じている。

また、本書については、文献だけでなく、故宮坂和子氏をはじめ、当時の女人短歌会会員の方からの聞き取りや、真鍋美恵子氏の娘和田玲子氏や葛原妙子氏の孫金子冬実氏との交流からも多くを得た。

最後に、成原亜美氏の装幀に感謝している。カバーの赤は、『女人短歌』創刊の頃の三岸節子の燃えるような挑戦でもあり、草創期の女性歌人たちの激しい情熱と心意気でもある。

このように、多くの出会いが本書には凝縮されている。感謝の一言に尽きる。

二〇二三年六月

濱田美枝子

■著者略歴

濱田美枝子（はまだ・みえこ）

1947年富山県生まれ。1973年日本女子大学修士課程修了後、私立フェリス女学院中学高等学校国語科教諭。在勤中、聴講生、客員研究員として2度母校に内地留学。2020年日本女子大学博士課程後期単位修得満期退学。同年4月より日本女子大学学術研究員として現在に至る。共著『祈り——上皇后・美智子さまと歌人・五島美代子』（藤原書店、2021年）他。

『女人短歌（にょにんたんか）』
小さなるものの芽生えを、女性から奪うことなかれ

二〇二三年六月二十六日　第一刷発行

著　者　濱田美枝子
発行者　池田雪
発行所　株式会社 書肆侃侃房（しょしかんかんぼう）
〒八一〇-〇〇四一
福岡市中央区大名二-八-十八-五〇一
TEL：〇九二-七三五-二八〇二
FAX：〇九二-七三五-二七九二
http://www.kankanbou.com info@kankanbou.com

編　集　藤枝大
装　丁　成原亜美（成原デザイン事務所）
DTP　黒木留実
印刷・製本　モリモト印刷株式会社

ISBN978-4-86385-581-6 C0095